黙約のメス

本城雅人

祥伝社文庫

目次

プロローグ　四年前

　ほんのわずかな油断も許されないオペ室の緊迫感が、ガラス窓を隔《へだ》てた中二階のこの見学室にも伝わってくる。

　祈るような思いで見守っていた田村美鈴《たむらみすず》の耳には、医師の指示と器械の音、そして彼らの呼吸音までが届いたが、それ以外は遮断《しゃだん》されていた。この外科チームはオペ中、必ず洋楽のBGMを流す。女性だった歌い手がいつしか男性に変わっていることに、美鈴は今の今まで気づかなかった。

　ガラス窓の向こうで、生体肝移植《せいたいかんいしょく》を受けているのは十八歳の少年だ。伊豆《いず》諸島の神津島《こうづしま》に住む彼は劇症肝炎《げきしょうかんえん》を発症、島の診療所で血漿《けっしょう》交換など措置《そち》を試みたが効果はなく、意識不明のまま今朝、神津島からヘリコプターで東京新宿《しんじゅく》の愛敬《あいけい》病院に救急搬送された。

　執刀《しっとう》するのは一昨年《おととし》まで帝都《ていと》大病院で准《じゅん》教授だった鬼塚鋭示《おにつかえいじ》医師である。

　見学室の最前列には、この病院の肝胆膵《かんたんすい》（肝臓《かんぞう》・胆道《たんどう》・膵臓《すいぞう》）部門の責任者である梅原《うめはら》万之《かずゆき》センター長が、腕を組んで座り、ガラス窓の上部に設置された複数のモニター画面を凝視《ぎょうし》している。

病院に搬送された時点で、少年が助かる道は移植しか残されていなかった。

肝臓を提供するドナーには、ヘリに同乗した少年の父親が名乗りを上げ、移植コーディネーターとして勤務する美鈴が、父親のカウンセリングを行った。

だが移植決定に至るまでのプロセスは、順調と呼ぶには程遠かった。

少年の心臓は、大動脈が右側にあるという先天性動脈走行異常で、大動脈狭窄《きょうさく》という形成不全が発見されたのだ。その心臓では移植に耐えられない、梅原は一度はそうジャッジを下した。

――このままではなにもしてやれないまま息子は死んでしまいます。手術中になにがあってもその時はすぱっと諦《あきら》めます。一切の文句は言いません。だから私の肝臓を息子の体に移植してください。

漁師をしている父親は、日焼けした顔を涙でぐしゃぐしゃにして梅原に懇願《こんがん》した。梅原から相談を受けた鬼塚が、「やってみます。私にやらせてください」と直訴《じきそ》したのだった。

見学室のドアが開き「すみません」と声がする。美鈴が駆け寄ると、心臓外科と消化器外科の研修医が「見学させてもらっていいですか」と訊《き》いてきた。少年が意識不明のままへリで運ばれてきた時、院内は一時騒然としたとあって、同じ外科医として彼らも興味津々《しんしん》なのだろう。

美鈴は梅原に許可を仰《あお》いだ。顔を向けることなく手を挙げた梅原の後ろ姿に、美鈴は彼らを見学室に招き入れた。

父親から切除した肝臓の一部はすでに植えられていて、今は門脈《もんみゃく》の吻合《ふんごう》に入っている。

ガラス越しに見えるオペ室全体の風景と、モニターに映る術野《じゅつや》とに交互に目を配る研修医たちも、オペの流れに惹《ひ》き込まれていた。椅子《いす》に座った梅原だけは、大きなデジタル時計に目をやり、膝《ひざ》を揺らし始めた。時間がかかり過ぎていることを危惧《きぐ》しているのだろう。

吻合を終えた。いよいよ血流の再開だ。果たして少年の心臓は耐えられるのか。ただでさえ肝移植では心臓が停止することを想定する危険な一瞬だが、少年には持病もある。一度拍動が止まれば心臓マッサージや電気ショックを与える程度では戻ってこないかもしれない。

栓を開くと、血は流れ始め、肝臓の色は元の桃色に戻った。心電図モニターにも乱れはなかった。

「よっし！」

モニター越しに見ていた職員から声が上がった。

「成功ですか？」

研修医が尋《たず》ねる。

「大丈夫ですよね、センター長」

美鈴は梅原に同意を求める。

「まだ、なんとも言えん」

「でも心疾患《しんしっかん》の問題はクリアできましたよね」

「そうだな」

ここまで見届ければ大丈夫だと思ったのか、梅原は一旦退室した。

縫合《ほうごう》終了までさらに数時間かかったが、とくに問題なく、移植は成功した。

「鬼塚先生、お疲れさまでした」

美鈴は二人の研修医を鬼塚の元へ案内した。医師の机は大概《たいがい》、資料や専門書が乱雑にちらかっているが、鬼塚の机はいつも整頓されている。

「お二人が鬼塚先生とお話をしたいそうです」

美鈴は研修医を紹介した。

「鬼塚先生、今日のオペはとても参考になりました。オペだけでなく、ドナーになったお父さんが、このまま放っておいたら息子は死ぬ、危険でも移植してくださいと頼んだことで、鬼塚先生はやると言ったそうですね。そうしなければあの子はホープレスだったんですものね」

心臓外科の研修医が感嘆《かんたん》した。

「僕もその話を聞いて感動しました」

消化器外科の研修医も続ける。

「私はホープレスだから移植をしたわけではありませんよ。ご家族がそれを望んだからです」

鬼塚が厳しい表情でそう返した。

「は、はい。それは大変、失礼しました」

「僕ももちろんそのことは分かっています」

二人は背筋を伸ばして頭を下げる。

「それに失敗していれば、その時は大きな傷を負うことになりますからね」

その言葉に若い二人は戸惑《とまど》っていた。梅原を差し置いて執刀したことを聞いていた二人は、少年が亡くなれば医師としてのキャリアに傷がつくことを鬼塚が恐れていると、受け取ったのではないか。

「メスを入れれば、患者の体は、もう二度と元のきれいな体に戻ることはできません。お二人も外科医を目指すのであれば、このことはつねに胸に入れておいてください」

「ドナーのことを言ってるんですね。でも息子さんの命が助かったわけですから傷くらいならいいんじゃないですか」

「ドナーのお父さんにしても息子を助けた栄誉の傷ですし、別に元の体に戻れなくても」

「私が言いたいのは……」

お説教されると思ったのか、二人は「そろそろ戻らないと。失礼します」と退散した。

鬼塚は美鈴を見て苦笑いを浮かべた。

美鈴も笑みを返したが、鬼塚が心から笑っていないことは分かっていた。

鬼塚の心にはまだ暗い影が落とされている——鬼塚が言おうとした「きれいな体」という言葉の意味が、美鈴にはやるせないほど理解できた。

研修医　竹内正海の誤解

1

医局の机で執筆中の論文を読み直していた竹内正海《たけうちまさみ》は、両手を頭の後ろで組んだ。欠伸《あくび》が出る。動物の咆哮《ほうこう》のような間の抜けた声が、正海しかいない第二外科医局でよく響いた。

午前三時。ブラインドを上げたままの窓に暗幕が張られたように、光景が消えている。夏から秋色に色合いが変わった以外、代わり映えのない田舎《いなか》は、学生生活を送った京都のような刺激は皆無《かいむ》で、時間の流れまで遅く感じる。

当直明けまでまだ五時間半。他の当直医なら看護師の詰め所でお喋《しゃべ》りをして時間を潰《つぶ》せるが、肝胆膵が専門の正海は、持ち場を離れるわけにはいかない。肝癌《かんがん》や膵癌《すいがん》の患者は、手術と同じだけ術後管理が重要だ。消化酵素《こうそ》を含む膵液瘻《すいえきろう》が体内に流出すると、突然動脈が溶けて大出血し、最悪死に至る。今も癌手術を終えた患者二名が入院していて、正海は三時間置きにエコー検査や採血などを行い、その都度、体内に入れる輸液と体内から出ていく尿量などとのIN／OUTバランスを確認している。

自覚症状がなく、気づいた時には手遅れになっていることから、「沈黙の臓器」と呼ばれる肝臓。そして死亡率が高い膵臓癌や胆道癌を扱う肝胆膵外科の仕事は極めて厳しい。それでも近年、新しい医療技術が次々とこの分野に生まれ、これまで助けることができなかった多くの人の救命に成功している。

西の最高学府、西京《さいきょう》大医学部に現役合格した正海は、脚光を浴びる肝胆膵外科医に憧れて志《こころざ》した。

大学卒業時に、医師国家試験に合格すると、二年の初期研修医（現研修医）を終えた。そして昨春、ここ四国のR県潮《うしお》市にある「潮メディカルセンター（UMC）」に後期研修医（現専攻医）としてやってきた。この九月で、ほぼ一年半になるから、研修を終えるまでは残り一年半だ。

UMCは、五年前に東京で医療ビジネスを展開する実業家・繁《しげ》田《た》幹《みき》男《お》氏が旧市民病院を買収、国の成長戦略の一つである「医療産業の強化」に乗って規模を拡大した。

今では四百床《しょう》もある大病院に成長し、大学病院並みの高度医療を実施している。肝胆膵を専門とする第二外科にはとくに力を入れている。

部長と医長、さらに四十代、三十代の医員、研修医四名の合計八名の医師で構成されている第二外科では、癌切除や移植は部長と医長というベテラン二人が執刀するが、胆石《たんせき》などは研修医に任される。研修医で術数を一番こなしているのが正海で、先週は二つの手術を行った。

机の上で充電中のスマホが光っている。手を伸ばすとＬＩＮＥが届いていた。三十四歳、正海より六つ年上の第二外科の坂巻千晶《さかまきちあき》からだった。

《異常ありませんか？》

そう表示されたメッセージに返信しようとしたが、着信時刻が三時三分と届いたばかりだったため、医局員共用のソファーに移動して電話をかけた。

「どうしたんですか、坂巻先生、こんな夜中に？」

すぐ電話に出た千晶に、正海はソファーに横になって声を落として話しかける。

〈喉《のど》が渇《かわ》いて起きただけ。そう言えば竹内先生、今日は当直だったなと思って〉

「そう言えばってことはないんじゃないの？」

千晶のわざとらしい返答に頰《ほお》が緩《ゆる》んだ。千晶とは週の大半を、一緒に過ごしているのだ。当然、正海のスケジュールは把握《はあく》している。

「大丈夫だよ。二時間前に見たけど、患者は二人とも問題なかったし」

手術直後は血管吻合が心配されたが、今は安定している。

〈ちゃんと見た？　論文をやってたんじゃないでしょうね？〉

「そんなことするわけないじゃない。当直中に」

まるで覗《のぞ》かれていたかのような指摘に驚いたが、正海はしれっと返した。「同じ職場なんよ」とブレーキをかける千晶を口説《くど》いたのは正海の方だ。

関係は、夏に二人で飲みに行った流れで始まった。

千晶はそこまで割り切っていないようだが、三年の後期研修を終えたら西京大に戻って大学院で博士号を取るつもりの正海は、最初の夜から千晶を「期間限定の恋人」と決めている。

西京大卒の正海には、今後、名門大学や有名病院からいくらでも誘いがあるはずで、第一線を行く外科医として、つねに敬意と羨望《せんぼう》の目で見られるのだ。UMCを後期研修医先として選んだのは、西京大の教授から薦《すす》められたからであって、研修医を終えてからもこんな田舎の病院に残るつもりはさらさらない。

考え事をしているとまた千晶から注意を受ける。

〈鬼塚先生は術後管理に煩《うるさ》いから、気を付けた方がいいよ。あの先生、サボってるとすぐに見抜くし〉

彼女が口にしたのは、この肝胆膵のトップである鬼塚鋭示第二外科部長のことである。

二カ月前に東京の愛敬病院からUMCに着任以来、数多くの手術をこなす鬼塚からは学ぶことが多いが、実力に見合った評価をされていないと正海は不満を抱いている。

鬼塚から褒められたことはないし、扱いはいつまで経っても他の研修医と横一線なのだから。

「坂巻先生にも、俺が鬼塚先生に好かれてないように見えるんでしょ？」

〈そんなことはないけど〉

「俺に厳しいのはしようがないと思うよ。こっちは西京大の野中《のなか》教授の弟子だし、俺だって野中教授から薦められた病院に、帝都大の准教授が来るとは思わなかったから」

鬼塚の出身は、西京大の永遠のライバルである帝都大なのだ。

医学、その中でも肝胆膵部門は一九九〇年、西京大が初めて生体肝移植を成功させて以来も鎬《しのぎ》を削《けず》ってきた。その九〇年の最初の移植時でも、帝都大もドナー（臓器提供者）とレシピエント（臓器受容者）を用意していて、水面下でどちらが先に実施できるか情報戦を繰り広げていたらしい。

〈また大学自慢？　だったら「僕は西京大出身ですから」と言って、鬼塚先生のオペでベンツ型に切ってみたらいいじゃない〉

「そんなことやったら俺は即刻、クビだよ」

西京大では肝切除をする際、縦に真っ直ぐ下ろしてドイツ車のマークのように左右に分けていく「ベンツ型」で切開するが、帝都大では縦に真っ直ぐ切って右の肋骨《ろっこつ》に向かって旋回する「J字」で開腹する。鬼塚が着任してからはUMCも、「ベンツ型」から「J字」に切開創《せっかいそう》が変わった。それくらい「西」と「東」では術式が異なり、トップが替われば、医師もその流儀に添わなくてならない。

あまり知られていない私学出身の千晶には、医学界にいまだに強く残る学閥《がくばつ》という因《いん》習《しゅう》を理解できないのだろう。

〈まだ三時かぁ、もうひと眠りしよ〉

千晶の少し鼻にかかった声に、彼女のくびれた腰回りが脳裏《のうり》にちらついた。

「ねえ、話してたら目が覚めてきたんじゃないの？」

〈大丈夫だよ、疲れてるからすぐ寝れる〉

「本当かな？　したくなったからＬＩＮＥしてきたとか？　電話でいいなら、付き合ってあげてもいいけど」

数秒の間が生じた。

〈仕事しないと鬼塚先生に怒られるよ。おやすみ〉

素《そ》っ気《け》なく電話を切られたが、千晶の声が甘く掠《かす》れたように聞こえた。

ソファーから正海が頭を起こすと、なにも見えなかった窓の外に、昇りたての朝陽を浴びた山が現れていた。

やばっ。

時計を見て飛び上がる。六時五十分。電話を切ってそのままソファーで微睡《まどろ》んでしまったようだ。

口の脇に垂れた涎《よだれ》を拭《ふ》き、手を洗浄して向かう。回診を一回飛ばした。もう少し寝ていたら、出勤してきた鬼塚部長や輪島《わじま》医長に見つかって、こっぴどく叱《しか》られていただろう。

手袋を嵌《は》めて病室に入ったところで足が止まった。カーテンの隙間《すきま》から微かな光が差し込む病室に、白衣を着た鬼塚の姿が見えたからだ。

四十五歳の鬼塚は黒々した髪に、頬が締まった精悍《せいかん》な顔をしているが、目つきが怖いため、最初のうちは目が合うたびにたじろいだ。

「おはようございます、鬼塚先生」

患者を起こさないように声を潜《ひそ》めて挨拶《あいさつ》する。聞こえているはずなのに鬼塚は一瞥《いちべつ》もせず、肝癌の摘出《てきしゅつ》手術を受けた五十七歳の女性の様子を窺《うかが》っている。

「板東《ばんどう》さんは問題ないです。エコーも……」

説明しようとしたが、その時には鬼塚は二人目の患者、六十七歳の三木重達《みきしげたつ》のベッドに移動し、間仕切りのカーテンをめくった。こちらも先日、膵癌の手術を終えた。正海が近づこうとすると、鬼塚が振り向いた。

「竹内先生、ドレーン見ましたか？」

「はい」

咄嗟《とっさ》に返事をしたが、前回チェックしたのは午前一時だ。

「それならなぜこんなに出ているんですか？」

体腔《たいこう》内の排液を出すドレーンと呼ばれる管からは、自分が思った倍の量、五百ミリリットルの排液が出ていた。

「これじゃ、尿が出なくなってしまう。いますぐ補液してください」

「はい」

このままでは脱水状態になってしまう。正海は急いで点滴の準備をした。

2

「ねえ、鬼塚先生に謝った方がいいんじゃない？」

ベッドの縁《ふち》に座り、肌の上から部屋着のワンピースを被《かぶ》った千晶がペットボトルの水を飲みながら言った。

「謝ろうとはしたよ。だけど俺の顔すらまともに見てくれないんだから、仕方ないじゃん」

正海はボクサーブリーフを穿《は》いてセミダブルベッドから降りた。上半身は裸だ。西京大では学内のジムで鍛《きた》えていたが、ＵＭＣに来てからは忙しくてなかなか時間がない。

潮市の繁華街、新町《しんまち》にある千晶の２ＬＤＫのマンションはハイグレードで、寝室も十畳ほどある。セックスで少し汗をかいたのでエアコンの温度を下げた。大型の低気圧が接近しているとかで、風で窓が揺れている。

今朝の正海は、大変なことをしでかしたと気が気でなかった。

鬼塚に指摘を受けるのが遅ければ、腹水として喪失《そうしつ》した水分を把握できず、血圧が急に降下し、循環不全になっていたかもしれない。幸《さいわ》いにも患者のドレーンは閉塞《へいそく》しておらず、点滴すると排液量は戻った。

「寝てたのはバレてるんでしょ」

「まさか。先生は医局に来ず、直接病室に行ったみたいだし」

「そうかなぁ。鬼塚先生は全部お見通しなんじゃない？　私、あの先生に見られると、なんかドキドキするんだよね」

「俺は顔もまともに見られてないし」

バレてる不安はなくはないが、あれこれ考えても仕方がないと、正海は千晶の一人暮しには大き目の冷蔵庫を開けた。

食事の時、ワインを一本空けたが「正海が食べたいと言うからミルフィーユ鍋を作ったんだよ。ほどほどにしといてよ」と正海はあまり飲ませてもらえなかった。千晶が料理上手なのは、安月給の研修医には食費が浮いてありがたい。この日の白菜と豚肉の鍋も絶品だった。

「まだ飲むの？　明日オペでしょ」ビールを出すと千晶に言われた。

「ワインを飲んだのはほぼ千晶じゃんか。もしかしてもう一回したかった？」

口にした瞬間に、千晶がきゅっと眉《まゆ》を寄せた。「うそうそ、それより喉がカラカラでさ」

普段は多少の下ネタにもノリよく返してくる千晶だが、仕事絡《がら》みの真剣な話をしている時に茶化《ちゃか》すと、マジ切れする。

「オペったって、たかが胆嚢《たんのう》のポリープだぜ」

内視鏡を使った腹腔《ふくくう》鏡《きょう》手術で、盲腸《もうちょう》の手術とたいして変わらないレベルだ。

「腹腔鏡を甘く見ちゃだめよ。何人も術死させて問題になった病院もあるし」

「別に甘くは見てないよ。中が見えない分、細心の注意を払ってるし」

腹腔鏡の手技《しゅぎ》は、研修医ならトップクラスだという自負はある。

「それにさ、鬼塚先生は知らないけど、輪島先生はオペに関係なく毎日、飲んでるみたいだし」

「私も普段通りに過ごす方がいいとは思うけどね。飲むとオペできないとなると、急患《きゅうかん》がきても断らないといけないし」

西京大でも手術前日は飲まない医師もいれば、リラックスして眠るためにと、毎晩、晩《ばん》酌《しゃく》する医師もいた。

「輪島先生はムカついてるだろな。この病院に十年も在籍してるのに、一つ年下の外科部長が東京からやってきて、あれこれ指図《さしず》するんだから」

乾いた喉にビールを流しながら言った。

「それはしょうがないんじゃない？　輪島先生と前の外科部長が三年間でした術例の半分を、鬼塚先生は直近の二カ月半でやったんだし」

千晶が言ったのは生体肝移植のことで、鬼塚はUMCに来て肝移植を五例行った。

「やり過ぎなんだよ。二カ月半で五例なんて西京大クラスだよ。それを八人の医師しかいないこんな田舎の病院でやるんだから」

旧市民病院時代から勤めるベテランの輪島賢《けん》がいながらも、鬼塚が招聘《しょうへい》されたのには理由がある。UMCを最先端の医療センターとして全国に広めるというビジョンを持つビジネスマンの繁田理事長は、全国でも二十五程度しか認められていない『脳死肝移植施設』の認可を目指した。

認可を得るにはいくつかの基準があり、大きな一つが「過去三年間で十例以上の生体肝移植を実施した施設であること」。そしてもう一つが「期間内に三十例以上を経験した術者が常勤していること」だった。

首都圏や京阪神《けいはんしん》圏ならまだしも、四国の地方圏で移植患者を集めるのは困難を極めたが、輪島と前の第二外科部長は規定の十例をこなした。

だがもう一つの条件である「三十例以上を経験した術者」には遠く及ばなかった。そのため東京で数多くの生体肝移植の経験のある鬼塚を招き、ＵＭＣは「脳死肝移植施設」の認可を得たのだった。

「理事長から課せられたノルマをクリアしようと、輪島先生も難しい患者の移植をしてたけど、鬼塚先生は他の病院から断られた患者も引き受けるもんな」

鬼塚が行った五例には、他の病院での移植が失敗に終わり、腹水《ふくすい》と吐下血《とげけつ》の所見が認められた乳児もいた。

輪島はリスクが大きいと反対したが、鬼塚は聞かず、移植をやり遂げた。術後しばらく、輪島は不機嫌《ふきげん》だった。

「輪島先生の手技も、鬼塚先生に負けてないけど、輪島先生ってすぐ口が悪くなるじゃない。そこが鬼塚先生との差よね」

「外科医なんてそんなもんだよ。西京大の野中教授は、『外科医の訓練が軍隊並みに厳しいのは当然』と言ってたし」

「今時、軍隊なんて言ってるから外科医になりたい学生が減るんだよ」

外科医が花形であるのは昔も今も変わりないが、最近は人気がない。

西京大の正海の同期でも、トップ合格者は初期研修を終えるとゲノム研究に、二番は在学中に数学に専攻を替えた。

「看護師さんも堪《たま》りかねたから、あんなことを言ったんだろし」

「あれは、たまたま輪島先生が言い間違えただけじゃんか」

癌の切除手術で大量の出血があり、輪島が異なる器械の名前を求めた。その時、看護師が「意味分からん」と呟《つぶや》いたというのだ。

そのオペには正海は入っていなかったが、いくら誤った指示でも、看護師が医師にそんな生意気な口を利《き》くなど、西京大では絶対にありえない。

「俺も、輪島先生が秦《はた》に『アホ、おまえの無能さは人殺しに値《あたい》するわ』と吐き捨てた時は、今どきすごいパワハラだと思ったけどね。でもオペが終わると、輪島先生は秦を呼んで、なにが悪かったのか理由を説明してたから」

同じ後期研修医の秦のように、人格を否定されるほど怒鳴られたことはないが、輪島から注意を受けたことは山ほどある。それでも輪島の指導には愛情がある。一方の鬼塚は口調は丁寧《ていねい》だが、説明がない。そのせいか、なにを考え、自分になにを求めているのかが理解できない。

飲もうとすると、横から千晶にビール缶を奪われた。

「もうやめなって。お酒臭いのバレるよ」

「バレるわけないよ。マスクしてんのに」

そう言ったが、今朝、ミスをしてあやうく自分のキャリアを台無しにするところだったのだ。今晩はやめておくか。

右手を伸ばして千晶のワンピースの裾《すそ》から指を忍び込ませる。

「もう寝るの。明日、オペでしょ」

その手を払いのけ、千晶はセックスの最中はつけっぱなしだった電気を消した。

いつもなら寝る前はしばらく腕枕をするが、正海は羽毛布団に潜って、とっとと外側を向いた。

風で揺れる窓からは、小刻みにガラスを叩く音が聞こえてきた。雨も降ってきたようだ。

寝静まった田舎町で、低気圧が暴れている。

翌朝は、過《よぎ》った低気圧が空気中の水蒸気まで吸い上げてくれたかのように、からっと晴れた。

午前中、正海は胆嚢ポリープの手術を予定時間内で終わらせた。切除したポリープは病理に出したが、きれいな白色をしていて、これなら悪性である可能性は低い。

ただしオペ中は手先がもたついた。それは三番手の松下《まつした》医師が入る予定だった指導役の前立《まえだ》ち（第一助手）が、鬼塚に代わったからだ。

手術室から鬼塚の姿が見えなくなると、そわそわしていた気持ちが落ち着いた。青のオペ着から白衣に着替えて医局に戻ると、一度深呼吸してから鬼塚の元に向かった。

鬼塚は立った姿勢でパソコンを操作していた。いつもビシッとアイロン掛けされた白いワイシャツが白衣の襟元《えりもと》から覗いている。

「鬼塚先生、前立ちありがとうございました」

「お疲れ様でした」

表情は硬かったが、耳に触れた言葉が思いがけず優しく聞こえた。今がいい機会だと正海は背筋を伸ばした。

「先生、昨日の当直は、すみませんでした」

そう言って深く頭を下げる。

「今後は気を付けてください」

鬼塚は体を向けてそう言った。寝てたのかと訊かれた時は素直に認めようと覚悟を決めていたが、それ以上は追及されなかった。鬼塚は目をすがめて正海を見ている。

「あの、なにか？」

アルコール臭がしたのかと思い、握《にぎ》った手で口元を押さえる。

「竹内先生は、手を洗っている時になにを考えていましたか」

軽くパーマをかけた前髪をスクラブ帽の下に隠した正海が洗面台に立った時、鬼塚は規定のブラシを使って爪を洗っていた。

同じところをどれだけ洗うのかと思ったほど、鬼塚はしつこく擦《こす》り、後から来た正海が先に洗い終えた。

「菌が残っていないよう、すべてを洗い直そうと考えていました」

「では質問を変えます。竹内先生はオペは腕でやるものだと思っていますか、それとも頭でやるものだと思っていますか」

答えより質問の意図を考えた。

ここでの正解は腕だろう。鬼塚の前の外科部長からも「頭でっかちほどオペの邪魔になるものはないよ」と嫌みを言われたことがある。前部長は学歴コンプレックスからそう言った。正海は頭だけでなく、腕でも名医と呼ばれたいと思っている。

「私は腕だと思っています」

堂々とそう言うと、鬼塚の表情が微かに緩んだ。やはりこれで正解だ。

「違います、オペは頭でするものですよ」

予想に反して否定された。

「どうしてでしょうか」

「手先のみでやる手術には限界があります。人間は数をこなしていくうちにおのずと習慣ができます。手技のみで仕事をしてきた医師は、自分が経験したことのない状況に陥《おちい》った時、答えが見出《みいだ》せなくなります」

「考えてやることは理解していますが、あまり考え過ぎると時間がかかり、患者を危険に晒《さら》すことになりませんか」

「そのために事前に想像するんです。時間はありましたよね」

「あっ」

そう言われて得心した。予期せぬことで頭が真っ白にならないよう、手洗い中に様々な状況を想定しておけという意味だったのだ。

「今後は手を洗う時から、どんなリスクにも対処できるようにあらゆる可能性を考えてオペに臨《のぞ》みます。自分が執刀する時は、とくに注意してやります」

「そうしてください」

「はい、分かりました」

出身大学のせいで嫌われているかと思ったが、案外そうではなさそうだ。


午後からは手が空いたため、輪島医長の回診についた。後輩研修医の十川《とがわ》も一緒だ。十川はR国立大出身で輪島の後輩にあたる。

エレベーターホールに近づくと正海は駆け足で近寄り、上行きのボタンを押す。あやうく通過してしまうところだった。

おい、これはおまえの仕事だろ——正海が睨《にら》むと、十川はすみませんと目で謝った。

扉が開くと、十川が小走りで中に入って、扉を押さえながら回診順の最初の階のボタンを押す。次に輪島が、最後に正海が乗って輪島の背後に回った。

操作盤の前に立つ十川は体が大きいため、輪島の視界にちらちらと入る。

正海は手を伸ばして十川の白衣を引っ張り、もっと壁側に寄れと差配した。エレベーターが開いた時に医師が真っ先に出られるようにしておくのが回診の鉄則であり、西京大の野中教授なら出るのを邪魔された時点で機嫌が悪くなる。

病室の前で「先生」と呼ぶ。

「これ、手が荒れにくいアルコールなので」

「おっ、気が利くやないか」

輪島の手に、正海はスプレーを噴射する。

中にいた看護師が「広永《ひろなが》さん、起きてはりますか」と声をかけた。ベッドには土色の顔をした広永敏雪《としゆき》が横たわっていた。六十六歳、移植ネットワークに登録して三年になる広永は、六十五歳までしか移植しないという規定のある大阪の病院から三週間前に転院してきた。四国で唯一《ゆいいつ》、脳死肝移植施設に認可されたUMCで、脳死臓器移植を待つ最初のレシピエントである。

「よろしくお願いします、先生」

広永より先に、付き添いの妻が声を発した。妻も潮市内にウイークリーマンションを借りている。前の病院ではドナーに名乗り出たそうだが、彼女は五十代で癌手術を受けたため、不適合とみなされた。

「今日は幾分、顔色がいいですな」

輪島が持っていたタブレットの端末で、広永のカルテをチェックする。

「けど先生、なんかまだ背中が痛いんですわ」

体を横にして広永が腕を背中に回した。

「それなら大丈夫や言うたやないですか。嚢胞性腫瘍《のうほうせいしゅよう》といって良性の腫瘍です、ちゃんと経過観察してますから」

膵臓の嚢胞性腫瘍の良性と悪性の境界病変を「IPMN」と呼ぶ。膵癌が発生することもあるが、エコー検査をした輪島は良性腫瘍だと診断した。

「前よりどうです？　ズキズキ痛《いた》なったりしてます？」

「そこまでではないですけど、検査してもろた時より痛い気がして」

「ずっと寝てたら、そりゃ体も痛なりますわ。気のせいですって」

そう言った輪島の横から、妻が口を挿《はさ》んだ。

「先生、いつになったら移植できるんですか。臓器移植ネットワークに登録して今月で三年です。うちの主人は六十六になったから、若い人に先に渡ってるんやないですか」

「ネットワークはそんなことはしません。広永さんの順番は着実に上がってるはずです」

過度の期待は持たせないよう、輪島は注意しながら話す。

「この病院って脳死移植の許可を受けたばかりですよね？　新しい病院やから順番を後回しにされてるってことはないですか」

「どの病院も同じ扱いです」

妻は聞く耳を持たず、「そやから東京の病院にしよ、言うたやんか」と広永に愚痴《ぐち》る。

「先生の前で、そんな失礼なことを言うたらあかんて」

広永が窘《たしな》めた。

「心配になるお気持ちはよう分かりますが、脳死判定が出た時の待機順は、待機している長さと肝機能の状態を示すスコアなどを加味して決められます。広永さんが今何番目なのかは、我々が知ることはできませんが、登録して三年やし、スコアもいつ順番が回ってきてもおかしくない数値を提出しています」

輪島の説明を聞きながら正海も手にしたカルテを見た。基準となるＭＥＬＤ《メルド》スコア（末期肝疾患《かんしっかん》モデルの数値）は「31」と相当高い。この数値なら脳死者が出れば、いつ声がかかっても不思議はない。

「それやったら辛抱《しんぼう》しますけど、正直、もうあかんやろなと諦めてます」

広永が顔に煩悶《はんもん》の色を浮かべた。

「そう言わんと。移植となった時に肝心の体が弱ってたら元も子もないし。好きな本でも読んで、リラックスして過ごしてください」

「分かりました」

次の病室へと移り、いくつかを回診し最後の患者になった。

六人部屋には中学二年生の天羽路夢《あもうろむ》という少年が横になっていた。横に座る母親は疲れているのか、テレビ台に肘《ひじ》をついてうたた寝していた。

「あっ、先生」

気づいた母親が立ち上がったが、横によろけた。「大丈夫ですか」咄嗟に正海が手を出し、母親を支えた。

「あまり顔色がよくないな、熱は？」

「三十六度四分《ぶ》なんで平熱です」

看護師が応《こた》える。

「そやったら、一週間入院して体が鈍《なま》ってきたんかな。路夢くんはアスリートやし。なあ、路夢くん」

輪島が目を緩めて話しかけた。緊張した路夢の面持《おもも》ちが和《やわ》らいだ。

昨年のジュニア陸上百メートルで、一年生の記録を塗り替えた天羽路夢は「将来のオリンピック選手」と地元紙・海南《かいなん》新報が大きく取り上げた。ところが本人の与《あずか》り知らぬところでC型肝炎のキャリアになっていて、肝硬変《かんこうへん》を発症してUMCに入院、その時点で肝移植しか助かる道は残されていなかった。

母子家庭で、母親が乳酸菌飲料の販売で生計を立てる天羽家に、保険適用とはいえ移植をする余裕はなかった。

そこで海南新報が紙面で募金を集め、二カ月前に母親の肝臓の左葉《さよう》を移植した。執刀したのは鬼塚で、手術時間は予定通りの十四時間、出血量も少なく、無事に移植を終えた。退院には海南新報をはじめ、全国紙の記者が集まり、彼がクラウチングスタートをしているポーズを撮影し、《天羽くん夢への第一歩》と報じて地元では大きな話題になった。

それが先々週、移植した肝臓が慢性拒絶を起こし、路夢は再入院となった。

移植に拒絶反応のリスクは避けられず、鬼塚は再移植しかないと診断を下した。路夢にはこれ以上臓器を提供する親族はおらず、移植ネットワークに登録、ＭＥＬＤスコア「27」はけっして低くはないが、この病院では広永より下である。

「採血して」

輪島から命じられた正海は、二度の入院ですっかり痩《や》せた路夢の左腕を取った。腕には採血後の絆創膏《ばんそうこう》が貼ってあった。

「あれ？　採血したんですか？」

正海は母親に尋ねる。

「今朝、鬼塚先生が来てくれたんです」

母親の言葉に、輪島が表情を変えた。鬼塚は県内の病院に出張オペに出たはずだ。

「鬼塚先生がどうして？」

「検査に出すとだけ言うてました。詳しくは聞いてません」

輪島は正海と十川を見るが、二人とも「いいえ」と首を振った。

鬼塚が勝手に回診したことに納得がいかなかったのだろう。

「そうですか。ではお大事に」

輪島はむっとして病室を出た。

3

一週間後の九月最後の金曜日、肝癌の手術をした板東が退院した。診察は輪島がした。ドレーンの排液が多く出た三木もその後は順調に回復している。

午前中の外来を終え、正海も医局に戻った。普段よりリラックスしているのは、鬼塚が学会に出るため京都に出張していることもある。

潮市から京都までは、海を橋で渡って車で三時間ほど、松下医師は北部分院に外来、初期研修医の水野《みずの》は振替休日、今部屋にいるのは輪島と千晶、そして正海と同期の秦、ひとつ下の十川の五人である。

「輪島先生、板東さんの娘さんからこれ渡されました」

千晶が白い封筒を渡した。輪島が覗こうとしたが、千晶が「商品券ですよ」と言った。

「なんぼ?」

輪島の問いに、千晶が片手を開く。

「五万ね」輪島は白衣のポケットにしまった。

「あら、独り占め、ひどくないですか?」

千晶が口を窄《すぼ》める。

「違うて、今度みんなで食事する時に出すよ。商品券やと換金せんといかんし」

潮市にはチケットショップがなく、換金するには隣町まで行くしかない。

「鬼塚先生に渡さなくていいんですか。執刀したのに」

「渡してもいいけど、そしたら坂巻先生、我々への還元はなくなるかもしれんで。ただでさえ安い給料でこきつかわれてるレジデント(研修医)に回らなくなる、どうする? 竹内先生」

他の病院と比べればここの研修医の給料は悪くないが、輪島を立てて「お心遣いありがとうございます」と礼を言う。

「言われてみれば鬼塚先生からごちそうになったことも、分けてもらったこともないですね」

　秦が調子よく口を挿んだ。

「鬼塚先生はこういうお礼は受け取らない人やったりして？」

　千晶が流し目で輪島を見る。

「そんな善人やないやろ」

「鬼塚先生って、いつも右手をポケットに入れてますよね。あれ、どうしてなんですかね」

　正海は目をすがめ、片手を白衣のポケットに突っ込み肩を振って歩く鬼塚の真似《まね》をした。

「竹内先生、やめてよ。それじゃ変質者だよ」

　千晶に笑われる。

「竹内先生は、鬼塚先生がなんでそうしてるのか分からんのか？」

　輪島に訊かれた。

「理由があるんですか？」

「坂巻先生は知っとるわな」

「ペアンでしょ」

　千晶は指をチョキの形にして答える。ペアン鉗子《かんし》をポケットに入れてなにをしているのか。輪島が「オペ中に瞬時にペアンを外せるよう手に馴染《なじ》ませてんるんよ。昔は鬼教授が山ほどいて、『練習しろ』と言われたもんや」と説明した。

「輪島先生もやりましたか」

「昔はな。それより竹内先生、糸貸してみ」

「糸って、なにするんですか」

「まぁ、ええから」

受け取った糸を輪島は正海の白衣の左ポケットに入れた。そして両手を突っ込む。

「ちょっと輪島先生、なにするんですか」くすぐったくて身をよじると、輪島は手を出した。

「糸出してみ」

取り出すと見事に結び目が出来ていた。

「すごいですね」

「これも訓練よ。鬼塚先生かてできるやろ。緊迫したオペで、ここまで完璧にできるかは知らんけど」

色黒で、濃い顔をした輪島が、得意然と目許《めもと》を緩ませる。

「坂巻先生もできますか？」

「もうちょっと時間がかかるけど、できるわよ。私も変態だから」

「変態？」

後輩の十川が聞き返した。

「人の臓器をメスで切って縫い合わせるなんて仕事、変態以外のなにものでもないでしょ」

「坂巻先生、せめて変人にしてな。私には妻も娘もおるし」

医局が笑いに包まれた。こんな手品師のような手技を競い合っているのだから、外科医はやはり変態の集まりかもしれない。

そこでスマホの呼び出し音が聞こえた。

「私だ」

千晶がポケットに手を入れた。表示を見た彼女の顔から笑みが消えた。

「はい、坂巻です。出ましたか？　どこでですか？　春日部《かすかべ》？　埼玉県の春日部ですね」

医局の空気までが一変する。

「三十分以内ですね。分かりました。すぐに検討して折り返します」

電話を切ると「ドナーが出ました。新和《しんわ》大春日部病院で三十五歳の男性。交通事故による脳死判定です。受けるなら三十分以内に連絡、深夜一時までに集合してほしいそうです」と説明する。

「埼玉なんて遠過ぎる。無理だ」輪島が言う。

「うちを選んだのはネックワークなんで」

「レシピは誰？」

「広永さんです」

やはり広永が先だった。鬼塚が採血したと聞き、正海は天羽路夢の順位が上になったことを期待したが、そうはいかなかった。いや、広永だって三年も待っていたのだ。

問題は距離である。深夜一時集合であれば往路は充分時間はあるが、復路がどうなるか。肝臓の冷阻血《れいそけつ》時間は十二時間。深夜二時に摘出したなら、午後二時までに広永の体に植えなくてはならない。同じことを秦も考えたようで、スマホで検索していた。

「春日部から羽田《はねだ》までは深夜ならタクシーで一時間半ほど。羽田の始発便は七時なんで、R空港には八時二十分に着きます」

R空港からは約三十分。九時に到着できれば時間的には移植は可能である。それでも輪島は「無理やて、そんな強行日程」と消極的だった。

「鬼塚先生に連絡しておかないと」千晶がかけるが、鬼塚は出ないようだ。「一応、着信は鳴ってんですけどね」スマホを耳につけたまま千晶は言う。

「学会中じゃ出れんでしょう」と秦。

「マナーモードで、気づいてもないわ」と輪島が顔をしかめる。

「先に田村さんに連絡しときます」

千晶は移植コーディネーターの田村美鈴に電話した。鬼塚が移植を受ければ、改めてレシピエント本人の同意を取る必要があり、それを任されているのが移植コーディネーターだ。

　千晶が田村コーディネーターに話している最中に、部屋の電話が鳴り、一番近くにいた正海が受話器を取った。

「はい、第二外科ですが」

〈鬼塚です、今、坂巻先生から電話をもらって掛け直したけど、話し中だったんです。なにかありましたか？〉

「鬼塚先生からです！」

　正海は受話器から耳を離して輪島にそう伝えた。

「埼玉の新和大春日部病院で脳死判定が出ました。広永さんが一位になったようです」

　受話器を耳に戻した正海は、早口で経緯《けいい》を説明する。

〈受けてください〉

　すぐさまそう言われた。

「は、はい、分かりました」

　会話の内容を察した輪島が受話器を奪い取った。

「人はどうするんですか。松下先生は北部分院に出てるし、水野は休みですよ」

　移植にはドナーの切除に四名、レシピエントに植えるのに四名、計八名が必要だ。

UMCは全員で八名しかおらず、足りなければ他の病院から応援を呼ばなくてはならない。

鬼塚は、松下には外来が終わったら戻るように、水野も呼ぶように輪島に命じ、〈私も今すぐ戻ります〉と伝えて電話を切ったようだ。

4

午後二時に京都から戻った鬼塚が、医師全員を集めて、それぞれの役割を決めた。脳死肝《のうしかん》を取りに行くのに輪島、松下、そして正海と後輩の十川が指名された。現場に到着すると脳死者の体の状態などを随時報告するが、その電話係が正海で、電話の受けが千晶。そして臓器の運搬係が十川になった。

臓器は保存液につけて氷をいっぱいにいれた三十キロほどのクーラーボックスに入れ、床におかないようにして運ばなくてはならない。高校でラグビーのFW《フォワード》をやっていた十川は体格がいいので、力仕事には適任だ。

本来ならドナーの臓器を取りに行ったチームが戻ってくるまでに、レシピエントから不要な臓器を取り除いておくが、飛行機の遅延や欠航があった時を考慮し、正海たちが戻ってから、広永を開腹することになった。

夕方まで決められた仕事をした正海だが、普段と同じとは言えなかった。

自分もいずれ肝移植を手掛けたいとは思っているが、日本で肝移植というと、生体肝《せいたいかん》が中心なので、脳死肝はそこまでイメージできていない。

遠くの病院に出向き、まだ体温があり、心臓が動いている脳死者から肝臓を取り、それを運ぶのだ。西京大でも脳死移植は年に数回あったが、直接関わったことは一度もなかった。

「よし、行こか」

午後五時、輪島を先頭に医師四人と女性看護師、計五人で第二外科医局を出た。輪島は医局のロッカーに用意していたジャケットを着ていたが、他は来た時の服のままだ。正海は白シャツに紺《こん》のウインドブレーカーを羽織《はお》っている。

「気をつけて行ってきてください」

千晶は部屋の外まで見送りに出たが、広永のカルテを見ていた鬼塚からは「お願いします」と言われただけだった。

午後六時半発の便に乗り、予定時刻に羽田に到着した。ジャンボタクシーの真ん中の列に輪島と並んで座った正海は、事前にアプリで道路状況を確認し、「今、羽田からタクシーに乗りました。九時五十分には春日部に着きます」と千晶に報告した。

〈輪島先生たち、今、羽田からタクシーに乗ったそうです〉

電話の向こうでは千晶が鬼塚に伝えている。

「坂巻先生、路夢くんのお母さん、病院来ました？」

気がかりだったことを尋ねた。

〈もちろん来てたよ〉

「今回のこと、知ってる様子でしたか」

〈知らせないようにはしたけど、明日以降はお母さんの耳に入るだろうね〉

千晶も母子を不憫《ふびん》に思っているようだった。

自分が提供した肝臓の一部が息子に適合しなかった母親は、細身の体がさらに痩せ、憔《しょう》悴《すい》している。移植ネットワークがどのように順位をつけているか分からないが、同じ病院で一、二位とは続かない気がするし、どのみち日本で脳死判定は一年で七十体出るかどうかと少数で、次の順番まで時間を要するだろう。

路夢は即、命にかかわる危険な状態ではないが、増悪《ぞうあく》はしている。このままだと母親は腹部に大きな傷を残した上、大切な一人息子を失うことになる。

「おい、貴重な回線を使いっぱなしにすんな、大事な連絡は全部その電話にかかってくるんやぞ」

隣から輪島に注意され、千晶に「着いたらまたかけます」と電話を切った。

「輪島先生や松下先生は脳死の経験はあるんですか」

十川が前列から首を回した。

「俺はないけど、輪島先生はあるんですよね」

後列から松下が言う。

「神戸《こうべ》の病院にいた頃だからかれこれ十年以上前やけどな。年間の脳死肝移植が一桁の時代やったから、へぐったらえらいことやと、めちゃプレッシャーやったよ」

日本で脳死による肝移植が始まったのは一九九九年、まだ二十年余りの歴史しかない。

「今みたいな意思表示カードもなかったから、臓器提供に患者の家族もえらく抵抗してん。脳死判定した医師は、『人殺し』と家族に胸ぐらを摑《つか》まれるほどやったらしい」

「今かて、意思表示カードにサインしても、家族が反対したらできないですよね」と十川はまた顔を向ける。

「その時は竹内先生が家族を説得してな」

唐突《とうとつ》に輪島から振られ、「僕がですか？」と正海は背もたれから体を離した。

「私と松下先生はドナーから臓器の取り出しを始めてるし、十川先生には力仕事を頼まなきゃいかんし」

「そんな……」

家族はいくら医師から「もう助からない」と脳死判定されようが、簡単に気持ちの整理はつかないだろう。心臓は動き、体は温かいのだ。脳死とは、生きている人間の心臓を、医師の判断で止めてしまうことである。

「冗談やって。竹内先生。責められるとしたら新和大の医師かドナー担当のコーディネーターや。それにうちの順番が来た時には、他の病院の医師が、もうドナーの体からグラフト（移植片）を取り終えてるし」

輪島の冗談に正海は笑えなかった。

新和大春日部病院には多くの医師が集まっていた。心臓、腎臓《じんぞう》、膵臓、肺《はい》、小腸《しょうちょう》、さらに角膜《かくまく》を必要とする眼科医チームもいる。新和大の教授から摘出方法や薬剤投与などの説明を受けた。

ＵＭＣ以外は全員、関東の病院だった。正海たちがＲ県から来たと知った医師は、「間に合うんですか？」と驚嘆《きょうたん》した。

大切な臓器だ。失敗して無駄にすれば、それは次点病院の、移植を受ければ助かるはずだった患者の命を奪うことにもなる。移植が成功しなかったからといって、二度と提供を受けられなくなることはないが、無謀な計画だったと見なされれば、脳死肝移植施設の認可が取り消されることもありうる。

遠いＵＭＣに合わせ、摘出開始時間は一時間繰り下げ午前三時となった。まだ四時間以上あり、用意された各部屋で待つが、どうにも落ち着かない。何度かトイレに行き、他病院の医師と鉢合わせになるたびに自己紹介する。そのうちの一人が気になることを言った。

「UMCって鬼塚先生だったんですね。理由が分かりましたよ」

「分かったって、どういうことですか」

「あの先生、やりたがり屋ですものね」

「先生は鬼塚先生と一緒に仕事したことがあるんですか」

「私の知り合いの先生が愛敬病院で鬼塚先生と一緒だったんです。専門は違いましたけど、鬼塚先生って長く帝都大で宮仕《みやづか》えしたのに教授になれなかったから、余計に意地になってんじゃないかと言ってましたよ」

「そうだったんですか」

「外科医なんて、承認欲求の強い人間の集まりですからね」

帝都大の出世コースから外れたことが負い目となり、それで無理な手術をしているように聞こえた。正海が黙ったことに言い過ぎたと思ったのか、「でも腕は確かですよ。その先生も鬼塚さんの手技を高く評価してましたし」と付け足すように言い、トイレから出ていった。

待合室に戻ると千晶から電話がかかってきた。今しがた新和大から説明を受けたドナーの状態を「体の損傷は少ない」と伝えたばかりなので不思議に思いながら電話に出る。

「どうしました、坂巻先生？」

発した声が、興奮した千晶の声に消された。

〈広永さんの移植が中止になったの〉

「中止ですって？」

「なんやて？」

反対側の椅子から輪島が立ち上がる。輪島がスマホを奪い取るような勢いで近づいてきたので、正海は奪い取られる前にスピーカーホンに切り替えた。

〈鬼塚先生の問診で、広永さんが背部痛を訴えたのよ。それで鬼塚先生が診察したところ、ＩＰＭＮ併存膵癌《へいぞんすいがん》の疑いがあるって〉

「それなら私がエコーした。ＩＰＭＮはあったが、大きさは三センチ未満、良性や」

輪島が激高《げっこう》しながら説明する。

〈私にそう言われても〉

「話にならん。鬼塚先生に代わってくれ」

僅《わず》かな間を置き〈はい〉と鬼塚が出た。

「広永さんの背部痛は主膵管《しゅすいかん》拡張による圧排《あっぱい》によるものです。エコー検査では腫瘍性病変は認められませんでしたよ」

〈輪島先生、検査は何回やられましたか〉

「一回ですよ。問題なかったんやから」

〈その後、患者はなにか言ってましたか〉

正海が横目で見ると、輪島は唇《くちびる》を嚙《か》みしめていた。前回の回診で、広永は「検査してもらった時より痛い気がする」と言ったが、輪島は「気のせいですって」と取り合わなかった。

〈エコーでは体を斜めにして映しましたか？　超音波造影剤《ぞうえいざい》は使いましたか？〉

立て続けに鬼塚が質問してくる。

「そこまでは……」輪島に反論する勢いがなくなった。だからといって輪島が手を抜いたわけではなく、輪島の検査は一般的な方法である。

「鬼塚先生は、広永さんになんと？」

〈今回は諦めてくださいと伝えました〉

「それで広永さんは納得したんですか」

正海もそう思った。三年も待ってついに順番が巡ってきたのだ。もう自分には来ないと諦めていたのに……。

〈今も田村コーディネーターが説明を続けています。輪島先生たちはそこで待機してください〉

「待機て……」

輪島が言い返した時には、電話は切れた。

「我々はどうなるんですか」

松下も混乱している。

「分からん。鬼塚はここで待機しろと」

「他の病院のためにグラフトを切れということですか?」正海が訊く。

「そんなことは絶対ありえん」

「今も説得してるということは、広永さんは怒ってて、納得してないんでしょうか」

正海が口にすると、「知るか。鬼塚に訊け」と頬を紅潮《こうちょう》させた輪島に怒鳴られた。

「今、鬼塚のコレが宥《なだ》めてるみたいや」

輪島が小指を立てる。東京から唯一《ゆいいつ》連れてきた田村コーディネーターが鬼塚の女だと言っているのだろう。

院内で噂《うわさ》好きで知られる看護師の情報なので定かではないが、鬼塚はバツイチで、田村コーディネーターとは特別な関係にあると、知った顔で話していた。

新和大の教授に事情を説明するため輪島が部屋を出てから、正海は千晶に電話をかけた。

「そっちはどうなってる?」

手を添えて小声で尋ねる。

〈今、ネットワークに断ったところ〉

数秒の間を空けてから千晶の声が返ってきた。鬼塚のいる部屋から離れたのだろう。

「ネットワークの反応は？」

インフルエンザなど緊急性のウイルスが発見されると移植はできなくなるが、ＩＰＭＮ併存膵癌となると、そんなものは事前に調べておけと立腹しているのではないか。

〈そうですかと言われただけ。他の病院に問い合わせてるんだろうけど、この時間だから埼玉近辺の病院だけじゃないの？〉

移植を待つ患者はいくらでもいるが、午後十一時を回っているのだ。移植コーディネーターがこの時間から患者や家族の意思を確認するのは大変だし、病院にしても医師の数を揃《そろ》えられない。

「俺たちが切除だけ頼まれることはないよね」

〈ないでしょう〉

千晶も輪島と同意見だった。どの病院も臓器は欲しいが、移植には準備が必要で、臓器が到着する前には患者に麻酔をかけて準備をしておく。麻酔をかけたが、自分たちの目で臓器の状態を確認しなかったために、植えることはできなかった……そうした患者を危険に晒す事態だけは、どこの病院も避けたい。

ドアが開き、強張《こわば》った顔で輪島が入ってきたので、「また電話する」と切った。

「なにか言われましたか」

松下が輪島は近づいていく。

「思い切り嫌な顔をされたわ。うちは新参やし」

顔を真っ赤にした輪島は、ネクタイを片手でむしるように外し、椅子に投げた。

また正海のスマホが鳴った。千晶からだった。

〈続行よ〉

通話ボタンを押すと同時に千晶の声が反響した。

「どういうことですか？　どこかの病院が欲しがったんですか」

〈違うの、他は全部断ったらしいの。それでまたうちに回ってきたの〉

「うちに回ってきたって、もしかして」

〈そう、天羽路夢くんに順番が来たの。もちろん鬼塚先生は受けると返事をしたわ〉

「竹内先生、なんやて？」

輪島が迫る。

「レシピが天羽路夢に変更になるそうです」

言われるままに答えたものの、短い時間に次々と想定外のことが起きたせいで、頭の中が追いつかなかった。

5

午前三時前、手術室に医師たちが集まった。二十人近い医師が入ったせいで空気が薄く感じる。全員、準備は終えている。

正海はオペ着を着ているが、手術室の入り口付近で、他病院の電話番と並んでスマホを持っている。ドナーの肝臓になんらかの異常が見つかった時、すぐさま鬼塚に伝えられるように、回線は千晶と繋ぎっぱなしだ。

そこにドナーが入ってきた。摘出医全員が整列し、黙禱《もくとう》してから摘出となった。傷《いた》みの早い心臓から摘出を始める。次に肺、小腸……各医師チームがテキパキと終えていく。

「次、UMCさん、お願いします」

輪島と松下が、小腸医チームと入れ替わって手術台に近づいた。松下が両手で腹を開き、輪島が血管を切る。

〈どう、植えられそう?〉

スマホの受話口から千晶の心配そうな声がする。

「ちょっと待って」

小声で制す。

「いける、植えられる」

マスク越しに輪島のくぐもった声がしたので、そう伝える。千晶は傍《そば》にいるであろう鬼塚に復唱した。

輪島も松下も手際がよく、輪島が取った肝臓を保存液の入ったバッグに収め、クーラーボックスに収める。血管も必要になることがあるのでそれは松下が入れた。

「終了です」

輪島が新和大の教授に告げた。

十川がクーラーボックスの蓋《ふた》を閉めようとすると、次の膵臓を待つ慶和《けいわ》大病院の医師から「UMCさん、ちょっと」と注意を受けた。手術台に、切った血管の切れ端が残っていたのだ。

十川はどうしていいか困惑《こんわく》していた。この病院が処分してくれればいいのだが、提供を受ける際のマナーとしてそういうわけにはいかないらしい。

「持ち帰るんだよ、アホ」

輪島が叱り、十川は慌てて血管の切れ端をかき集めて、保存液の入ったバッグに詰めた。

正海は着替えを終えると、休むことなくウインドブレーカーを羽織って、真っ暗な関係者口から外に出た。

外は生温かい風が吹いていた。すでにジャンボタクシーは待機していて、クーラーボックスはトランクに入れずに十川が抱え、往路と同じ席順で座った。正海はスマホを握りしめている。ウインドブレーカーの下でシャツが汗で滲《にじ》む。

早朝の高速道路は空いていた。

埼玉ははじめて来たし、東京も大学三年時に来て以来だった。高いビルが見えてきた頃には、東の空が白みがかってきたが、切除した肝臓を病院に安全に持って帰れるのか、移植は無事成功するのかで頭がいっぱいで、景色を楽しむ余裕もない。誰もが同じ気持ちで、駄弁《だべん》を弄《ろう》する者はいなかった。

出発時刻の二時間以上前には空港に到着した。行きは人数分だったが、戻りは臓器の入ったクーラーボックスを置く席も必要なため、予約した六席分のチェックインをする。

特別な通路から検査場を通過し、搭乗口は遠かったが、その間も十川はクーラーボックスのストラップを肩にかけ、両手で抱えるようにして大事に運ぶ。

飛行機は定刻通りにR空港に到着した。タクシーでUMCの敷地に入ったのが午前八時五十分。外来受付は始まっていて、一般駐車場には行列ができている。

「よし。みんな急ぐぞ」

「はい」

ジャンボタクシーから四人の医師と看護師が飛び出していくのを、外来の患者たちが呆《ぼう》然《ぜん》と眺《なが》めていた。

四階のエレベーター前には鬼塚が待っていて「お疲れ様でした」と一礼した。鬼塚に対して憤《いきどお》っていた輪島も、「到着しました」とそれまでの憤怒《ふんぬ》を少し解いた。

「皆さん、大変だったでしょう」

鬼塚の後ろには二人の男が立っていた。

ＵＭＣ病院長の仙谷博《せんごくひろし》と、その娘婿《むこ》で第一外科部長、泌尿器《ひにょうき》の専門医である仙谷杉彦《すぎひこ》である。

「今日は夜間も循環器内科、放射線の先生にも待機するよう言ってありますので」

「ありがたいです。おそらく明朝《みょうちょう》までかかると思いますので」

鬼塚が院長に顔を向けた。

「私たちも別室で見せてもらいます。脳死肝移植は県内でも初めてのことだし期待していますよ、鬼塚先生、そして皆さん」

温和な性格で知られる仙谷博院長は、灰色がかった眉を下げてそう激励したが、隣の仙谷杉彦・第一外科部長は「私もモニターで、鬼塚先生の腕前を拝見させていただきます」と笑みを浮かべて言った。

「それでは準備に入りますので」

カンファレンスで鬼塚が役割を指示する。

「輪島先生、松下先生、十川先生、水野先生は第二手術室でグラフトのトリミングをお願いします。坂巻先生はもしもの時のために第一手術室で外回り医師をお願いします」

「私はどうするんですか」

自分の名前が呼ばれなかったことに正海が尋ね返す。

「竹内先生は植える方に入って、私の第一助手をお願いします。秦先生は第二助手で」

「第一ですか」

思いもしなかった役目を言い渡されたことに声が上ずる。

「竹内は徹夜ですよ」

輪島が反対するが、鬼塚は「我々四人も全員徹夜です」と返した。

「大丈夫です。やれます」

正海は鬼塚が心変わりしないようはっきりと答えた。

脳死肝移植に研修医が第一助手を務めたことなど聞いたことがなく、大学院に戻った時の恰好《かっこう》の論文のテーマにもなると思ったからだ。

なによりも鬼塚が待機組だった秦を第二助手にして、自分を第一に選んでくれたことが嬉《うれ》しい。

オペ着に替え、それぞれが二つの手術室に分かれる。看護師は替わったが、医師は全員昨日から働き通しだ。それでも誰も疲れた表情を見せなかった。

「これより慢性拒絶・肝不全に対する再肝移植を行います。執刀医の鬼塚です」

患者の右側に立つ鬼塚の声が手術室に通る。

「第一助手の竹内です」

鬼塚の患者を挟んだ反対側、左に立つ正海が続いた。

「第二助手の秦です」

「麻酔医の阿佐《あさ》です」

麻酔科のベテラン男性医師が名乗る。

「外回り医師の坂巻です」

「外回り看護師の藤本《ふじもと》です」

「器械出しの椿原《つばきはら》です」

看護師二人が続いた。器械出しがメスなどの器具を医師に渡す。外回りは、落ちた器具などは衛生的に医師が触ることはできないためそれを拾い、輸液の交換や手術記録も受け持つ。

手術はカメラで撮影され、院内であればあらゆる場所から見られる。隣室では輪島たちが持ち帰った肝臓の血管処理などのトリミングを行っている。

全員の自己紹介が終わると再び鬼塚が話す。

「患者は天羽路夢さん、十四歳、男性。B型、感染症はなし。癒着《ゆちゃく》が激しいので時間は十四時間はかかるでしょう。出血量は二千から三千。ではよろしくお願いします」

手術室に音楽がかかった。ビリー・ジョエルという古い歌手の曲だ。医師の多くが手術中にBGMをかける。輪島はサザンやミスチルで、西京大の野中教授は演歌だった。クラシックは複雑過ぎ、ジャズはリラックスしてしまうなどの理由で医師にはあまり好まれない。鬼塚は古いだけでなく、同じ曲をいつも同じ順番でかけるため、洋楽に興味のない松下などは「鬼塚先生のオペはBGMが退屈で飽きる」と不満を漏《も》らしている。

「メスください」

鬼塚が手を出すと器械出しの椿原看護師が手渡した。

「はい」

正海たちが乗った飛行機が羽田を発《た》った時点で麻酔をかけておいた天羽路夢の腹部を、鬼塚が切開する。再手術なので傷の上を切る。

鬼塚は皮膚に刃を入れると、メスを滑らすようにして、およそ三十センチを切開した。前回も鬼塚が執刀したので、切開創は当然J字型だ。

切った腹部を鬼塚が両手で開く。術野《じゅつや》を広げるため、途中から正海が腹壁《ふくへき》を牽引《けんいん》して、開創器《かいそうき》で押さえた。

レシピエントの再開腹は、凝固《ぎょうこ》機能が悪いため、出血があることは分かっていた。覗くと腹内はどす黒く濁《にご》り、重度の血流障害を起こしているのが一目瞭然《いちもくりょうぜん》だった。他の臓器や組織がくっついてしまっている。

「竹内先生、展開して」

「はい」

正海が手を出して肝臓を押さえると、鬼塚は手を離し、鉗子《かんし》と鑷子《せっし》を使って癒着した横《おう》隔膜《かくまく》、胃、横行結腸《おうこうけっちょう》、大網《だいもう》を剝離《はくり》していく。四十分以上かかって、ようやく肝臓の姿が見えてきた。

正海が持ち上げた肝臓を、鬼塚が覗き込むようにして、裏側の癒着も剝《は》がす。BGMが静かに流れる以外は、器械と金属プレートが触れ合う音が鳴るだけで手術室は静まり返っている。

これが輪島なら手際が悪い助手に「なにやってんや、下手くそ」「患者を殺す気か」と怒鳴るが、鬼塚は怒りもしない。

それでも緊張するのは鬼塚の方だ。黙々と手を動かす鬼塚は考えていることが読めず、一挙一動に目を離さないようにしておかないと、次になにをするのか予測がつかない。

すべての癒着を剝がし終えた時には、BGMが三枚目のボズ・スキャッグスに替わった。時計を見ると一時間二十分が経過している。

鬼塚が顔をあげて隣の手術室の方に顔を向けた。ドナー肝が来ないことが気になったのだろう。

「坂巻先生、どうなっているのか、輪島先生に訊いてください。ちょっと時間がかかりすぎてます」

手術台から離れて立つ千晶が、手術室から出ていく。

「輪島先生、大丈夫ですか。鬼塚先生が心配してます」

「やかましい！　今やってる」

隣の手術室から輪島の怒鳴り声が響く。

「肝門部《かんもんぶ》の結合織《けつごうしき》をトリミングするのに少し手間取っているようです」

戻ってきた千晶が報告した。ドナーは一八〇センチ、一〇七キロと聞いたので、思わぬところに脂肪《しぼう》がついているようだ。

しばらくして輪島が氷を張った洗面器に浸《ひた》された肝臓を運んできた。

鬼塚は血管を切り、路夢の体内から、肝臓の取り出しに入る。体内から出した時は開始から四時間を超えていた。

ここからは時間との勝負だ。鬼塚はドナー肝を路夢の腹部に収めては微妙に位置を置き変える。その手の動きに正海は引き寄せられるように見入った。頭に論文が浮かぶ。このシーンはそのまま使えそうだ。

「三－〇の吸収糸ください」

鬼塚がその太さの糸を器械出し看護師に要求したことで、正海は我に返って、鬼塚が持つ肝臓を引き取った。

門脈吻合《もんみゃくふんごう》に入る。血管を寄せて縫い合わせると、門脈血流が再開し、阻血されていた肝臓は正常に近いピンク色に戻った。次は動脈だ。

「竹内先生、そっちを縛って」

胆管空腸《たんかんくうちょう》の吻合を任された。

「はい」

正海は肝臓から手を離し、言われた箇所を結紮《けっさつ》していく。

「こっちもだ」

正海一人では間に合わないので、背後から術野を覗く秦の顔を見て、手伝わせた。

「これも」

鬼塚が言ったその血管は小枝になっているもので、放っておいても問題なさそうに見えた。野中教授ならこれくらいの血管は無視する。

鬼塚はビビっているのではないか――正海がそう疑うほど、鬼塚の指示は細かい。

手術は大胆さと思い切りの良さが必要であり、時間短縮することが患者の体力の衰えを最小限に止《とど》め、医師の集中力の維持にも繋がっていく。それなのにこのオペは時間がかかり過ぎている。

「血圧が四十まで下がっています」

外回りの藤本看護師が声を張った。ほら、やっぱり。それでも鬼塚は小さな出血を見つけては、そのたびに鉗子を置いて自分で止血する。

「先生、輸血量が二千ミリリットルを超えました」

この段階で二千ミリリットルを超えるのは想定外で、このままでは三千に達するだろう。大量に出血をすると血は止まりにくくなる。鬼塚は急げとも言わずに、持針器《じしんき》で結紮する。

「竹内先生、もう少し丁寧に。テンションをかけ過ぎです」

またダメ出しされた。路夢の静脈は網の目のように皮下の下まで潜り込んでいるので難しい。糸を締めて引っ張ると、結び目がコンマ数ミリずれた。

「ダメだ、竹内先生、そんな結び方じゃ」

今度は鬼塚が身を乗り出し、自ら結び直した。

自分の結紮でまったく問題ないだろうと正海は不満だった。

鬼塚の結び目は確かに綺麗《きれい》だが、一つ一つにこんなに手間をかけたら、ますます手術時間が長くなる。

さらに数時間が経過した。なんとか血圧は正常値まで戻った。

「このあたりで休憩にしませんか」

麻酔医の阿佐が進言したのが十時間を経過した午後七時半、正海の体はへばり、目もぼやけていた。

医師の体力の問題もあるが、凝固因子《ぎょうこいんし》の変化や慌てて吻合したことで出血が出るかもしれないため、寝かせることも大事で、西京大の野中教授もそうしていた。

周りの意見をほとんど聞かない鬼塚ならこのまま続行するかと思った。

「そうですね。一旦中断しましょう」

鬼塚は従った。

麻酔医の阿佐だけを残して、隣の休憩室で一時間ほど休み、手術室に戻った。

被せた布を剝がし、自然にくっついた腹を正海が両手で開いていく。中が赤黒く染まっていたことに目を疑った。

「大変です。出血してます！」

「輸血準備してください」

麻酔医の阿佐がさらに大声で叫ぶ。鬼塚は赤い沼と化した肝臓の深部に手を突っ込み、ガーゼで溢《あふ》れた血を拭く。

「血を吸引して！　もっと出血点が見えるように」

鬼塚の指示に沿って正海と秦がガーゼを当てると、下大静脈《かだいじょうみゃく》に出血点が見つかった。正海は青ざめた。出血していたのは、正海が結んだ部分だったからだ。

鬼塚はなにも言わずに、自分で血管を縛る。

その後もいくつかの処置を終え、他に異常がないか、腹壁を手で閉じては吻合した門脈が圧迫されていないか頻回《ひんかい》に確認して、鬼塚は腹部の縫合《ほうごう》を始めた。

BGMがクイーンの『We Are The Champions』になった。もう何枚目のCDかも分からなかった。何時間経過したかも分からない。

「終了です」

鬼塚がそう言った時には、朝の三時半になっていた。

「腹水が多く出ているので、皆さん、術後管理を怠《おこた》らないようにお願いします」

「はい」

容態《ようだい》の進捗《しんちょく》具合を見るために挟んだ休憩を入れて計十八時間、正海にとっても過去最長の手術時間だった。

6

二日間徹夜で帰宅した正海は服のままベッドに倒れ、熟睡した。目覚めたのは『夕焼け小焼け』のチャイムが町に流れる午後五時だった。

病院には昼間は松下と十川、夜は千晶と水野が残って観察することになっていたので、コンビニ弁当で夕食を済ませてから、夜の十一時に千晶に電話を入れた。

〈路夢くん、夜の八時には目を覚ましたよ。最初はぼーっとしてたけど、なにが起きたのってくらいケロっとしてて。あれだけ長いオペをしたら普通は体力消耗するのに〉

「良かった。お母さんも安心しただろうね」

〈お母さんより先に路夢くんが「先生、ありがとうございました」と鬼塚先生にお礼を言ったのには感心したけどね。あの子、しっかりしてるよ〉

「えっ、鬼塚先生ってもう病院にいたの」

〈十時にはいたらしいよ〉

「十時って夜の」

〈朝の十時に決まってるじゃない〉

「まじかよ」

解散になったのが午前五時半だ。通勤に時間はかからないが、丸二日徹夜だったのだ。十時に来たのなら、三時間も寝ていないのではないか。

千晶によると輪島も午後三時には、秦も夕方に顔を見せたそうだ。

「俺もこれから行くよ」

支度《したく》をしようとしたが、「今来ても、鬼塚先生も輪島先生もいないよ。それに鬼塚先生は、秦先生が来てたのにも気づいてなかったと思う」と言われ、胸を撫《な》で下ろす。〈それに竹内先生、オペ後に謝ってたじゃない。術中は、もうなにやってるのって私も腹立ってきたけど、きちんと自分の責任と認めたことで、少しは挽回《ばんかい》できたんじゃない？〉

何度も結び直しを命じられたのを千晶も聞いていたのだろう。雑な手技のせいで、あやうく出血死させるところだった。

――今日はご迷惑をおかけしてすみませんでした。今後は丁寧にやるよう気を付けます。

長時間手術で疲れているというのに、この日の鬼塚はいつもと異なり、説明してくれた。

――消えかかった炎を他に移すことで、炎に勢いがついて燃え始めます、私はそれこそが移植だと思っています。炎を継ぐ機会を得たのに、医師がそれを雑に扱うことで消してしまえば、移植を許してくれた患者やその家族に申し訳が立ちません。

難しい言い方だったが、正海は飲み込めた。炎とは「命」という意味だ。一人が脳死で亡くなったが、医師によって重篤《じゅうとく》の患者が救われた。

故人の、そして脳死を受け入れ、臓器の提供を許してくれた遺族の傷心も、天羽路夢が元気に回復することで少しは報《むく》われるかもしれない。

〈医者はそうして成長するのよ〉

千晶の声が耳に届いた。

「またぁ、いつも先輩ぶって」

〈私の方が先輩だもの〉

「そんなのすぐ追いつくから」

〈あっ、私、様子見に行くから、切るね〉

千晶も普段にも増して張り切っている。

切れたスマホを耳に当てたまま、正海はベッドに大の字になった。

県内初の脳死肝移植は大成功だった。頭にこの日の鬼塚の両手が浮かび、一つの動作も見逃さないほど順番通りに再現されていく。

鬼塚が第一助手に抜擢《ばってき》してくれたことで目にしたことのすべてが論文に活《い》かせそうだった。

正海は今からでも執筆に取り組みたくなった。


天羽路夢は日を増すごとに顔色がよくなり、頬の肉付きもふっくらとした。一週間後には個室に移動した。

手術の翌日の海南新報には、ベッドで上半身を起こした路夢が、安堵《あんど》の笑みを広げる母親と並んで写る写真が《病院提供》のクレジット付きで掲載された。

《十八時間の闘い　医師団と路夢君が打ち克《か》つ》

そう見出しがつき、鬼塚に代わって仙谷病院長が「最初のお母さんからの移植でさえ、とても難しい状況で、その不安が的中し合併症の発症を余儀なくされました。路夢くんと医師たちの諦めない姿勢が今回の移植成功に結び付いた。今後も救命の限界を決めることなく、様々な患者を受け入れたい」とコメントしていた。

記事の最後には、今回の医師団として鬼塚、輪島医師らとともに第二外科の八名の名前が載った。正海の名前もあった。これまで共同論文が雑誌に載っても知らせなかったが、その新聞は神奈川に住む両親に送った。「よくやったな、正海」「おめでとう」両親から相《あい》次《つ》いで祝福の電話がかかってきた。

その翌日、正海は仙谷院長に呼ばれた。


「えっ、どうして私が……」

耳を疑った。仙谷に来週から北部分院に移るようと告げられたのだ。

「急で申し訳ないけど、以前から分院が、外科医を回してほしいと頼んできてるんです」

「ちょっと待ってください。私に分院に常勤しろってことですか」

市の北部にある分院は、本院と同じ組織形態で、第一外科、第二外科、一般外科……と分かれている。医師数は少なく、設備もない。肝胆膵の患者が来ても、手術が必要なら本院に回すだけだ。

どうして仙谷がこんなことを言い出したのかが、理解できなかった。手術医になりたくて肝胆膵を専攻したのだ。人も設備もない分院に行ってなにをしろというのだ。

「あなたはまだシニアレジデント（後期研修医）ですから、いろいろ経験した方がいいでしょう」

呑気《のんき》に話す仙谷が余計に腹立たしく、これ以上行儀良くは聞いていられなかった。

「このこと、西京大はなんて言ってますか？」

「どういう意味ですか」

「私はいずれ西京大に戻る予定です。もちろん西京大の野中教授からは内定を得ています」

内定どころか、戻ることも伝えていないが、自分なら西京大は受け入れるだろう。それくらいの逸材《いつざい》なのにこの病院ときたら、並の医大卒の研修医と同等に、いや、分院に勤務させるなどそれ以下の扱いだ。

「こんなことして西京大は黙ってないと思いますよ。西京大はＵＭＣには二度と医師を派遣しないと言い出すのではないでしょうか」

怒りが伝わるように語調を強めた。気の優しい仙谷のことだから、そう言えば慌てて異動を撤回すると思った。

仙谷は正海の視線を逸らすことはなかった。

「おかしいですね。野中先生は、あなたが大学院に戻るなんておっしゃってなかったようですよ」

「野中教授に話したんですか」

「私ではありません。鬼塚先生が、京都の学会で野中先生にお会いした時、話したようです」

「京都の学会って、今回の脳死の連絡があった日ですか？」

あまりの衝撃に途中から声が弱くなる。

「そうでしょうね」

「鬼塚先生はなんと話したのですか？」

こわごわと尋ねる。

「鬼塚先生は、竹内先生にはまだ学ぶことがたくさんあるので、本院から移してもいいかと訊いたそうです。野中先生は『今は鬼塚先生の下にいるのだから、先生が思うようにどうぞ』と答えられたとか」

「今回の移植までに、鬼塚先生は私を外すことを決めていたわけですか。今回の移植で、私は第一助手をやったんですよ」

同期の秦ではなく正海を第一助手に起用したではないか。それだって手技を高く評価していたからだろう。

「確かに今回の止血は反省しています。でもミスはそれだけじゃないですか」

「私も杉彦第一外科部長と見学室から見ましたが、鬼塚先生がなぜそう言ってきたのか理解できました。助手としてあなたの動きはすべてが後手に回っていました」

「そんなことは……」

抗弁しようとしたが、普段とは比較にならない仙谷の強い声音《こわね》に搔《か》き消される。

「私も日本各地の病院を回ってオペにかかわってきましたが、オペというのは頭の中でつねに二手、三手、先を行かないと予期せぬ変化に追いつけません。それはチーム全員の総意でなくてはならない。他のことを考え、気持ちが別のところにいっている医師がいるとオペは停滞し、成功率が下がります」

脳裏に手術シーンが再現された。

鬼塚の手が先に動き、その手を正海が追いかけていたことが幾度もあった。

自分が先に気づいていれば、鬼塚は器械から一旦手を離す必要もなかった。

このオペを論文にしたいなどと、余計なことを考えていたのも事実だ。

あの時点で外されることが決まっていたというのに、自宅でも早く論文にまとめようと能天気に構想を練っていた。竹内正海は外科医には不適格だと西京大に伝えられたも同然なのだ。もう大学には戻れない。

「院長の言う通りだったかもしれません。今後は気を付けます。術前からもっと集中して準備します。だから私を第二外科に残してください。お願いします」

仙谷なら許してもらえると頭を下げたが、返ってきた言葉は非情だった。

「あなたは大きな病院で仕事をすることが医師の仕事だと思っているようですが、我々に与えられた責務はそうではありません。分院にも辛い思いをしている患者がたくさん来ます。あなたの力で、その患者さんたちの命を救ってください。それも医師の仕事です」

言われた時には深い森に紛《まぎ》れ込んだかのように耳鳴りがし、描き続けてきた理想の外科医像が遠のいた。

器械出し看護師　椿原理央の怒り

1

駐車場の白線に沿って駐車し、プリウスのエンジンを切った。ライトも消したが、椿原理央は車内からは動かず、暗がりの中でバッグからスマホを取り出す。呼出音を聞いていると、悠太《ゆうた》が出た。

「悠太、もう家《うち》?」

「そうやけど、どうしたん?」

同じ歳の悠太は声が高めなので三十三歳の年齢より幼く聞こえる。

「お塩を用意しといてほしいんやけど」

「そういうことか。オッケー」

悠太が残業していたら、日向山《ひなたやま》アウトレットのカフェで時間を潰さなくてはいけないと思っていただけに助かった。二階に上がるアパートの階段の足音を察した悠太が玄関のドアを開けた。ドアの動きに合わせて理央は背を向ける。

「理央、ええよ」

振り返ると、お祓《はら》いしてくれた悠太が、笑みを浮かべて塩のついた手を払っていた。

部屋着に着替えると、昨日の日曜日、スーパーでまとめ買いした食材を出して料理を始めた。今日のメニューは青椒肉絲《チンジャオロースー》とトマトと卵の炒《いた》め物、キュウリのたたきにチンゲン菜の中華スープ、品数は多くなったが、料理はストレス解消になる。

その間に悠太が風呂を洗う。風呂掃除とゴミ出しが悠太の担当で、他の家事は理央がやる。それが結婚して二年、大阪にいた時からの約束事である。

「手術室でお塩は珍しいんやない？　術死があったん？」

青椒肉絲といっても豚肉とピーマンを切って炒めただけだが、悠太は速いペースで平らげていきながら訊いてきた。

「手術患者やあらへんよ。入院患者」

「そやったら尚更《なおさら》、なんで理央が行くんよ？」

UMCに来てからは手術室担当になった。オペナースが手術以外で入院患者と接することは少ないので、術中死でもない限り、臨《りん》終《じゅう》に立ち会うことはない。

「今回は特殊なケースやってん。明日、胆石症《たんせきしょう》のオペをする予定だったおばあさんの術前訪問に行ったんやけどな」

　オペナースは手術前日には患者の元に行き、写真やパンフレットを見せながら手術当日の流れを説明していく。患者の不安を軽減させる役割もあるが、一番はアレルギーや既往歴《きおうれき》などを確認することで、手術での間違いを防止するためである。

「そのおばあさん、肝硬変を患ってて、検査ではそれほど深刻ではなかったんやけど、今朝になって急に悪化してん」

「この前、脳死移植で中学生を助けたばかりなのに、今度は手術の前に患者が急死したりと、病院は大変やね」

「そりゃなにが起きるか分からんもん」

「そのおばあさん、いくつかは知らんけど、死んだと聞いて家族は悲しんだやろな」

　悠太が箸《はし》の動きを止め、小さな声で嘆《なげ》いた。

　涙もろく、優しい性格の悠太は、去年、八十八歳の祖母が大往生《だいおうじょう》を遂《と》げた時も、親戚で一番泣いていた。

「若い頃に肝臓を悪くしたみたいやけど、七十五歳になっても元気に農業をしてたみたいやから、家族もショックやったと思うよ」

　カルテには肝機能の数値も安定し、健康状態は良好と出ていた。それなのに理央が病室に入った時には黄疸《おうだん》が出ていて、嫌な予感がした。オペの説明前に、病室担当の看護師に血圧を測るように頼んだ。看護師が腕を取ると、患者は咳《せ》き込み出し、そこから容態が急変した。

「担当の看護師さんはなにしてたんよ。元気だったおばあさんの顔色がおかしいのに、気づかへんかったん？」

「まだ若い子やったから、調子悪そうやなと思ったくらいで、ここまで大事《おおごと》になるとは、思わへんかったみたいやねん」

呼ばれた松下医師がおよそ三十分間心臓マッサージや人工呼吸などの救命処置をしたが、蘇生《そせい》は叶わなかった。死亡後に所見した鬼塚第二外科部長によると、肝硬変を発症し、食道静脈瘤《しょくどうじょうみゃくりゅう》が破裂したことによる出血性ショック死とのことで、若い看護師が早く気づいても状況は変わらなかったらしい。それくらい肝硬変は増悪すると手に負えなくなる。

「その患者さんに、理央も触れてしまったってことか？」

「触れるやろ。目の前で患者さんが苦しんどるのに」

「触れんかったら看護師やないもんな」

もっとも臨終が迫った時でも、看護師が多くて、患者に触らないケースもある。そういう時は、お祓いはしない。

「患者が死んだとなると、院長は苦い顔をしてるんやないの。どのみち助からなかったとしてもやっぱりイメージ悪いやん。田舎はすぐ伝わるから」

「うちの院長先生はそういう人やないけど、その上は嫌がってるかもね」

「その上って誰よ?」

「東京の理事長さん」

治療が難しいと言われる肝癌や膵癌は、昔は手術中に亡くなる患者が二十パーセント近くいたらしい。今は癌での術中死はほとんどないし、肝臓移植も五年生存率が成人で七十～八十パーセント、小児だと八十パーセントを超えている。

ここまで病院を拡大してきた繁田というやり手の理事長は、報告を聞いて不満に思っているかもしれない。

それでも術後の合併症は読めないし、移植以外でも劇症肝炎を発症したり、この日のように普通に過ごしていた人が突然、亡くなったりすることはある。

放置していれば亡くなる命が助かるよう確率を上げる場所が病院であり、医師や看護師はその役目を果たす。自分たちはできる仕事に全力で取り組むだけ。だから遺族を気遣い、労《ねぎら》いの言葉をかけるが、頭では引きずらないで割り切るようにしている。直前に担当した患者がどうなったかなど、次に担当する患者には関係がないことだ。

悠太の視線が、理央の体を見回していることに気づいた。頭のあたりを見ていたと思うと、それが横にずれていく。今度は理央の背後を覗くように探っている。

「いやや、またついてるん？」

理央は調子外れな声を出して、ダイニングテーブルから離れた。

昔は霊など信じなかったが、霊感が強い悠太と付き合ってから、時々「後ろになんかおるで」と言われるようになった。そうした時は、翌日、病院のエレベーターが誰もいない階に停止するなど、怪奇現象が起きた。

「理央、そっちに立ってみ」

椅子から腰を上げ、食卓の横に出た。悠太も食卓の横へ移動した。

「箸を置いて、手を下ろして」

「うん」

持っていた箸をテーブルに戻し、両手はズボンの縫い目につけた。悠太は目を動かし、理央の全身を探っていく。今にもうなじに、亡くなったおばあさんの手が伸びてくるようで、背筋が寒くなる。

真剣だった悠太の顔つきが緩み、両手を開いて抱きついてきた。

「大丈夫や、理央、なんもついてない」

「なによ、悠太、脅《おど》かさんといてよ」

理央も悠太の背中に手を回した。悠太からは塩辛《しおから》工場の匂いがした。理央からは消毒液の臭いがするだろうから、おあいこだ。

2

生まれも育ちも大阪で、神戸より西は修学旅行で広島に行った以外は足を延ばしたことがなかった理央は、半年前に四国四県の一つ、R県潮市に引っ越してきた。

大阪の電子機器メーカーに勤めていた悠太が、父親の体調が心配なので、会社をやめて潮に帰りたいと言い出したからだ。

悠太の実家の塩辛工場は、兄が継いでいる。交際していた時から故郷に戻るなんて聞いていなかった理央は、最初は難色を示した。

悠太が潮に帰りたいと言ったのは一年以上前だったが、人生とは不思議なもので、その後、勤めていた大阪の病院での人間関係が負担になり始め、ここで働くのもそろそろ限界かなと感じるようになった。

そこで悠太に「潮でも看護師を続ける」「三年いて無理そうやったら、その時は大阪に夫婦で戻る」と条件を出し、転居に同意したのだった。大阪から二百キロ離れている潮市は高速道路が整備され、車を飛ばせば二時間半で実家に帰れる。ここ大阪なん？　そう勘違いするほど方言も大阪弁に近い。

悠太が子供の頃は海と山しかなかったそうだが、旧潮市民病院が五年前、ＵＭＣとなって再出発してからは、製薬会社や研究所などが移転してきて、医療産業の町として生まれ変わろうとしている。新しい道路が作られ、宅地が整備され、ショッピングモールやアウトレットまで出来た。

看護師の空きがあったUMCに、即採用された。悠太の給料は会社勤めの時より減ったが、理央の給料が増えたので合算すればとんとんだ。それに悠太の親が所有するアパートの一室を、社宅代わりに無償で貸してくれたので生活にゆとりができた。

病院には車通勤になったが、渋滞はないし、ネット通販で買い物しても大阪と同じで、だいたい買った翌日には届く。近所の農家さんがたまにくれる野菜がすごく美味《おい》しい。

悠太は、体が弱ってきたと言っていたはずの義父と、毎週末ゴルフに出かける。理央も大阪で齧《かじ》ったランニングを始めた。

今のところ田舎暮らしは、思っていたより快適だ。

午前五時五十分、スパッツの上にランニングパンツ、上にはウインドブレーカーを羽織った理央は薄暗がりの中、下ろしたてのナイキの厚底シューズを履《は》き、景山峠《かげやまとうげ》から町中へと続く舗装道を走っていた。

東の空が青黒くけぶってきた。次第にグラデーションがかかったように青さが広がっていくのが神秘的だ。

街灯が少ない道路の脇は草むらで、その向こうは深い森が遠くまで続いている。熊やイノシシが出てきやしないか、理央はビクビクしながら走っている。

いつもより三十分早く家を出ようとした時は、窓の外は真っ暗で、トイレに起きた悠太からも「もう少し明るなってからの方がいいんじゃない」と止められた。理央もやめようかと悩んだが、「大丈夫やて。すぐ日が出るし」と強がって家を出たのだった。

やっと明るくなってきたと思ったら、森全体に鮮やかな紅葉が広がった。

坂道の下りの先に、潮湾《うしおわん》に架《か》かるつばさブリッジの斜張橋《しゃちょうきょう》がぼんやりと見える。橋を渡り終えたところが日向山アウトレットの入り口、市民用に作られたこのマラソンコースのゴールだ。

磯の香りに鼻をくすぐられながら、橋を渡り始めると、視界に海が開けた。潮《しお》の流れが速いはずの海が、今朝はとても穏《おだ》やかで、漁船がゆりかごのように小さく揺れている。

《日向山アウトレットまで５００ｍ》

案内標識を通り過ぎると、急に背後から足音が迫った。振り向く間もなく男が理央を追い抜いた。そのまま一気に突き放される。キャップを被っていたが、ふさふさした後ろ髪で、それが鬼塚第二外科部長だと分かった。

空気が張り詰めるほど冷えているのに、鬼塚は黒の半袖Tシャツに、黒の短パン。体は引き締まり、スパッツを穿《は》いていない足は、太腿《ふともも》も脹脛《ふくらはぎ》も筋肉が隆起している。

理央は一週間前の十月最初の土曜日にも鬼塚を見かけた。その時は日向山アウトレットからスタートする三キロコースを出た地点ですれ違ったため、二十分以上かかって戻ってきた時には、鬼塚は帰った後だった。

病院ではなにも言われなかったから、鬼塚は理央だと気づかなかったのだろう。

鬼塚は東京、理央は大阪と来た場所は異なるが、よその組として親近感を抱いていた理央は、自分からランニングの話をしようかと考えた。だがバラバラのフォームで走っていたのが自分だと知られるのが恥ずかしくなり、次に会った時にしようと先延ばししたのだった。

今日のために新しい靴を買い、ＹｏｕＴｕｂｅを視聴してランニングフォームをイメトレした。走っている間も、いつ鬼塚が現れてもいいようにフォームを意識して走ったつもりだ。

それでも「にわかランナー」なのは一目瞭然だろうけど。

少し靄《もや》がかかったアウトレットの駐車場で首を回すと、芝生の上で足を大きく開脚する鬼塚を発見した。声が届く距離まで接近し、「先生」と呼ぶ。まだ息が乱れていた。

「おや、最後は結構、飛ばしてきたんですね」

ストレッチしたまま顔を上げた鬼塚に言われ、面食らった。

「先生、抜いたのが私やと気づいてはったんですか」

「もちろんですよ。椿原さんは先週の土曜も走ってましたよね。土曜日はランニングデーですか」

「はい、っていうか、まだ始めたばかりですけど」

「だと思いました」

鬼塚は開いた右足のつま先へ体を伸ばしていく。やっぱりバレていたようだ。ちょっとショックだった。

「先生はフルマラソンの経験もあるんですか」

「ありますよ」

体を伸ばした鬼塚は答えた。

「どれくらいで走りはるんですか」

「ベストは二時間五十七分です」

「サブスリーやないですか」

三時間を切るのはランナーの憧れだ。大阪の病院で誘われたランニングサークルにはサブフォーランナーが数人いたが、彼らはドヤ顔で、フォームやトレーニング方法について力説していた。

今度は左のつま先に手を伸ばした鬼塚の左腕に、理央は目をやった。

「それアップルウォッチですね？　ペースをモニタリングしながら走ってるんですか」

「してますよ。でも大事なのは時計より心拍数です。前半は百七十、最後は百八十まで上げて追い込むことを目標にしてるんで」

「今日はどれくらいだったんですか」

「最後にペースをあげた時でも、百八十は超えないようキープしました」

心拍数まで管理するとは、どこまで精密機械なのだ。さすが看護師の間で「鬼塚ロイド」と呼ばれているだけのことはある。

百八十という心拍数は相当高い。理央の普段の脈拍は六十ちょっと。走っている時は上がっているだろうが、元より息切れするほど全力では走れない。鬼塚はどれくらいの距離を走ったのだろうか。疲れた様子も見えないが、フルマラソンを三時間で走るのであれば結構な距離を走り終えたのではないか。

「先生は何キロ走ってるんですか」

「いつも十キロですよ」

「たった？」

「はい。椿原さんは、普段十キロしか走っていない人間は、フルマラソンは走れないと思っていますか」

会話は続いても、目が笑っている感じがないので距離感が摑めず、理央は「はい」とだけ返事をする。

「短い方がいいこともあるんです。なんだと思いますか」

「なんだと言われても……」

マラソン大会は大阪で十キロを一度走っただけなので思いつかない。

「一つはスピードがつくこと。私は五キロ二十分のペースで走っています。『五キロのタイム×9』がフルマラソンのタイムの基準になるので、単純計算で三時間ちょうどになります」

「はぁ」

「二つ目は短い距離の方が故障のリスクが少ないことです。三つ目は疲労の回復が早く毎日走れること」

「毎日走ってはるんですか」

「そうですよ」

「オペの日も？」

「朝までオペがかかった日は走りませんが、フランスの有名な肝臓外科医ベルギッティ医師は肝切除の後もランニングして、手術に疲れた若い医局員を驚かしたそうです」

最後に足の間の地面に手をつけるように体を伸ばしていた鬼塚は、立ち上がって近くの自販機でアクエリアスを二本買い、戻ってきた。その一本を「どうぞ」と理央に渡した。

「ありがとうございます」

お辞儀して、キャップを開けた。そういえば鬼塚は手術の前に、必ず健康ドリンク、それもどこにでも売っている廉価《れんか》なものを飲む。先輩看護師の藤本梢恵《こずえ》は「鬼塚ロイドの燃料は安上がりやね」と笑っていた。

「先生、一つ質問してもいいですか」

せっかく早起きして会えたのだ。みんなが知りたい土産話《みやげばなし》を持って帰ろうと思った。

「先生はオペ中、古い洋楽を流しますよね。いつも同じ曲を同じ順番で。あれはどうしてですか？」

鬼塚のアイフォンからは、ビリー・ジョエルから始まってスティング、ボズ・スキャッグスと七、八〇年代の洋楽が続く。父の影響で理央も聴いたことがあるが、スマホなら一曲ずつダウンロードできるのに、オリジナルアルバムごと入れているため、知らない曲の方が多い。

「椿原さんはその理由が分かってるんじゃないですか？」

心の中を見抜かれたように言われた。音楽をかける役目の外回り看護師の藤本梢恵は「ファンだからアルバムで聴くんじゃないの？」と話していたが、理央は他に理由があると睨んでいる。

「それってそのアルバムが作られた時代に関係ありますか」

「分かりました、時間ですね。先生は音楽を聴きながら今、どれくらい経過したか時間を計ってるんですね」

「いいセン、ついてます」

「録音技術とかも？」

「そうですね」

「その通りです」

思っていた通りの理由に、理央は「よしっ」と握《にぎ》り拳《こぶし》を引いた。

当たったのは父のおかげだ。府立高校で美術教師をしている父は、若い頃にバンドをやっていて、今もアナログレコードを持っている。その父から、三十三回転のＬＰ盤と呼ばれていたレコードは、音質を向上させるため、片面二十分以内、両面併せても四十分以内に収録されていると、蘊蓄《うんちく》を聞いた。

つまり二十分単位で、手術を開始して何時間経《た》ったか理解しているということだ。手術室にはデジタル時計もあるが、器械出しの理央でさえ、術野から目を離したくない時がある。曲から瞬時に時間を把握するとは、やはりこの外科医は常人ではない。

「先生は、前半は同じレコードなのに、後半は手術時間に合わせて曲調も変えますね。だんだん速くなって、最後は盛り上がる曲が多くなって……それもオペに関係してますか？」

「オペ時間が長いと、どうしても体の動きが鈍《にぶ》くなりますからね。後半は動きの速い手技が多くなりますし」

その予想も当たっていた。天羽路夢の手術では、後半はマイケル・ジャクソン、マドンナ、ブルース・スプリングスティーンと続き、最後には「ウィ～・アー・ザ・チャンピオンズ、マイフレ～ンズ」とクイーンの名曲が流れた。

その時には理央も、至難《しなん》な手術をやり遂げた達成感で気持ちが昂《たか》ぶった。

「音楽の速さに合わせて先生の動きも速くなるんだから、なんかマリオみたいですね」

思いついたことを口にして、くすりと笑った。鬼塚には意味が通じないのか、無反応だった。

その後もなぜ潮に来たのかなどを聞いた。帝都大からの推薦だという噂があったが、鬼塚は「帝都大は関係ないです。私は大学では落ちこぼれでしたから」と謙遜《けんそん》した。

「そんなことないでしょ。先生が優秀なのはうちら看護師が見てても分かりますよ」

「患者一人一人に対し、毎回全力で取りかかっているだけです」

アクエリアスを飲み終えた鬼塚は右足を縁石《えんせき》の上に乗せ、緩んでいた靴紐を結び直した。ミズノのランニングシューズだった。

「オニツカでないんかい」

一瞬、別の人間に言われたのかと思ったが、反応を待つような顔で理央を見ていたので、鬼塚が言ったようだ。

「大阪の人はツッコミを入れたくなると聞いたので、椿原さんは今、そう思ったのかなと思いまして。私は高校まで仙台《せんだい》だったので、間違っていたらごめんなさい」

「いいえ、違ってません。オニツカタイガーのシューズもランナーには人気ですものね」

普段なら「先生は大阪人違《ちゃ》うでしょ」とツッコむが、あまりにイメージとかけ離れたことを言われたせいで、真面目《まじめ》にしか返せなかった。

「息抜きができる時はしっかりして、仕事は油断せず、全員が同じ気持ちでいることです。オペもチームプレーですので」

「えっ、はい」

話の内容だけでなく、雰囲気まで変わったことに理央は戸惑ってしまう。

「ここのスタッフは実力のある方ばかりですが、最近は気の緩みも見られますので気を付けてください。じゃあ、私は病院に行きますので、これで。それ捨ててきますよ」

鬼塚が手を出して、理央が飲み終えたペットボトルを受け取ろうとした。

「すみません」

いつもなら自分が捨ててきますというのだが、まとう空気までが院内のものに戻ったため、理央は手渡した。

鬼塚はごみ箱に寄ってから、愛車のＢＭＷへと向かう。

いつしか靄は晴れ、朝のフレッシュな日射《ひざ》しが鬼塚の背中を照らしていた。

3

「オニツカでないんかいって、なにそれ。鬼塚ロイドがそんなくだらん冗談を言うたん？」

藤本梢恵が自転車を押しながら哄笑《こうしょう》した。荷台のチャイルドシートには病院に隣接する保育園に迎えにいった五歳の息子を乗せている。

「それが急に『オペはチームプレーですので』と話が変わりましたからね。あの温度差にはうち、ついていけませんでしたよ」

梢恵たちが危なくないよう、車道側を歩く理央は、背後から車が来ていないか何度か気にしながら話している。こっちの人は運転に自信があるのか、結構なスピードで走る。

「そっちが鬼塚ロイドの素顔やし、元に戻っただけちゃうの」

理央より五歳上の梢恵は、手術室に配属になった時に器械の場所やこの病院の術式などを親切に教えてくれた。今は「外回り」だが、長く「器械出し」をしていたため、医師たちの特徴も把握している。

前にいた大阪総和《そうわ》病院でも、外回りの方が器械出しよりキャリアの長い看護師が務めていた。外回りは手術全体に目配りが必要で、例えば術中出血量が多かったりすると、切除に夢中になっている医師に「念のため、血行再建の準備をしときますね」と進言して、血管吻合《ふんごう》用のマイクロ持針器や鑷子《せっし》などの器械を準備する。

理央が一昨日《おととい》の土曜日、早朝ランに出たのは、鬼塚を見かけたことを話した梢恵から、「次の土曜は早《は》よ出て、情報集めといてよ」と唆《そそのか》されたからだ。

朝から話したくてうずうずしていた理央は、午前中のカンファレンスが終わると、梢恵に駆け寄った。

恵近くに、お喋りで知られるベテラン看護師の江上美子《えがみよしこ》が聞き耳を立てていたので、仕事後に話すことになった。

梢恵からは終業後に一時間くらいお茶しようと誘われたが、理央の仕事が長引き、梢梢恵の子供の迎えの時間になった。そのため保育園から徒歩十分の梢恵の家までの道すがら話すことにしたのだった。

梢恵の息子はやんちゃで、チャイルドシートで落ち着かない。そのたびに梢恵が「颯《そう》馬《ま》、じっとせんと自転車ひっくり返すで」と叱る。

「ストイックな人とは思ってましたけど、心拍数までコントロールしてるとは、やっぱりアンドロイドやと思いましたよ」

「自分にも他人にも厳しい性格やから、そんで竹内先生はクビになったんやろね」

梢恵は分院に異動になった後期研修医の名を出した。

天羽路夢の移植で、肝臓を植え終えて血流安定を見ている休憩中に腹部が出血したのは、竹内が縛った結び目が原因だった。

院内ではそれが鬼塚の逆鱗《げきりん》に触れたのだろうと噂になっているが、結紮《けっさつ》以外にも、あの日の竹内の動きは、すべてが鬼塚の後手に回っていた。

本来なら助手が臓器を押さえなくてはいけないのに、竹内の手が出ないため、鬼塚はいちいち鑷子を膿盆《のうぼん》に置く。そして竹内に術野展開を指示し、再び、膿盆から鑷子を取る……お陰で理央までが、器械を渡すタイミングを摑めずに苦労した。

しかし理央は、技術の問題だけで竹内が切られたのではないと思っている。

竹内は鬼塚や輪島がいる前では出来る医者だとアピールしていたが、いないと途端に手を抜いた。医師でも看護師でも、どんな時でも同じ気持ちでやれない人は医療従事者には向かない。

「それ、私も思ったんですけど、なんか鬼塚先生の顔を見てたら、なんか竹内先生のことだけやないような気がしたんですよね」

「誰よ？　輪島先生？」

「うちらもってことです。ここのスタッフは実力はあるけど、気の緩みも見られますので気を付けてくださいと注意されたんですよ。言われた途端、うちも最近の手術を振り返りましたから」

「やめてな。そんな悪い冗談」

「あの凍り付くような恐怖心を、梢恵さんにも味わわせたかったですよ」

「怖い、怖い。なんか急に寒なってきたわ」

梢恵は片手で体を摩《さす》る。気温はそうでもないが、風が強いので少し肌寒い。

「せやけどあの鬼塚ロイド相手にようそんな長話ができたね。さすが理央や」

「梢恵さんがやれ言うから、従っただけですやん」

梢恵とは器械出しと外回りのコンビで組むことが多いが、下の名前で呼び合うほど親しくなったのは手術中のある出来事がきっかけだった。「あんた、たいしたもんや。旦那にお迎えを代わってもらうから、飲みいこ」と誘われ、急に距離感が縮まった。

「で、鬼塚ロイドにあのことは訊いてくれたん？」

梢恵の声と重なるように、ヘルメットを被った息子が「なぁ、ママが言うてる鬼塚ロイドってロボットのことやろ？アンドロイド言うてたし」と話に割り込んできた。

「あんたは関係ないねん」梢恵は息子の顔も見ずに突き放す。

「ロボットなら関係あるやんか。僕好きやし」

「ロボットでなくて鬼塚ロイドや」

「鬼塚ロイドってなんねん？」

「いちいち面倒くさい子やな。あんた、家に帰ったらすぐ寝て、ご飯ができても起きへんのやから、今のうちに寝とき」

「いきなり寝られへんわ」

　息子も軽口を返す。

「じゃあ目をつぶっとき。そのうち眠たなるから」

　梢恵はそう言い放って、理央に顔を向けた。目がニタついている。

「あのことってなんでしたっけ？」

「また、惚《とぼ》けて。田村さんのことや」

　鬼塚が東京から呼んだ移植コーディネーターの女性だ。

　年齢は梢恵と同じ三十八歳だから、四十五歳の鬼塚より七つ下。移植患者やドナーだけでなく、誰に対しても低姿勢なので、看護師の間でも好感度は高い。

　院内には、彼女だけが前の病院から連れてこられたことから鬼塚の愛人――鬼塚は独身らしいから恋人ではないかと囁《ささや》かれている。

「そんなん、訊けるわけないやないですか」

「田村さんとは東京でも同じ病院だったんですか、くらいなら訊けるやろ？」

「わざとらしい。梢恵さんこそ、鬼塚先生が田村さんのような地味な女性と付き合うわけないって決めつけてたやないですか」

田村は化粧もほとんどしておらず、華やかなタイプではない。

「うちかてそう思てたんやけど、この前、江上さんが横手町《よこてちょう》の単身者向けマンションに入っていく田村さんを見たっていうんよ。横手町いうたら鬼塚ロイドも住んでるんやろ」

繁華街の新町から橋を渡ってすぐの地域だ。

「それって鬼塚先生の家《うち》ですか？」

そう訊きながらも「そんな訳ないか」と否定した。

仕事がハードな分、看護師の給料は一般のＯＬと比べても悪くはないが、医師は自分たちのたぶん五倍、東京の病院から引っ張られた鬼塚はそれ以上貰《もら》っていて、広い家に住んでいるはずだ。

「鬼塚ロイドは横手町パレスに住んでるらしいで」

梢恵は市内で一番新しいマンションをあげた。

「なんでそんなことまで知っとるん？」

「それも江上さんが言うてたんよ。鬼塚先生の車が、駐車場から出てきたって」

梢恵が摑んだ脇腹を両手で揺らして江上の歩き方を真似た。江上は肉付きがいい。

「あの人、ストーカーやないんですか。絶対に尾行してますよ」

「そんだけ鬼塚ロイドの私生活に興味津々なんよ」

そこで突風が吹き、理央は顔を背《そむ》けた。田舎は空気はいいが、このあたりは道路の脇が

畑なので乾燥した土が風に乗る。理央はまた病院に車取りに戻らんといかんのに
「ごめんな、付き合わせて。うちのカンファレンスもえらいピリピリしてま
「うちが遅なったんで」そう返してから「今日のカンファレンスもえらいピリピリしてましたからね。みんなが鬼塚先生に興味を持つのも分かりますけど」と話を戻す。

「輪島先生もムキになって反論してたしな」

今週の手術日程を打ち合わせる会議で、鬼塚が予定にはなかったオペを持ち出した。脳死判定の連絡で移植予定だったのに、鬼塚が膵臓の嚢胞性腫瘍《のうほうせいしゅよう》が悪性である疑いがあると判断して、中止にした広永敏雪という六十六歳の男性のオペだった。天羽路夢の移植を終えてから、鬼塚は輪島に連絡することなく広永の検査をしたようだ。

鬼塚の方が地位は上なのだから、連絡をしなかったのは問題ないが、鬼塚が造影剤を使って超音波で見ても悪性の根拠は出なかった。それなのに鬼塚は開腹手術をすると言い出し、今週の金曜に手術をすると決めた。

「理央はアンチ輪島派やから、鬼塚ロイドの意見に賛成やろけど？」

「別に輪島先生のことは嫌いじゃないですよ。オペは医師が決定するのであって、うちら看護師には分からんことやし」

「ええって、無理せんで。うちも普段の輪島先生は、冗談言うてきたりと嫌いやないけ

ど、オペ中にテンパった時は、『意味分からん』って言いたなるから」

「もうその話はやめてくださいよ」

理央は口を窄《すぼ》めた。梢恵が口にしたその台詞《せりふ》が、彼女と仲良くなったきっかけだった。

それは輪島が執刀した進行癌の切除手術だった。予期せぬ状況になった時、医師が欲しいものと違うものを要求するのは珍しいことではなく、その時も輪島はケリー鉗子《かんし》がほしいはずなのに「メッチェン」とハサミを求めた。おかしいと思った理央は「メッチェンですか?」と確認したが、「そうや、くれ」と言うので渡した。

ところがハサミを手にした輪島から「こんなん渡して危ないやろ。血管切れたらどうすんだ」と怒られた。危ないと思っていたから聞き返し、それでも「くれ」と言うから渡したのだ。頭にきた理央は「意味分からん!」と口走った。言った時には手術室は凍り付き、その後輪島の口調は急に丁寧になり、指示が減った。いつもと違う雰囲気になるのはけっしていいことではないので、理央も大いに反省した。

ところが器械出しをやっていた頃から、焦《あせ》った時の輪島に不満があった梢恵は、理央のひと言でそれまでの鬱憤《うっぷん》がすべて吹っ飛んだらしい。

——誰か言うてくれへんかと、前から思ってたんよ。うちらの不満を理央が全部言うてくれたようで気が晴れたわ。

連れていってくれた地元で人気の居酒屋で、梢恵は「好きなもの頼んで。うちの奢《おご》りやから」と歓迎してくれた。

「あの件は翌日に、輪島先生から『昨日はすまなかった』と謝られたと言うたやないですか。うちはもうなんとも思てませんよ」

「輪島先生は自分が第二外科部長になるって信じてたくらいプライドの高い人やからね。それこそ東京から部長を呼ぶって聞いた時は『意味分からん』と思たんやろね」

「もうそれ、やめてくださいって。こんな話が江上さんの耳に入ったら、あっと言う間に広まって、えらいことになりますよ」

「江上さんが言わんでも、うちらがこんな噂をしてるのが鬼塚ロイドの耳に入るかもしれへんし。なにせロボットみたいに精密に出来てるんやから」

「やっぱりロボットのことやんか!」

息子がこれ見よがしに口を出し、チャイルドシートから梢恵の服を摑んだ。

「なんであんたはこういう時だけ抜け目ないんよ。普段はママの話も、全然聞いてへんのに」

「ねえ、ママ、次の日曜、アウトレットにそのロボット見に行こうや」

「もうやかましいな、そういう子は、こうするで」

息子が被っていたヘルメットを目深《まぶか》にして、わざと自転車を揺らし始めた。

「ママ、許したげるからもうやめて」

「それを言うなら許してくださいやろ」

「ほんま許したげるから。ママ、全然、見えへんよ～」

子供もヘルメットを直さず、手探りするようにふざけている。

新喜劇のような母子のやりとりを、理央は微笑《ほほえ》ましく眺めた。

4

どうして揚げ物なんか買ってきたんやろ。まだ三切れほど残るトンカツに手を伸ばしたが、理央は結局、食べずに食器を片付けた。

二人とも揚げ物好きなので、スーパーで買ってきたものを夕飯にすることは多いが、この日はまったく食欲がなかった。

二人分のお茶を淹《い》れ、ソファーに先に移っていた悠太の隣に座る。悠太はテレビのお笑い番組を見ているが、そんな気にもなれず、スマホを手にした。開くと仕事で見ていた肝臓に血管が通る画像が現れた。

「理央、なにしょーるん」

覗いてきた悠太は、「なに、それ、グロッ」と目を逸らした。

「今週予定している癌手術の患者さんの肝臓。本物の肝臓は血管が見えてへんのやけど、先生がCTで撮影した画像を見ながら、ここにこう血管が通ってるって、全部手で描いてん」

　執刀する輪島が作成したものだ。ステージⅠという初期段階だが、肝癌手術はなにが起きるか分からないので侮《あなど》れない。

「なんでそんなん、理央が見るんよ」

「器械出しの看護師かて知ってるに越したことはないやろ。先生がどの部分を見てるかで、次になにしようか分かるわけやし」

　カルテの一部なので本来は院外に持ち出してはいけないのだろうが、医師やスタッフは予習のため、この画像だけを自分のスマホに移す。理央たちも許可を受けている。

「看護師もお医者さんと同じなんやね」

「同じオペ室にいるんやもん」

「命を預かってるわけやから大変な仕事やね」

　悠太は看護師の仕事に理解がある。電子機器メーカーで働いていて、趣味でドローンを飛ばしていた時も「いくら医療ロボットが進化しても、医者や看護師は絶対に必要だよ。患者は機械より人間の温《ぬく》もりを求めているわけだから」と言った。これが理央の母親だと「手術室なんて重要な仕事、やらん方がええんとちゃう?」とか「ヨーロッパでは胃瘻《いろう》は虐待《ぎゃくたい》になるらしいで」とやる気を削《そ》ぐようなことを平気で口にする。

「今日はどしたんよ、帰ってきてから、ため息ばかりついて、食欲もないし。病院でなんかあったん？」

普段はマイペースを崩さない悠太だが、こういう理央の小さな変化にはよく気づいて、愚痴に付き合ってくれる。

「実は明日のオペの患者さんに、術前訪問に行ったんよ。この前の脳死の時に関係していた患者さんなんやけど」

この日に理央が行ったのは、明日、鬼塚がＩＰＭＮ（膵臓の嚢胞性腫瘍の良性と悪性の境界病変）の摘出を決めた広永敏雪だった。

「ひょっとして、理央は患者さんにこう言われたんやない？　俺が肝臓移植を受けられなかったのは、陸上選手の中学生の方がメディアで話題になるからであって、明日の手術は取ってつけた理由ではないのかって？」

理央はスマホを握ったまま固まった。

「あっ、違《ちご》てた？　ごめん」

「正解や、なんで分かったん？」

「新聞記事を読んだ時にそう思ったし。新聞には《奇跡的》と書いてあったけど、この奇跡って、断られた患者にしてみたら悪夢やなって」

そこまで言って、悠太は理央の顔色を窺い、「ごめん」とまた謝った。

通行人とぶつかってもすぐに「すみません」と謝ってしまうのが悠太の癖《くせ》だ。「謝らん方がええで。仕事で自分のせいにされたらえらいことやし」理央はそう注意したことがあるが、人に思い切り肩をぶつけておいて、こっちが痛い思いをしているのに無言で通り過ぎていく人間もいるから、悠太の口癖は実は好きだ。

悠太が言ったのと同じことを、理央も海南新報を読んだ時に感じた。広永個人に関する情報は出ていなかったが、《UMCの別の入院患者に渡る予定だった脳死者の肝臓が、直前になって移植できないことが発覚、医師団は一旦臓器の持ち帰りを断念した。ところが移植ネットワークが次の候補として連絡した他の病院が、時間や距離的な理由により次々と断ったことから、再びUMCの天羽路夢に順番が回ってきた》と細かいところまで書いてあった。

海南新報には路夢の回復具合を知らせる記事が毎日のように載っている。肝臓が自分に来なかった広永夫婦は、複雑な気持ちで読んでいるに違いない。

「怒ったんは患者さん本人やのうて、奥さんやけどね」

「介護する家族の方がショックなんかな」

「本人かて落ち込んでると思うよ。明日のオペが成功しても、それで退院というわけにはいかんわけやし」

腫瘍の切除手術を終えて、再び肝臓移植のウエイティングリストに戻ることができるのだ。次も順番が一番かは分からない。すべて移植ネットワークが決めるのであって、この間にもっとMELDスコアが高い患者が出ているかもしれない。

広永もそう思っているのか、理央が手術の説明をしている間も心ここにあらずといった表情で、最後に質問がないか問うても、「とくにないです」と心細い声で答えただけだった。

その間、妻は理央を睨んでいた。

――看護師さん、ちょっとええですか。

病室を出ると妻から呼び止められた。嫌な雰囲気を感じたので空いている部屋に案内した。

――本当にうちの主人は、明日手術する必要があるんですか。

部屋に入るなり、妻からそう訊かれた。

――もちろんです。先生がそう判断されて、決めたことですから。

できるだけ普段通りの表情で応える。本来は看護師が話すことでもなく、私には分かりませんと言っても良かったが、妻が広永に余計なことを吹き込んで、明日の手術を拒絶することになったらまずい。

――腫瘍らしきものを取って、悪性腫瘍だということにするんやないでしょうな。

――そんなことはありません。組織は必ず病理検査に出しますし。

――それかて、うちらが知らんところでこっそりやるんでしょ。

――検査後、先生から説明があります。検査データも出ますから。

いくら説明しても妻は納得しなかった。

――この病院も有名になってってええですな。地元の新聞だけでなく、インターネットにも中学生のことが載ってましたわ。あの子、日増しに元気になってるそうやないですか。移植前とは見違えるくらいに。

窓の外を見ながら皮肉を言う。

――奥さまが不安になられるお気持ちは分かります。ですが広永さんは背中の痛みを訴えておられていましたし、今回の手術で、その原因が究明できればいいと私は思っています。

言葉を選んで慎重に返した。

――どのみち、あなたに言うてもしょうがないんでしょうけどな。せやけど先生はコーディネーターさん任せなのか全然来てくれへんし。コーディネーターさんは毎日のように来てくれますけど、「今回の手術が終われば第一関門突破で、次は移植できます」やら「信じて待ちましょう」やらアテにならん話ばかりするし。

――コーディネーターさん、毎日、来てるんですか？

移植中止になった後の広永は、移植患者ではなく、膵臓病の患者になったはずだ。それなのに移植コーディネーターの田村美鈴は毎日、顔を出しているのか。

——私からも先生に、検査結果が出たらすぐ奥さまに説明するよう伝えておきますから。

これ以上話してもこじれるだけだと、理央は会話を切り上げた。妻はまだなにか言いたそうだったが、表情に不満を滲ませただけで夫の病室に戻った。

自分の持ち場に戻る廊下で、病室から出てきた天羽路夢の母と鉢合わせした。

——あら、看護師さん。

手術前に顔を合わせただけなのに、母親は理央を覚えていた。憔悴していた移植前とは見違えるほど明るくなった母親から病室に引っ張り込まれ、「これ、貰いもんですけど皆さんで」とお菓子を渡された。

驚いたのがベッドに腰掛けて動画サイトを見ていた路夢だった。患者衣の上に陸上部のジャージを着ていたせいで、友達がお見舞いに来たと見間違うところだった。移植してまだ三週間弱だというのに回復ぶりには目を見張る。

——ねえ、看護師さん、僕、ずっと休んでたから筋肉が落ちたんよ。病院に鉄アレイを持ってきていい？

——あかんに決まっとるでしょ、路夢。せっかく治してもらったのにまた悪なったらどうするん？

――もうお母さんは黙っててえな。軽いもんにするから。ねえ、お願い、いいでしょ。

母親が注意しても路夢は聞かない。

――あとで先生に訊いてください。今すぐというわけにはいかんでしょうけど、うちの病院には手術したスポーツ選手もいますので、他の患者さんの邪魔にならない程度なら許されるかもしれません。

――よっしゃあ！

路夢は右手を突き上げ、尻がベッドで弾《はず》んだ。彼が元気になるのは嬉しい。筋トレを始めたら、そのことも海南新報に取り上げられるだろう。その記事も、広永夫婦は悔しさを噛みしめながら読むことになる。

その後は路夢のキラキラした目と、広永の妻の険《けん》のある目が交互に頭を過《よぎ》った。

それでも集中して、自分の仕事をこなした。終業時間になり、病院裏の駐車場に着くと、理央の二台隣の軽自動車のドアを田村美鈴が開けようとしているところだった。

――あっ、椿原さん、お疲れさまでした。

田村が頭を下げたので、理央も立ち止まってお辞儀をした。

――田村さん、毎日、広永さんと面会されてるそうですね。あの奥さん、大変やないですか？

――明日、オペでしたね。椿原さんも奥さまからいろいろ言われましたか？

説明しなくても、田村は理央の鬱屈《うっくつ》した胸の中を理解していた。

——先生や病院に疑心暗鬼になってました。検査結果が出たら先生から説明がありますと伝えましたけど、全然納得してくれなくて……。あの調子やと移植の説明をした日は、大変やったんやないですか。

半月以上経過した今日でもあの怒りようだから、中止当日はもちろん、路夢の手術が新聞に載るたびに、田村に嫌味を言っているのは容易《ようい》に想像がつく。

——この仕事をしていれば、いくらでもあります。ただでさえ移植を待っている患者さんは、「どうしてこんなに待たされるんだ」と、毎日不安になっていますし。

田村は嫌な顔一つせずに応えた。

——今回みたいなこと、よくあるんですか？

——インフルエンザでも移植はできませんから、ありえないことではないです。さすがに臓器を取りに行った先生方が現場に着いた後で中止になった事例は、私も初めて聞きました。

——元気になった路夢くんを見ると、助かって良かったなって思ってしまいます。ただ広永さんの気持ちを思うと複雑です。

——はい。移植は実現すれば驚くほど体調が良くなって、歩くこともできなかった患者が走り回ったりして、その都度、感激します。それだけに、たくさんの患者さんに臓器が行き渡ってほしいと思いますけど、移植できずに亡くなってしまう患者さんもいます。移植できたのに合併症を起こして、また移植を待たなくてはならない人もいますし。

路夢にしても一度は母親の肝臓の一部をもらって退院したが、慢性拒絶を起こした。

――元気になったのに、また悪なって亡くなれば家族も辛いでしょうね。短い期間でも元気になったことを、家族は手術して良かったと思ってくれるんかな。

田村は沈黙し、苦い顔を浮かべるだけで答えなかった。

――そうですよね。死んだらそんなこと、思うわけがないですよね。

理央は言い直す。

――でも今回みたいなことがあると看護師さんも大変だと思います。本当にすみません。

――いえ、私なんかより田村さんの方が大変でしょうから。

そこで会話は止まり、田村とは別れた。

理不尽な不満を浴びようが、田村は不安な思いで移植を待つ患者側に立って仕事をしている。ただその献身ぶりが患者やその家族にも伝わるわけではない。明日の手術にしたって、切除した腫瘍が良性であれば、田村は広永の妻から激しく責められるだろう。その時には病院は訴えられるのではないか。

理央が三十歳の時、勤めていた大阪総和病院で患者が死亡し、遺族から裁判を起こされた。

医療ミスはなく、勝訴したが、二年近くかかった裁判に皆疲弊《ひへい》し、職場の空気は悪くなった。

悠太の故郷である潮市に行ってもいいと理央が思ったのは、そうした職場にいることが息苦しくなったからだ。

5

外回りの梢恵が電気メスの電源を繋ぎ、医師たちが患者の消毒を終えると、鬼塚が「タイムアウトします」と号令をかけた。患者の確認、そしてチームの挨拶を兼ねた自己紹介だ。患者名、手術名を言ってから鬼塚が「執刀医の鬼塚です」と名乗った。

「第一助手の輪島です」

患者を挟んで鬼塚の反対側から聞こえた太い声に、手術室に緊張感が走った。普段は鬼塚とは別のチームで執刀医を務める輪島医長が、鬼塚の第一助手になったのは、理央が知る限り初めてだ。

自分が診断した通り、腫瘍が良性であるのか輪島も気になるのだろう。前立ちをやらせてほしいと輪島が名乗り出たのだった。

鬼塚が予定出血量と時間を口にし、「お願いします」と手を出した輪島に、理央が電気メスを渡す。

理央もこの時がもっとも緊張する。

メスを渡せば、患者の体に傷が入り、もう元の体には戻れない。それは若い女性でも、広永のような年配の男性でも同じだ。そして開腹したまま意識が戻らないこともある。今日も円滑に、安全に手術が終わってほしいと心の中で願う。

腹部に当てた刃先が、皮膚を切り込んでいき、開腹した。鬼塚が両手で開く。鬼塚がなにも言わなくても輪島が手を出して腹壁や臓器を押さえ、術野を広げた。鬼塚が鑷子《せっし》と鉗子《かんし》で膜を剝がしていく。数々のオペで経験を積んできた輪島だ。竹内とは違って、理央も器械を渡しやすい。

長年患っていた肝硬変のせいで、広永の腹部は状態が悪かった。術中の腹水が多く、小さな血管からやたらと出血する。そのたびに処置をして、やっと膵臓に取りかかれる段階まで来た。

膵臓は豆腐のように軟らかいので鬼塚は指を滑らせるようにしてめくる。

膵体部《すいたいぶ》に腫瘍が見つかった。輪島が言っていたように二センチちょっとの大きさだった。

癌化《がんか》していれば目視で分かることもあるが、鬼塚も輪島もなにも言わなかったから判別がつかないのだろう。

鬼塚は触診と超音波を使って縁《マージン》を確認して切除する。取った腫瘍は弾丸の形をしていた。

「ん？」

裏側を探っていた鬼塚の手の動きが止まり、声を漏らした。医師がそうした反応を見せた時は予期せぬことが起きたしるしだ。

触診しながら、裏側を覗き込むように見ていた鬼塚によると、膵腫瘍の部位から硬くべっとりした組織が、膵背《すいはい》側の神経叢《しんけいそう》に繋がっていく所見が認められるという。

「浸潤《しんじゆん》ですかね？」

輪島も顔を近づけて覗いた。癌組織が広がっているという意味だ。

「膵背側の背骨の方向へ伸びた癌の浸潤部位が後腹膜《こうふくまく》の神経を巻き込み、これが背部痛の原因だった可能性もありますね」

鬼塚は淡々《たんたん》と述べた。

「どうします？」

「念のため、追加切除しましょう」

取り除くのは簡単なことではなかった。鬼塚の吐く息が普段とは違って聞こえてくる。慎重になっているのだ。主膵管《しゆすいかん》を見つけて確実に結紮《けっさつ》していかないと、難治性膵液瘻《なんちせいすいえきろう》といった術後合併症を起こす。そうなると手術で剝き出しになった膵周囲の動脈が、こぼれた膵液に長時間浸ることになり、術後二週間前後で動脈壁が溶け、大出血を起こして患者は死亡する。

鬼塚の額《ひたい》に帯状の汗が浮かんだ。輪島も汗だくになっていた。

モニターの心電図の波形を確認しては鬼塚が表面を切り取り、輪島が主膵管を縛っていく。どうにか膵背側も切除できた。

切除した組織を眺めていた鬼塚が、病理検査に出すケースに入れた。この後鬼塚はもう一度腹部を見て回り、リンパ節に転移がないかを確認した。

「では秦先生、閉腹してください」

鬼塚は右側に立つ第二助手の秦にそう命じたが、反対側から輪島が「私がやります」と言い、理央に「一号吸収糸ください」と要求した。予定より二時間ほど長くかかったが、手術は無事終了した。


翌週、病理の結果が出た。悪性腫瘍。最初にとった弾丸状の腫瘍だけでなく、最後に切除した膵背側の組織も膵癌が併発していた。

そのことは鬼塚から広永夫妻に説明された。その場に看護師は入らなかったので夫妻がどういう反応をしたかは分からなかったが、その日の午後に偶然、廊下で会った。

「手術後の痛みはどうですか」

「背中の痛みは取れました」

車椅子の広永に笑顔はなかったが、術前と比べれば声に覇気が戻っている。

「痛みがなくなったんであれば、これで第一関門通過ですね」

田村の言葉を思い出し、広永を励ました。

これで移植ができる。そうはいえども、そのためには脳死者が出て、順番が広永に回ってきたらという条件つきだが。

「背中が楽になったのはありがたいです」

広永の言葉に理央の心は少しだけ潤《うるお》った。

しかし妻は堅い表情のまま、黙礼だけして車椅子を押し、病室へ入っていった。

ナースステーションに戻ると梢恵が肘で突いてきた。

「輪島先生、複雑やろな。あのまま移植してたら、その後に、膵癌が発覚してたかもしれんわけやし。自分の診断ミスを暴露されたようなもんやろ」

「梢恵さん、どこで江上さんが聞き耳を立ててるか分かりませんよ」

理央は首を回して周りを見る。

「そんなの、もう喋り倒してるわ。ついこの前までアンチ鬼塚ロイドで、輪島先生の味方やったのに、今は輪島先生も竹内先生の二の舞で、飛ばされるんじゃないかって、坂巻先生に言い触らしてたし」

「なんで坂巻先生に言うんですか」

「坂巻先生、竹内先生と付き合ってたやんか」

「えっ、そうなんですか？」

全然知らなかった。坂巻は理央より一つ上で、竹内の方がずいぶん年下だが、坂巻はショートボブの髪型がよく似合ってチャーミングなので、イケメンの竹内だったらありえなくはない。

「最近別れたそうやけどね。あんなおこちゃまとは付き合いきれんって坂巻先生が振ったらしい。竹内先生が、飛ばされたことを坂巻先生に当たり散らしたんやないの」

「梢恵さん、坂巻先生に聞いたんですか」

「まさか。それも江上さんが言うてたことやから、どこまでほんまか知らんけど」

そこで幅のある体を揺らして江上がナースステーションに入ってきたため、二人とも急に黙って、テーブルの上を片付ける振りをした。

完全にわざとらしかったが、江上は入ってくるなり、笑顔で理央たちに近づき、お喋りな口を全開にした。

「ねえ、聞いた、鬼塚ロイド、東京でやらかしてたらしいな」

「やらかしてたってなにをですか」

　梢恵が聞き返す。江上とは関わりたくない理央も、顔を向けずにはいられなかった。病院でやらかしたといえば、一つしかない。

「どうりであんな腕のいい先生が、こんな田舎にきたわけや」

「それって、医療ミス？」と梢恵。

「そうなんちゃう？　和解交渉も決裂したんか裁判になるらしいで。そう言えば鬼塚ロイド、先週東京に行ってたな。前の病院から事情聴取でもされてたんやないん？」

　そんなことがあった。学会ならホワイトボードに書かれてあるが、その日の鬼塚の欄は〈東京日帰り〉としか書いてなかった。

「江上さん、そのこと誰に聞いたんですか」

「記者が嗅《か》ぎ回っとるんよ。他の看護師も訊かれたみたいやで」

「江上さんも取材を受けたんやないですか」

　理央が指摘すると、彼女は「まぁね」と悪びれることもなく認めた。

「江上さん、なにを喋ったんですか」

　患者の医療内容を漏らすのは法律違反だし、院内のことを明かすのも禁止されている。

「そんな、目吊り上げて怒らんでもええやろ」江上は手を左右に振ってから「大事なことはなんも喋ってへんよ。そういう話を知っているかって記者から訊かれたから、あたしはなんも知りませんって答えただけや」

記者が持っている情報を一方的に喋るわけがない。大阪で訴訟を起こされた時にも記者が病院関係者を質問攻めしてきた。

「外科部長は東京でやらかし、医長は診断ミス。この病院、この先どうなるんやろね」

江上は口笛でも吹くようにナースステーションを出ていった。

この調子だと、この話もあっという間に病院中に広まるだろう。

6

週刊タイムズ10月18日号

少年の夢を救った奇跡の医師に死亡事故疑惑
ブラックジャックに憧れた医師の正体は〝切り裂きジャック〟？

9月24日、R県潮市にある潮メディカルセンター（以下UMC）で県民が注目する大手術が行われた。昨年、陸上100メートルの中学生学年記録を塗り替えた中学2年生のBくんの肝移植で、18時間に及ぶ大手術の末、無事成功。Bくんは目を瞠《みは》る速さで回復し、そのことは紙面で寄付を募《つの》った地元紙の海南新報が大きく取り上げ、感動を呼んだ。

その手術を執刀したのがO外科部長（45）だ。O部長は、潮市を医療産業都市として再興させたいという思いで5年前にUMCを開院した病院経営者、繁田幹男理事長（59）の後ろ盾で、今年7月、都内のA病院から着任した。UMCでは短期間に次々と難しい移植をこなし、済々《せいせい》たる名声を得ているO部長は、実はA病院での最後の1年間に、二人の患者を死亡させていたのだ。

A病院で患者が亡くなったのは今からほぼ1年前、昨年の10月と今年1月のこと。いずれの遺族も、病院側から手術は問題なく行われたとの説明を受けたが、一人の遺族は納得せず弁護士に依頼。A病院との話し合いは平行線で、その間にもう一方の遺族も訴訟を決意し、弁護士は2件について提訴の準備を進めている。

O部長は帝都大出身で、師事していた教授についてA病院に移籍した。師匠が心不全で他界後、約4年間センター長としてA病院の肝胆膵部門を任され、それを機に手術に積極的になり、移植に取り組むようになった。

「他の病院で断られた患者も受け入れ、成功率の低い手術も周囲の反対を押し切って進めていたため、いつかは問題が起きるだろうと不安視する声が絶えなかった」（病院関係者）

また別の関係者からは「腕は達者だが術後の管理が杜撰《ずさん》だった」という証言も出ている。

今回のUMCの中学生Bくんへの移植手術も、本来は60代の患者に渡るはずだった臓器をO医師の独断で中央に回したという疑惑が生じている。「移植を受けるはずだった患者より中学生の方が話題性があるため、移植順を操作したとの疑惑が生じています。院内は新聞が取り上げているほど浮かれたムードではありません」（UMC関係者）

本誌はUMCの駐車場で、愛車の黒のドイツ車に乗るO部長を取材した。O部長は「取材は病院を通してください」と拒否し、アクセルを吹かして去っていった。病院に質問状を出したが、期日までに回答はなかった……。

週刊誌が発売になった月曜日、院内はその話題で持ちきりとなった。看護師の詰め所にも週刊タイムズが置かれ、みんなで回し読みしている。

理央の怒りは帰宅後も収まらなかった。

「これはないわ。手術しても亡くなる患者さんはいるのに。切り裂きジャックって、それ、人殺しやん」

帰って来た時に「週刊誌読んだ？」と訊いた時の悠太は「なんか出てたっけ？」と惚けたが、実は朝から塩辛工場で従業員に、「大変や、悠太さんの嫁さんの病院、えらいことやで」と週刊タイムズを渡されたのだという。

「けど前の病院の人が、無謀な手術でもやりたがると言ってたくらいだから、評判は良くなかったんやないの？」

そう呟いたところで、理央の目つきが変わったのが気になったのだろう。口が動きかけたが、理央の方から「別にごめんって謝らんでもええで」と機先を制した。

「作り話かもしれんし、鬼塚先生も認めてないし」

ドイツ車のアクセルを吹かして去ったと書くなど、これでは鬼塚は金と名誉のために仕事をしている悪徳医師のような印象を読み手に与える。

鬼塚のＢＭＷは潮で普通に走っている小型クラスで、病院にはもっと上の高級外車に乗る医師が何人もいる。

術後の管理が杜撰だったという証言も、ありえない。鬼塚は朝早くから患者の様子を見にきている。

「俺もこんな危険な手術をする先生がおるとは思わんけどね。そんなことがあれば理央かて気づくやろし」

「それよりうちが一番ムカついてるんはＢくんの箇所やねん。今回の移植で、本来は他の患者に渡るはずの臓器を、鬼塚先生の独断で中学生に回した云々《うんぬん》っていうところ」

「急に変更になったんは、海南新報にも書いてあったやん」

「鬼塚先生が決めたことは、院内の人間しか知らんはずやし、患者さんを六十代やと、病院が発表してないことまで出てるし」

「理央は病院内にスパイがいることを疑ってるわけね」

一番怪しいのはお喋りの江上美子だが、彼女は移植が行われた日は休みで、ドナーが出たと連絡があった前日も夕方には帰宅していた。手術室の看護師が、入院フロアを巡回することはないので、広永夫妻が不満に思っていることまでは詳しく知らないはずだ。

医師以外で、妻から不満を言われたのは理央と移植コーディネーターの田村美鈴くらい。鬼塚と一緒に東京の病院からやってきた田村が、鬼塚が批判に晒されるようなことを喋るはずはないと、誰もが思うだろう。そうなると理央に疑いの目が向きそうで、いっそう嫌な気分になった。

職員用駐車場に車を入れようと、ギアをRに入れると、バックミラーにトレンチコートを着た中年男が映った。製薬会社の営業かと思ったが、男は理央が駐車を終えてもその場から動いていなかった。

布バッグを摑んで、車外に出ると、中年男が近寄ってくる。

「椿原さんですね」

面長《おもなが》で頰が極端にこけ、目だけが大きいため、猛禽類《もうきんるい》のように見えた。

「そうですが、なにか？」

理央は鼻からズレかけていたマスクを摘まんで直す。

「医療ジャーナリストをしている山際《やまぎわ》と言います」差し出された名刺を無意識に受け取っ

てしまう。「天羽路夢くんの手術、椿原さんは器械出し看護師として参加されてましたね」

「私は話せる立場でありませんので、病院に訊いてください」

前の病院でも教わったマニュアル通りの返答をして歩き出す。記者は真横をついてきた。

「広永敏雪さんの膵臓の手術にも器械出しで参加されたそうですね」

そんなことまで知っているのか。無視して歩き続けるが、職員用駐車場は本棟から離れているため、まだ三、四分はかかる。

「患者さんのご家族は、こう思ってるそうですね。鬼塚先生が売名行為のため、理由を偽って自分たちの移植の順番を飛ばした。先日の膵臓の手術は、飛ばした理由を正当化するためのものだったと……。つまり本来は必要のなかった手術だと……」

「あの手術は……」

言いかけて口を閉ざした。

「悪性だったそうですね」

記者は大きな目に笑みを混ぜた。

「そやったらええんやないですか」

あやうく誘導尋問《じんもん》に乗っかり、守秘義務を破るところだった。

「悪性だったのはたまたまだったのかもしれないですよね。手術室での鬼塚先生はどんな感じでした。悪性だと根拠を持たれていましたか？」

今度こそ記者から離れようと、走ろうとした。ところが舗装されていない通路の石にパンプスのつま先が引っかかり、バランスを崩す。

「危ないですよ」

記者に横から支えられた。

「触らんといてください」と振り払う。

「失礼しました」

手は離れたが、まだ密着してくる。

「私は鬼塚先生の売名と言いましたが、鬼塚先生だけではないですよね。病院、言わば繁田幹男理事長の営利目的も含まれているのでしょうね」

理事長の名前を出されたが、言われても答えようがない。ＵＭＣに月一度やってくる繁田は、いつもエネルギッシュに施設内を動き回っていて、職員にあれこれ指示を出す。理央は挨拶したことがあるくらいで、話したこともない。

「今、病院は外国人の肝移植、および腎《じん》移植を受け入れてますね。サウスニアからの患者が多いとか」

二カ月前に、東南アジアのサウスニア共和国の男児が母親からの生体肝移植を行った。執刀医は鬼塚だ。病院にはまだ二人、サウスニア人患者がいるのも事実だが、移植はまだ先なので、理央は会ったこともない。

「サウスニアは病院や医師の数が足りず、移植技術も低いです。移植という点では日本は脳死を入れて年間五百程度ですから、先進国とは言えません。隣の韓国は年間千四百件もやっていますし」

記者は淀《よど》みなく話し続ける。

「発展途上国の患者が困っているのだから、手を差し伸べるのは悪いことではありません。アジアの人口が世界の半分を占める中、日本の病院が生き残るためには医療インバウンドを取り込んでいく。現地の医療にも積極的に関与し、日本の医療技術を輸出するのも大事な経済活動です。でも実情はそんなきれいごとではなく、繁田氏が国内の大手商社と組んで現地に建設予定の病院には、サウスニア政府から多額の補助金が出ています。UMCに来た患者は全員が特権階級かその親族で、サウスニア政府と裏取引が存在しているのでしょう」

繁田がその補助金目当てに、現地の患者を受け入れているような言い方をする。それが事実であっても、理央には関係ないことだ。

「椿原さん。私はこの病院に関わるあらゆる真実を知りたいのです。繁田氏と、ヘッドハンティングされた鬼塚鋭示第二外科部長。彼らによって病院で今、どんなことが起きているのか。もし彼らの私利私欲によって患者に危険が伴うのであれば、それは正当な医療とは認められないと思っています」

職員入り口が見えた。記者はまだ続ける。理央は耳で聞き取れるほど、自分の吐息が大きくなっているのを自覚した。

「病院は患者を救う場所であって、金稼ぎや名声を得る場所になってはいけない。そのことには、看護師である椿原さんも同意されるでしょ？　どうか病院内の様子を教えて……」

もう我慢の限界だった。理央が足を止めると、なにか喋ると勘違いしたのか、記者の口が止まり、目が緩んだ。

「意味分からん！」

声を張り上げ、職員入り口へ走った。

医療ジャーナリスト　山際典之の遺恨

1

建て替え工事が始まった隣のビルの屋上で、重機が解体していく作業を、山際典之《のりゆき》は十四階の窓から見つめていた。

我に返ったようにボイスレコーダーの再生ボタンを押す。耳に挿《さ》し込んだイヤホンからは、昨日取材した遺族の音声が聞こえてくる。

こうした取材内容をパソコンに書き起こす作業は、大手出版社の正社員だった二十代によくやった。「データマン」と呼ばれ、若い記者が覚える基本の仕事だった。

パソコンの横に置かれてある「週刊タイムズ」と印字された卓上カレンダーが目に入った。十月十九日、今日だけは外せない用事がある。だから典之は午前中から編集部に来たのだ。解体作業を眺めている余裕はない。

「山際さん、データ起こしなら僕がやりますのに」

出勤してきた週刊タイムズの正社員がそう声をかけてくれた。

「いや、小林《こばやし》くん、もうほとんど終わってるから大丈夫だよ」

手伝ってほしいのはやまやまだが、遠慮した。前号は小林たち若手社員数名が取材班に加わってくれたが、典之は正社員ではなくフリーライターなので、年下でも頼みづらい。

週刊タイムズではこれまでにも「ガンに強い医師一〇〇人」「怪しい先進医療」などの企画記事を書いてきたが、今回は異なる。典之が売り込んだネタに、週刊タイムズの編集長が乗り気になり、今発売の号で、第一弾を掲載した。

それが潮メディカルセンターの鬼塚鋭示第二外科部長が、過去に医療ミスで患者を死亡させたという疑惑である。

記事の反響は大きかった。現在は四国の地方病院の外科部長に過ぎないにもかかわらず、東京キー局の朝の情報番組が、短い時間ながら取り上げた。

奥の会議室の扉が開き、各班のデスクが出てきた。次号のデスク会議が終わったようだ。ダンガリーシャツを着た、四十四歳の典之より五つほど若い男が、爽やかな笑みを浮かべて典之が着席する窓際に近づいてくる。

「山際さん、来週売りは三ページで行きます。社会ネタではトップです」

新見《にいみ》デスクからそう言われ、典之は「本当ですか。ありがとうございます」と立ち上がって礼を言った。先週号に掲載した第一弾は後半のワイド特集で、その他諸々《もろもろ》のネタの一つとして扱われた。三ページとなると、記事の量も五倍以上だ。

「良かったですね、山際さん」

小林も喜んでくれた。典之のようなフリーライターはページ数によってもらう原稿料が違ってくる。今回の取材テーマは、いずれ本にまとめようと思っているため、第二弾で満足することなく、第三、第四弾と続けていきたい。

「今回も手伝いますので、なんでも言ってください」

小林だけでなく、狩野《かのう》という新人社員もやる気になっている。

「今発売の号で報じた繁田理事長とサウスニア共和国との関係も興味深いのですが、来週売りでは鬼塚外科部長にテーマを絞ってください。今回はやや見出し先行になりましたが、次号はきちんとファクトを追いかけていきましょう」

デスク会議のメモを追いながら新見デスクから言われ、典之は「承知しました」と応えた。確かに先週号の見出しは少々やり過ぎた。最初に新見がつけた見出しは《少年の夢を救った奇跡の医師に死亡事故疑惑》まで。

続報のページが欲しかった典之は「O部長は手術のやりたがり屋で、患者の体を切ることに躊躇《ちゅうちょ》はなかった」という関係者の証言、さらに取材中に漫画の「ブラックジャック」の話題が出てきたことから、《ブラックジャックに憧れた医師の正体は〝切り裂きジャック〟?》と付け加えてほしいと頼んだ。その見出しが鮮烈だったからこそ、テレビ局は取り上げてくれたのだろう。

「それにしても鬼塚鋭示という名前がいいですね。いかにも研《と》ぎ磨《みが》かれたメスが想像できて。切り裂きジャックにピッタリのダーティーなネーミングじゃないですか」

若手の狩野が口を挿んだ。

「狩野はふざけ過ぎなんだよ。医者の名前なんて関係ないだろ」

先輩の小林が注意する。

「小林くん、いいんだよ。実は私も最初にその名前を聞いた時はゾッとしたくらいだから」

「そうだったんですか」

「その思いは今回取材していっそう強まったよ。目つきはそれこそメスの刃のように鋭いんだ。気を許したら視線で刺されそうだった」

「次は実名で、顔写真も目線なしで載せたいところですね。そうすれば午後の番組が取り上げるんじゃないですか」

狩野がまた茶々を入れる。

「山際さんは、今回はどう動くつもりですか」

部下の歓談に浮かれることなく、新見がメモ書きの用意をして質《ただ》してきた。

「今週号で書いた脳死肝が地元で有名な中学生の陸上選手に渡ったことも裏がありそうですが、来週売りは愛敬病院時代の患者を死亡させた件に絞って徹底追及するつもりです」

「病院の聞き取り調査に鬼塚医師は、医療ミスだと認めていないんですよね」

「認めていません。ですが、さすがに二件から提訴となれば、その言い分は通用しないと思います。実は提訴に同意したもう一組の遺族からも取材ができることになりました。明日の午後に会う予定なので、今回は迷惑をかけずに提出できそうです」

確認取材に手間取った前回は、記事を書き終えたのが締め切り日となり、校正者を急がせた。

新見からは「追加取材があるでしょうし、ギリギリで大丈夫ですよ。山際さんの記事は文章が安定して直すところがないので、安心して出稿できますから」と言われた。続いて狩野も「なにせ元文藝時報《ぶんげいじほう》の社員だったんですものね」と口にする。その話になると、大概、どうして文藝時報の正社員をやめたのかという話題になるので、典之は聞き流すようにしている。

典之の調べで、今年五月まで東京・新宿の愛敬病院のセンター長だった鬼塚鋭示の手術によって、去年の十月と今年一月に患者が相次いで死亡していたことが判明した。

一人目が七十歳の女性で、肝癌切除のために開腹しながらも、結局、癌を切除せずに閉腹、その最中に心停止し、術中死となった。夫と娘がいるが、夫は認知症を患っており、四十二歳の娘は鬼塚から危険な手術であることを一切知らされていなかったと主張している。

もう一人の亡くなった乳児は、今年一月に父親から肝移植を受けたのに、退院することなく、術後在院死亡した。

肝臓を提供しながらも子供を失った両親は、いまだ悲しみから立ち直っておらず、裁判を勧めたのは乳児の伯父《おじ》、父親の兄である。

「二組の遺族とともに、山際さんが榎下《えのきした》弁護士を動かしたんですか」

狩野に訊かれた。

「遺族に裁判を起こすならもっと有能な弁護士に頼んだ方がいいですよと話したら、興味を示したから、間を取り持っただけだよ。それに検討中と言われただけで、榎下弁護士が受けてくれたわけではないしね」

「榎下弁護士が受けてくれれば勝算が見えますよね」

「勝算まではどうかな。医療裁判は原告が勝てる確率は良くて十五パーセント、だいたいは十パーセント前後だから。なんだかんだ言って病院は守られてるんだよ」

医療過誤の可能性があったとしても刑事事件まで発展するケースは少ない。医療従事者の過失を証明することが難しいこともあるが、それにも増してミスを一つ一つ追及して責任を負わせると医師のなり手が減り、賠償金《ばいしょうきん》の支払いで病院経営を逼迫《ひっぱく》するという理由もある。だからといって医療過誤が許されていいわけではない。

「それでも最初に頼んだ弁護士は大きな裁判の経験がなかったから、『勝訴ハンター』の榎下弁護士がついてくれれば、勝てる確率は相当上がったと思うけど」

正直、メディア嫌いの榎下が、ジャーナリストの典之に時間を取ってくれたことからして期待以上だった。

事務所で説明した時は、資料を無言で眺めるだけで返事はなかったが、先週末に電話があり、「娘さんの連絡先を教えてほしい」と言ってきたから、前向きに考え始めたようだ。

過去にも榎下は、大病院相手に勝訴を勝ち取っている。

榎下が前向きになったのは、母を失った娘から渡された、彼女の父の日記を読んだからだろう。その日記は、当初はその日に起きたことがページ一杯に綴《つづ》られていたのに、手術の一カ月前から急に〈ゴメイ〉〈番号札〉など意味不明の語句が大きな字で書いてあるだけに変わっていた。「父は認知症でした。それなのに鬼塚という先生は、認知症の父に、母の手術の許可を取ったんです」と娘は訴えた。

「もう一人の遺族、乳児の両親と会えることになったのは朗報ですけど、どうして父親ではなく伯父が裁判を言い出したのですか。その点が少し引っかかります」

新見が顎《あご》に手を当てた。

「私もそこに疑問を覚えました。調べたところ、その伯父は最近、経営する会社の資金繰りが苦しくなっていました」

「となると、伯父が賠償金欲しさに裁判をしようとしている可能性はありませんか？」

「そういう事実はないか本人に確認しました。榎下弁護士に頼むとなると費用もかかります。伯父に裁判費用を用意する余裕はなく、伯父自身も『出せるのは弟しかいない』と言っていました。その上で昨日、『弟が提訴を決めた』と電話がありましたから、乳児の父親も法廷に出ることを決意したんだと思います。そうした葛藤《かっとう》も明日、遺族から聞き取ります」

出張先のシリコンバレーから戻って来る父親とは、明日正午に羽田近くのホテルでアポを取っている。取材にも応じてくれなかったのに、なぜ急に提訴を決めたのか、そのこともじっくり聞いてみたい。

「その父親はなんの仕事をしてるんですか」

「IT企業の社長です。上場したばかりですが、四期連続増益中なので、示談金《じだんきん》目当てということはありません」

「そうですか。直接、会って確認を取れるなら、こちらも安心できます」

「こういうケースでは、雑誌の発売直前に提訴が取り止めになるのが一番の恥ですからね。私も念には念を入れて取材します」

「ところで山際さん、ドクターWという符丁《ふちょう》は来週売りでは出すんですか？」狩野がまた調子よく割り込んできた。「そのWの口癖が『私、失敗しないので』と書いたら、テレビ局ももっと取り上げてくれますよ。なにかいいセリフないんですか」

「狩野、いい加減にしろよ。山際さんが、取材源を特定するわけがないだろ」

生真面目《きまじめ》な小林から叱られ、狩野は「冗談に決まってるじゃないですか」と肩をすくめる。

「別にいいよ、小林くん。ドクターWと名付けたのは私なんだから」

今回のネタはそのドクターWからの情報提供がきっかけだった。鬼塚が死亡事故を起こし、一人の遺族が病院に不信感を抱いて抗議していると、典之に伝えてきたのだ。

新見には情報源が誰なのか、氏名から役職まで素性《すじよう》を話したが、他のメンバーには「鬼塚医師をよく知る医療免許所持者」としか説明せず、「ドクターW」とした。

彼らは「W」をウーマン、女性の医師だと解釈したようだ。起こしたメモを一箇所、女性が使う言葉遣いにしたせいだが、けっして大きく間違っていないので、言われても否定はしない。

その後は別室に移動して、各自の割り振りなど、細かい打ち合わせをした。小林と狩野には愛敬病院の関係者を取材し、当時の鬼塚医師の評判について聞くよう新見は指示した。

「山際さんはお任せします。応援が必要な時は言ってください。すぐ人を出しますので」

典之は自由に動くことを許された。

2

タクシーを降りると、秋の爽やかな風が頬に触れた。

典之は立ち止まって、息を整えてから、穢土《えど》と極楽浄土を繋ぐ荘厳《そうごん》な門をくぐる。

広い敷地には樹齢千年の楠《くすのき》があり、見上げたタイミングで、枝からヒヨドリが飛び立つ。パワースポットでも知られるこの寺の授与所では、女性客たちが列を作って御朱印をもらっていた。

それが本堂を過ぎると急に人の気配が消え、平穏《へいおん》へと様変わりする。有名な寺院の墓地とあって入壇料やお布施《ふせ》代が高い。ここに墓を持てるのは著名人かよほどの名家くらいだろう。

細い通路を歩いていくと、女性が墓に水をかけていた。黒のパンツスーツという地味な服装だが、頬にかかった黒髪が小顔を引き立て、横顔は楚々《そそ》としていた。

「葉月《はつき》さん」

声をかけると、彼女は振り返り、典之の目を見てからお辞儀をした。

「来てくれたんですね。葉月さんの姿を見て、三輪田《みわた》も喜んでいると思いますよ」

典之は声を弾ませて近寄ったが、先に三輪田に挨拶するのが先だと、持ってきた花を供《そな》え、手を合わせて拝《おが》んだ。

三輪田友也《ゆうや》は、典之が新卒で入った文藝時報社の月刊誌『文藝時報』で机を並べた、同期であり親友だ。

堅物《かたぶつ》と言われる典之と、明るく仲間うちから人気者だった三輪田は、それこそ今朝の小林と狩野のようなやりとりをしながら、毎日の激務をこなした。

ふざけて周りを笑わせていた三輪田だが、仕事も突出して優秀で、入社二年目には先輩記者の取材をまとめて執筆するアンカーマンを任された。

お互い小さな異動を挟み、同じ編集部に都合十年いた。

負けずに頑張《がんば》ったつもりだが、三輪田にだけはどうあがいても敵《かな》わないと早くに諦めた。それくらい有能な男で、三輪田の親友でいることが、典之の誇りでもあった。

その三輪田は、六年前の十月十九日に夭逝《ようせい》した。享年《きようねん》三十八、死因は肝癌で、八つ下の葉月と結婚して一年半しか経っていなかった。

執刀したのは帝都大の梅原万之教授、六十四歳。そしてその時、助手として手術室に入っていたのが帝都大の准教授だった鬼塚鋭示だった。

自己保身で医療ミスを認めない医師は断じて許さない。それが親友への弔《とむら》いだと心に誓って、典之は文藝時報社を退社しフリーの医療ジャーナリストに転じたのだ。

以来、様々な医師を取材したが、鬼塚の名前が取材で出たのは今回が初めてだった。ドクターＷから鬼塚の名前を聞いた時、典之は思わず武者震いした。あの時の助手が、地方病院で好き放題メスを振るい、名医の名を恣《ほしいまま》にしているとは想像もしていなかった。

墓参後には葉月を誘い、寺の近くの喫茶店に入った。

「葉月さんが命日に来ているとは思ってもいなかったです。きっと三輪田も天国で感激して泣いてるんじゃないですかね」

注文してから典之が沈黙を破った。

「今日に関しては、ここで三輪田家の人と会うことはありませんからね。私がいても不快にはなられないでしょうし」

葉月は慎《つつ》ましくそう答えた。

「三輪田家のことですから、七回忌にたくさんの人を呼んでいるでしょう。ですが、両親に関係する人間ばかりで、三輪田が本当に会いたがっている人は、仏壇の前にはいませんし」

そう話しても、葉月の表情は変わらなかった。三十六歳になるが、美貌《びぼう》は当時と変わらない。こうして命日に来るのだから今も独身か。いや彼女ほどの女性を世の男たちは六年も放っておかないだろう。

――葉月と結婚できたら他のすべてを失っても構わないよ。

三輪田の快活な声が耳の奥で広がった。

老舗《しにせ》の化粧品会社という名家に生まれ、都内の中高一貫校から帝都大に進学した三輪田は、大学では英米文学を専攻。卒業後は家業に入らず、本を作りたいと文藝時報社に入社した。

彼が希望した文芸部には配属されなかったが、月刊誌でも類《たぐ》い希《まれ》な才能を発揮し、取材、執筆をこなした。

色白で優しい顔つきだったが、気配りでき、ふとした仕草や行動力に男らしさを漂わせる三輪田には、女子社員やデザイナーにファンがたくさんいた。女性から誘われることも多かった。それなのに「今は仕事の方が面白い」「誤解をさせたら失礼だ」と断っていた。

そんな仕事一途《いちず》だった男が、心を奪われたたった一人の女性が、取材で知り合ったフリーライターの葉月だった。

――山際、今晩、付き合ってくれないか。

裏小路《うらこうじ》に古い店が連なる四谷荒木町《よつやあらきちょう》のバーで、明日プロポーズすると聞かされた。

その時、珍しくしかつめらしい顔になり、「葉月と結婚できたら他のすべてを失っても構わないよ」と口にしたのだった。

葉月はそのプロポーズを受け、一年後にホテルで盛大な結婚式を挙げた。幸せな生活が始まるのだろうと典之も信じて疑わなかったが、プロポーズ前夜に漏らした言葉を、神様は忘れていなかったようだ。

結婚して一年半後に受けた人間ドックで肝臓癌が発覚した。そのことを典之は、プロポーズを決めた時と同じ、荒木町のバーに呼び出されて伝えられた。

——おいおい、山際がそんな顔をしないでくれよ。俺たち夫婦の間では、盲腸の手術くらいの気持ちでいるんだから。

——三輪田がステージⅢだなんて言うからだよ。肝臓癌って手術も難しいというじゃないか。

——治るから手術してもらうんだよ。癌サバイバーはたくさんいる。大丈夫だって、俺は今だってこうしてピンピンしてんだ。必ず元気に戻ってくるから。

翌週には代官山《だいかんやま》のマンションに呼ばれ、葉月の手作り料理でもてなされた。三輪田はとても癌に冒《おか》されているとは思えないほど、愛妻料理をうまそうに頬張った。食欲はなかったが、典之も無理して食べた。

三輪田はいつものように、くだらない冗談を口にし、典之が笑うと、葉月から「山際さん、この人調子乗るから、無理して笑っちゃダメですよ」と注意を受けた。

葉月も笑みを絶やさなかった。本音はそのような胸中ではなかったはずだ。披露宴で見た時よりずいぶん頬が瘦せて見えた。自分まで暗い顔を見せたら二人がいっそう不安になると、典之は明るく振る舞った。

——おまえの母校である帝都大の大学病院で受けるんだから、安心だよな。

人間ドックで癌を発見した総合病院が手術すると思っていたのが、この日になって帝都大に変わったと聞かされた。口にすると、二人の表情が曇《くも》った。

——母が伝手《つて》を使って、勝手に帝都大の教授に相談したんだよ。俺としては癌を見つけてくれた先生に任せたかったんだけど。

——そうだったのか。

——それで葉月は拗《す》ねてしまってるんだ。

三輪田は苦笑した顔を隣の葉月に向けた。

——だって、大学病院だからって、いい先生に診《み》てもらえるとは限らないじゃない。手術経験のない若い研修医もいるわけだし。

フリーライターとして医療現場を取材していた葉月は、病院に関する知識も豊富だった。

それを三輪田の両親の前で口にしたのが逆効果だったらしい。

母親からは「私が教授に直接会って、執刀してくださいと頼んだのよ。あなたは余計なことを言わないで頂戴《ちょうだい》」と癇癪《かんしゃく》を起こされた。

三輪田は、病院くらいで嫁いびりが強まっては葉月が可哀想《かわいそう》だと、帝都大病院で受けることを決めたようだ。

——そうだ、山際。おまえ、葉月に仕事を振ってくれてたんだな。ありがとう。

公私混同を嫌う三輪田は、交際してから、葉月に仕事を依頼しなくなった。その結果、葉月は歴史があり、原稿料が高いと言われる『文藝時報』での仕事を失った。

その葉月に、肝癌が発覚する二号前、典之は「三輪田には内緒でお願いします」と『それぞれの死生観』という特集の一本を頼んだ。

今思えば、デリカシーの欠片《かけら》もない依頼だったが、彼女は識者や著名なジャーナリストに負けない、死に対する人各々《おのおの》のアプローチを深いところまで掘り下げた記事を書いてきた。

——山際さん、ごめんなさい。雑誌を読んだ友也さんに指摘されたんです。これはごまかせないなと思って。

——三輪田が気づいたのか？

——当たり前だろ。聞いたことのないペンネームだったけど、書き出しの数行を読んだだけで、これは葉月の文章だと分かったよ。

その日は遅くまでお邪魔して、帰りにタクシーを呼んでもらった。相当、酒も飲んだ。酔った振りをしただけで、典之は体にアルコールが回っていく感覚もなかった。

手術当日は病院に行った。

青い患者着の三輪田は笑みを浮かべ、右手は葉月の左手を握っていた。

執刀医の梅原教授が出て来た時には、その貫禄《かんろく》のある容姿《ようし》に、葉月が言った不安など完全に遺却《いきやく》した。葉月と、三輪田の両親と並んで「よろしくお願いします」と頭を下げ、ベッドで引かれていく三輪田を見送った。このまま再会できなくなるとは、あの時は思いもしなかった。

頼んだコーヒーとカフェオレが出てくると、彼女が口を開いた。

「山際さんも法事に行かれていると思っていました」

「僕も三回忌までは行きましたが、その時に、三輪田のお兄さんから、お母さんと葉月さんとのやりとりを聞いて……」

「どこまで聞きましたか？」

「すべてです、葉月さんが最後にああ言って、三輪田家と縁を切ったところまで……」

言い切ることができず言葉を濁す。

「ひどい妻だと思ったでしょうね。彼と一緒のお墓に入りたくないと言ったんですから」

彼女は無理矢理笑みを作った。

「そんなことはないです。葉月さんがこれ以上、三輪田家とは関わりたくないと思った気持ちは分かります」そう言ってから姿勢を正し、「僕は今でもあの時、病院を訴えるべきだったと反省しています。ご両親を説得してでも訴えるべきだった」と頭を低くして許しを乞《こ》うた。

「いいえ、病院を訴えるなんて私は最初から望んでいませんので……」

そこで彼女は言葉を区切った。

「どうしましたか」

典之が尋ねると、彼女は「山際さんが友也さんを思ってくれる気持ちは感謝しています」と答えた。

葉月の言葉に、押し潰されていた胸が少しだけ楽になった。

死亡を知らされた時、執刀した梅原教授からは、広く浸潤した癌をどうしても取ることができず、肝不全が起きたと説明を受けた。

家族は泣いているだけでなにも疑念を抱いている様子はなかったが、典之は違った。翌日から『文藝時報』で過去に取材した医師に、梅原の執刀したオペだというのは隠して尋ねて回った。

ある医師は「最初から肝内胆管癌《かんないたんかんがん》だったんじゃないか」と言った。肝臓内に縦横無尽《じゅうおうむじん》に張り巡らされている胆管にできる癌は取り除くのが難しく、ガイドラインでも切除できる肝臓の割合は限られている。つまりまずは抗癌剤《こうがんざい》治療で様子を見るべきであったのに、切除できると開腹し、それが死を早めたと。

他にも梅原は当日、どこか顔色が悪かった。それなのに手術に臨んだ……そういった内容が出てきた。医師の体調不良で三輪田は死んだのかと思うといたたまれなかった。

取材した帝都大の医師からは、助手に入った鬼塚への非難も聞いた。教授の癌切除のオペに、鬼塚先生クラスが助手に入ることは普通ありえない。あの日は、鬼塚先生が代わりに執刀するものだと思った、と。

今回の取材源であるドクターWも「あなたの親友が亡くなったのは、結果論で言わせてもらえば梅原教授の過信であり、鬼塚医師の怠慢《たいまん》です」と話していた。

山際は、そのことを三輪田の家族に伝えた。本来は最初に葉月に話すべきだが、医療事故の裁判は長期にわたるケースが多く、実家の援助がなければ費用は負担できないと思ったからだ。話した途端、母親が顔を真っ赤にして反対した。

――帝都大を訴えるなんて恥知らずなことはやめてください。帝都大は友也の母校であり、誇りなんですよ。そんなこと、あの子は望んでいませんよ。

三輪田が帝都大卒を誇りにしたことなど一度もなかったが、家族は違ったのだろう。三輪田家は彼を除けば体面を重んじる人間ばかりで、三輪田の兄の子が、帝都大の文Ⅱに現役合格したのも、両親が裁判を望まなかった大きな理由だった。

家族にはそれぞれ事情があり、自分が口出しすることではないと、典之はそれ以上首を突っ込むことはやめた。

その後、葉月との交流は途絶え、一周忌には彼女の姿はなかった。「葉月さんは音響メーカーの正社員になって、海外に出張している」と、三輪田の母親から聞かされ、やむをえない事情で参列できなかったのだと思った。

翌年の三回忌にも彼女は現れなかった。不思議に思った典之は、法要後に三輪田の兄に尋ねた。

すると母親は、山際が話した裁判の話を、葉月が火付け役だと思い込んだようで、葉月を激しく責めた。さらに葉月に裁判を起こさせないよう、三輪田の遺産の三分の一の支払いを要求したというのだ。

豪快に金を使うタイプだった三輪田は、たいした財産を残していなかった。遺産は、若くして未亡人になった葉月が生きていくには大切な金である。それを裕福な両親が奪うなんて……葉月から金を取るまではしなかったが、夫の両親から受けた仕打ちに彼女は傷ついたに違いない。

——母は葉月さんに「あなたに友也の墓に入る資格はない」と言ったんだ。そうしたらおとなしかった葉月さんまで「私も三輪田家のお墓に入るつもりはありません」と言い返して……それっきりだよ。

三輪田の兄は肩をすぼめた。そのやりとりを聞き、典之は三輪田家と距離を取ると決めた。命日はこうして一人で墓参りをするように変えたのだった。

沈黙したまま、お互いがコーヒーカップを置く音だけが店内に響いた。典之は彼女の瓜《うり》実顔《ざねがお》を眺め、三輪田にも聞こえるように言った。

「僕は今、ある医師のことを取材しています。六年前の三輪田の手術に、助手としてオペ室に入った男です。三輪田の手術の翌年、執刀した梅原教授に連れられて都内の愛敬病院に移りました」

「今出ている週刊タイムズの記事ですよね。潮市の病院で外科部長をやっているという」

「読んでくれたのですか」

「一応、私もジャーナリストの端くれでしたから」

そう言って目を伏せた。

「梅原教授は三年前に亡くなりました。しかし一緒に愛敬病院に移った鬼塚医師は、三輪田の手術ではなにもしなかったくせに、梅原教授の後釜に納まってからは、それまで本性を隠していたかのように、成功率が高くない手術も次々とやるようになったそうです。今回記事にした二人の死亡事故も、彼のエゴが招いたものであり、あってはならないことだと思っています」

「私にはエゴだとは感じませんでしたが」

「いいえエゴですよ。先週、R県まで行き、鬼塚医師に会いましたが、病院を通してくれというだけで、遺族へのお悔やみの言葉一つありませんでしたから」

病院の駐車場で名刺を受け取った鬼塚は、ひと言述べただけで、典之の質問にはすべて無視を決め込んだ。顔は想像していたより幾分若かったが、三輪田が亡くなってから描いてきた酷薄《こくはく》な医師のイメージ通りだった。

「山際さんは、友也さんのことも書くつもりですか」

葉月の表情を窺う。頬から顎のラインに陰が入り、それは望んでいないように感じた。

「書きません。書いたところでどうにもなりませんので」

医療過誤による損害請求は、被害者遺族が加害者を知った時から三年が時効と定められており、今からでも証拠を集めれば請求は可能だ。だが執刀医が亡くなっている以上、裁判は開かれない。

書かないと言ったことに葉月が安堵しているように見えた。今はフリージャーナリストではなく、別の分野で活躍している。

三輪田のことを思いながらも前に進もうとする葉月に迷惑をかけるつもりはないが、典之の心は、まだ決着がついていない。

本来ならこの日は、明日アポを取った乳児の両親の取材のために、当時の関係者を取材するつもりでいたが、医療過誤を無理やり胸中に収めようとしている葉月と会って気が変わった。

店を出て葉月と別れ、信号待ちしていたタクシーの窓を叩いた。

「羽田空港まで」

車に乗り込み運転手にそう告げた。

3

飛行機内で今回の取材ノートを開いた。細かい字でびっしりと埋められたノートは、まもなく一冊を終わろうとしている。

鬼塚鋭示、四十五歳。一九七六年に仙台の開業医の家庭に生まれた。県立高校から一浪の末、帝都大理Ⅲに合格している。

大学入学時には将来は実家を継ぐと周囲に語っていたが、卒業後も大学に残った。実家の医院が経営悪化で廃院したからだ。父親は鬼塚が三十歳の時に亡くなり、仙台の実家の跡地には、今はトランクルームが建っている。

鬼塚より五期下、年齢は六歳下の女性医師によると、鬼塚は学生に対して「帝都大も自分は補欠合格だった。優秀ではなかったからこそ大学に入って他の学生より多くのことを学んだ」と話していたそうだ。「外科医になったのはブラックジャックを読んでカッコいいと思ったから」と笑わせたこともあったという。

補欠入学は冗談だったが、優秀でなかったのは事実だったようだ。

肝胆膵分野では高名で、様々な高難度の手術を成功させてきた梅原万之教授に師事するが、准教授になるのも同期に先を越されている。

当時の鬼塚は研修医や学生を魅了するような、速くて巧みな手技は持ち併せていなかった。なにせ彼が初めて執刀した肝癌手術は、それほど難しいものではなかったにもかかわらず通常より時間を要した。モニターで観察していた梅原教授が終了後、「医療事故があったんじゃないのか！」と激怒して詰め寄った――院内では語り草になっていた。

鬼塚が四十歳になる直前に、梅原教授が定年退官した。梅原は専門センターを開設するなど肝胆膵分野に力を入れていた新宿の愛敬病院に招かれた。

愛敬病院の肝胆膵センター長に就任するにあたり、梅原は大学から人材を一人引き連れていくことで大学と話をつけていた。

その一人になるのは、教授が寵愛《ちょうあい》していた女性医師だろう――院内はそう噂していたが、選ばれたのは日頃から対立し、教授が嫌忌《けんき》していた鬼塚だった。その決定に誰もが驚いたそうだ。

二人が愛敬病院に移った二年後、梅原は心不全で急逝《きゅうせい》した。肝胆膵センターを任されるようになった鬼塚は、梅原が乗り移ったかのように手術、とくに肝移植を積極的にやるようになった。

めくったページには鬼塚をよく知る前出の後輩医師の分析も書かれている。

梅原という後ろ盾を失い、鬼塚は、そうやって手術をこなしていくしか病院に残れなくなった。それで本来なら開かなくていい腹を切開して術中死させたり、回復の見込みが低い乳児に無理矢理移植したりした、と……。

空港からタクシーでUMCに向かっている途中に、胸ポケットのスマホが振動した。

〈山際さん、繁田理事長に会ってきましたよ〉

新見デスクからだった。

「行ってくれたんですか」

繁田には、これまで彼が経営する医療グループ本社を通じてインタビューを試みたが、無下《むげ》に断られた。時間があれば突撃取材をしようと自宅を調べ、港区麻布台《みなとくあさぶだい》の住所を新見に知らせたが、言うまでもなく伝わっていたようだ。

〈繁田氏にサウスニア共和国のことでと切り出すと、態度が急変しました。あの国は気候がいいので、若い頃からよく一人旅をした。それで知り合った現地の政財界人から医療貢献してくれないかと頼まれたとか、差《さ》し障《さわ》りのない話をしながら、こっちがどこまで知っているのか探っているようでした〉

「新見デスクはどうしたんですか」

〈思い切り全部知っていますと匂わせましたよ。「まだ記事にはしない」と言うと、安心していました。そこで今回は鬼塚先生に絞って取材したいので、病院側として取材を許可してくれないか持ち出したんです。しばらく悩んでいましたが、OKしました〉

「取材時間をくれたんですか？」

〈あいにくそこまでは……。病院側が取材を許可したことを鬼塚先生に伝えるが、答えるかどうかは鬼塚先生次第だと。理事長権限で命じてほしいと食らいついたんですけど、繁田氏も鬼塚先生はそんな指示に簡単に従う人じゃないと言っていました〉

「そうなると患者の個人情報を盾に、逃げられるかもしれませんが」

病院側の許可を得たのは大きく、鬼塚の逃げ場を一つ消したことになる。

〈サウスニア共和国の病院建設は、まだ書かないとは言いましたが、永久にとは言っていません。そこは安心してください〉

「さすが新見さん、ありがとうございます」

新見はフリーライターの生活もよく分かっている。今は鬼塚のことで精いっぱいだが、繁田がしようとしていることも、裏に悪事が潜んでいるはずだといずれ切り込むつもりでいる。

なにせ商社と組み、二国間交流の美名のもとに助成金を受けて病院を建設。さらに来日したサウスニア人の富裕層、特権階級を自由診療で治療して、病院経営を安定させる。繁田が目指す先には常に金があり、過去のテレビの密着取材では、開き直ったように「戦略的な優先順位をつけていくことで医療提供だけでなく、医療ビジネスとして病院経営を安定させていきます」と気炎を吐いていた。

「理事長の許可を取ってくれたのですから、なんとしても鬼塚にぶつけます。鬼塚はまだ病院にはいると思いますので」

午後六時、日が暮れて霧をはらんできた。これまでの取材で聞いた限り、鬼塚がこんなに早く病院を出ることはない。もし不在なら明朝も張り込むつもりだ。

〈それから山際さん、これは小林が調べてきたことなんですが、鬼塚医師、愛敬病院をやめてUMCに来る前に一カ月のブランクがあるんです。ご存知でしたか？〉

「いいえ、初耳です」

〈サウスニアに行ってるんですよ。現地の評判もよく、新病院が出来たら院長になってほしいという声も上がっているようです〉

「院長って、日本人がなれるんですか」

日本の病院が現地法人を設立したり、医療メーカーや商社と組んで外国に病院を建設した例はある。だが現地での国家資格が必要だったり、一年以下の制限免許だったりと、日本人医師が携《たずさ》われる条件は様々だ。

〈サウスニアの法律では医療資格証明書があれば現地資格は不要のようです〉

「なるほど。鬼塚が地方病院の外科部長に着任したことまで得心しました」

新見との電話を終えると、薄霧《うすぎり》の先にのっぺりとした棟が見えてきた。最上階だけがライトアップされ、「潮メディカルセンター」という大きな看板が、宵闇《よいやみ》に浮かび上がっていた。

4

午後十時半、若い医師や職員たちが帰ってもまだ鬼塚のＢＭＷは残っていた。

すっかり冷えた丘の上の駐車場で四時間以上待っていた典之は、上着の襟を立てた。

夜からは秋冷えするという天気予報をネットニュースで見ていたのに……三輪田の墓参りにいった黒のスーツのまま来たことを後悔した。

十一時を過ぎて、本棟から続く小道を一人の男が歩いてきた。影が駐車場入り口の街灯の下まで辿《たど》り着いて姿が確認できた。鬼塚だ。

鬼塚からも愛車の前に人が立っているのが見えているはずだが、彼はそんな気振《けぶ》りも見せず、紺のジャケットのポケットに両手を入れたまま近づいてくる。数メートル手前に迫ってから、典之は上着の袖を伸ばして左腕を出し、時計を確認した。

「十一時五分ですか。毎晩遅いんですね」

声を掛けるが、案の定、無言だった。

「鬼塚先生には、繁田理事長から取材を受けるように連絡が入っているはずですが」

続けざまに伝えると、鬼塚は典之の正面で立ち止まり、視線をぶつけてきた。

「あんないい加減な記事を書く記者を、私はメディアともジャーナリストとも思っていませんが」

「不満がおありでしたら、ここで反論していただけませんか？　先生の証言に則《のっと》って、それが事実なのかも検証いたしますから」

「患者が亡くなったのは事実ですが、あなたの記事は根本が間違っています」

「間違っているのはどちらの件ですか」

地面に置いたショルダーケースからノートとペンを出す。「昨年十月に肝癌の切除で腹部開腹し、なにも処置されずに縫合時に死亡した七十歳の女性でしょうか。それとも一月に父親の肝臓を移植したものの亡くなった乳児でしょうか」

「私は患者と家族に対して極めて難しい手術になることは話しています。可能性があるならやってほしいというのが家族の希望でした」

「家族はあなたの話を理解していましたか」

「もちろんです」

「おかしいですね。私が取材した限りでは七十歳女性の夫は認知症だそうじゃないですか」

「私の話をしっかり理解していました」

なるほど、外科医では、認知症かどうか判断できなかった、そうしたロジックで来たか。

「家族とのやりとりが適切だったかどうかは、法廷で明らかになるでしょう。もう一つの件、乳児のご両親も今、裁判の準備を進めていますよ。訴えるなら一緒にと決意されたようです」

「本当にご両親がそう言っているのですか？」

切れ長の目がやや開いた。この男、乳児の遺族は塞ぎこんでいる、だから訴えてこないと高《たか》を括《くく》っていたのだろう。

「ええ、言ってますよ」

明日その両親と会い、最終確認を取りますよ――その部分は言わずにやめた。そんなことを言えば、両親に手を回し、記者に話さないよう止めてくるかもしれない。

「つまり二組の遺族があなたに賠償を請求するわけです。敗訴すれば大損害になりますね」

「一組だろうが、二組だろうが、私の答えは変わりません。事故ではありません。それはご家族に説明しています」

「亡くなった直後に説明されても、悲しみに暮れる遺族は、手術室でなにが起きたのかなど飲み込めません。ですから民法でも消滅時効の三年は、損害を知ったときからスタートすると決めているんです。それくらいはご存じだと思いますが」

「知っています」

「患者と家族に対して極めて難しい手術になることを説明したと言いましたが、ずいぶん弱気ですね。なにかあった時の言い訳を先にしただけではないですか。実際、あなたは帝都大病院にいた頃はすべてに於《お》いて慎重だった。オペは他の者より時間がかかり、梅原教授からも医療事故を疑われたことがあったとか。あなたに言わせると丁寧にやっただけとおっしゃるのかもしれませんが」

プライドを挫《くじ》くことを伝えたことで、目を剝いて反論してくるかと思ったが、鬼塚はポケットから車のキーを出しながら誰に言うともなく続ける。

「患者の大切な命を預かっているのですから、医師は腕を過信するよりは、慎重な方がいいに決まっています」

なにが大切な命を預かる、だ。三輪田の時にはなにもしなかったくせに。こんな医者に親友は見殺しにされたのかと思うと平静ではいられなくなった。

「六年前の今日、あなたが入ったオペで出版社勤務の一人の男性が亡くなりました」

夜気に声を震わせると、怒りが体の奥底から湧き上がった。自分はなぜあの時、葉月の味方になって帝都大病院を訴えなかったのか。自責の声が心で悲鳴をあげる。

「覚えていますよ。文藝時報社の方ですね」

「覚えていて当然ですよね。術中死したのですから」

皮肉を加えるが、鬼塚は無反応だった。

「三輪田は私の親友でした。執刀した梅原教授の体調が思わしくなかった。その結果、胆管にできた癌部分の切除が、当初の予定通りにいかなかったのではないですか。三輪田は私に、治るから手術に踏み切ったと言っていました。でもあなたがたは見誤っていた」

言いながら上目で鬼塚の表情を窺う。微かに反応した。当たりだったのだろう。

「本来なら教授の助手は若い人が務め、准教授クラスは入らないそうですね。あの日だけはあなたが助手を務めた。梅原教授の体調が良くなかったため、入ったのでしょう」

返答がないので「答えてください」と促《うなが》す。

「執刀医は梅原です。私からはなにも言えませんし、そちらの主張に異論を唱えるつもりもありません」

「おい、いい加減にしろ。一人の人間が死んでんだぞ！　そんな言い方ってあるか」

丘の上の駐車場から発した怒声が、町の方向で木霊《こだま》した。

鬼塚は動じていなかった。このままでは鬱憤を晴らすだけで終わると、典之は自分を戒《いまし》め、一旦冷静になった。

「あなたが心配したところで、教授である梅原氏が自分でやると言えば、それ以上は口出しできなかったのかもしれない。そうしたヒエラルキーが大学病院、とくに名門と呼ばれる帝都大にはあったのでしょう。でも梅原教授が亡くなった今、あなたには答える義務があるのではないですか」

「あのオペは、患者のご家族から、梅原が直々《じきじき》に頼まれたものです。そして患者ご本人には私からもきちんと説明しております」

母親が梅原に頼んだのは事実だが、そんな卑怯《ひきょう》な逃げ方があるかと怒りが増幅した。

「私が納得できないのは、梅原氏が亡くなった後、どうしてやりたがり屋と呼ばれるほどオペに固執《こしつ》しているかです。あなたは明らかに変わった、無茶なオペもやるようになったと、多くの人が証言しています」

「無茶なオペなどやっていません。私は患者や家族が望む治療をしているだけです」

「では無茶は取り消しましょう。でもオペに意欲的になったのは事実ですよね。私はその理由を訊いてるんです」

焦点を合わせるように目を見て詰問《きつもん》する。

「あなたの師匠である梅原教授が亡くなったからですか？　そうするしか愛敬病院で生き残れなかったからですか？」

ドクターＷが言っていた説をぶつけた。

「関係ありません」

「でしたら私の親友である三輪田友也が死んだからですか？」

こめかみに力を入れて質問を重ねた。返事はないだろうと思っていたが、鬼塚が典之の顔を見返して言葉を吐いた。

「それは一因としてはあります」

一因としてある――愛敬病院でも、ＵＭＣでも摑みどころがないと言われるこの男が、三輪田の一件がその後の医師人生に変化をもたらしたと認めたのだ。これだけでも取材に来た意義はあった。

「三輪田の件がどう起因したのですか。説明してください」

「患者や家族が望むのであれば、懸命の治療をするということです。結果は残念でしたが、厳しいオペだと分かった上で、やり遂げようとした梅原の姿勢は尊重しています」

「違うでしょ。癌の状態を見誤った上に梅原教授は体調不良だった。その結果、三輪田を死に至らしめた」

「いずれも違います」

「ならどうして三輪田は死んだんだ。二度と目を覚ますことなく、この世を去ったんだぞ」

熱くなって返したが、言い終えると頭に引っかかりを覚えた。

不安を見せなかった三輪田が、手術室に入る直前は葉月の手を握っていた。

もしや三輪田は、助かる見込みがないことは分かっていて、それでもわずかな可能性を託して手術を受けたのではないか。

そのことは葉月にも知らせなかった。三輪田はそういう男だ。鬼塚の「梅原の姿勢は尊重しています」と話したこととも一致する。

自分は三輪田の覚悟に気づかぬまま、これまで取材してきたのか。そう導こうとする自分の脳を、今は考えるべきではないとかぶりを振って打ち消した。

難しい手術であるなら尚更、体調が悪い梅原ではなく、鬼塚が執刀すべきである。それなら奇跡が起きたかもしれない。

「あなたはUMCに着任する前、繁田理事長とサウスニア共和国に建設予定の病院の見学に行っていますね。開業すれば、院長になるという噂も聞いています」

そのことは触れられたくないことだろうと思った。ところが鬼塚は急に目に笑みを浮かべた。

「なんですか、その顔は」

「やはりなにも取材されていないんだなと思っただけです」

「なんだと、失礼な」

「見学ではなく、私はオペに行ったのです。オペは周辺国の病院にもネット中継されました。もっと正確に取材してください」

「そのことが、あなたが病院長になることへの否定には繋がりませんが」

「病院長になりたいなんて、私はひと言も言っていません」

「そういう野望があるからこそ、サウスニアからの患者もUMCで受け入れているんじゃないですか。一人の生体肝移植、さらに病院には二人の移植患者とドナーがいることも私は摑んでいますよ」

一人は腎移植で第一外科の管轄《かんかつ》だが、もう一人は肝移植のレシピエントだ。

「受け入れた理由は治療が必要であり、患者や家族が望んでいるからです。日本人だろうと外国人だろうと同じです。これ以上話しても堂々巡りですし、私は失礼します」

一七八センチの典之とほぼ同じ背丈の鬼塚が真横を通り過ぎていく。いつしか典之は汗だくになっていた。

背後の車に到達した鬼塚が、手を伸ばしてドアハンドルを摑む。手が大きく、節高《ふしだか》な指をしていた。

鬼塚は体を屈《かが》め、車内へと消えた。

5

潮市内のビジネスホテルに泊まった典之は、朝六時には起床し、UMCの輪島賢医長に電話をかけた。電話に出るなり輪島は〈あの記事はなんですか。まるで私が喋ったみたいじゃないですか〉と怒りをぶつけてきた。

今発売の号で、典之が「移植順を操作したとの疑惑が生じています」と書いたコメントに「UMC関係者」とつけたことを言っているのだろう。発売直後に輪島から着信が入っていたが、典之は電話に出なかった。

「ああ書いた方が怪しまれないんですよ。本当に内部の人間が喋っているとは、誰も思いませんから」

〈院内では誰が喋ったか噂になってる。あんた、私には絶対に迷惑をかけないと言うたから、私は喋ったんですよ〉

「もちろん今後も約束します。ネタ元を守るのは我々の仕事のイロハのイですから」

その考えは嘘《うそ》ではないが、今回の記事に関して言うならネタの出処は輪島ではない。愛敬病院時代の遺族が病院に抗議していることも、繁田とサウスニア共和国との関係も第一報をくれたのは別の「W」である。

〈もっと私の立場もよく考えて記事を書いてくださいよ。内部のことまで知ってる人間は、限りがあるんやし〉

怒りがやや鎮《しず》まった。納得したというよりはこれ以上、いちゃもんをつけて典之が気分を害することを案じたのだろう。この男は小心者だ、記事に出るまでは親の敵《かたき》を取るかのように批判していたのが、今は鬼塚から責められることを恐れている。

「輪島先生は、IPMN併存膵癌を気にされているんでしょ? 鬼塚先生から『あなたがもっと早く治療していたら、前回の脳死移植に間に合った』と言われたのですか」

〈そんなこと、言われるわけがない〉

「それじゃあ院長、あるいは繁田理事長に注意されたとか？」

〈言われるわけないと言うとるでしょ。私が気づいてオペしてても、脳死には間に合わなかった〉

否定するが、語尾が消えていくようだった。

今、輪島はそのことを悩んでいる。だが彼が恐れなくてはいけないのは、移植を受けられなかった患者がこのまま息を引き取った時だ。

遺族が榎下のような凄腕の弁護士に依頼したら、移植に間に合ったかどうかが問われることなく輪島の診断だけが審理され、それが甘かったと判決が下る可能性はある。

「大丈夫ですよ。鬼塚先生だって、摘出前から悪性であると判定していたわけではないんでしょ。病理に出してみないと分からないと話したんですよね」

〈その通りだ〉

「たまたま悪性だったんですよ。だから鬼塚先生も輪島先生を責めないんですよ」

受話器の先で安堵の息が漏れる。

「それより鬼塚先生はＵＭＣに来る前の一月間、サウスニア共和国に行っています。そのことを昨夜、鬼塚先生に尋ねたところ、行ったのはオペをするのが目的で、公開オペとして周辺諸国の病院にもネット中継されたと言っていました。それって本当ですかね」

〈それはありうるやろ。途上国が新しい機械を導入しても使いこなせないからと、外国の医師を招くことは珍しいことやない。私も中国の病院で頼まれたオペで、他の病院にネット中継をされた。手術後にはオンラインカメラで質疑応答もやったし〉

「輪島先生は、鬼塚先生の公開オペを知ってたんですか？　そう言えば、鬼塚先生は野心で医師をやっているみたいだと言ってましたね」

〈野心とは言ってない。鬼塚部長が私の意見を聞かないと言っただけや。サウスニアとの繋がりもあんたが言い出したんであって、出張の件も今初めて知ったし〉

先週とは一変して腰が引けている。輪島はサウスニア政府と繁田との関わりについて一切知らなかった。典之が国の名前を出すと、「そう言えば」と言って、肝移植を一件終え、今も病院にサウスニア人患者が入院していると明かした。肝移植を待つのは生後八カ月の女児だそうだ。

「次号では愛敬病院時代の医療裁判について記事にします。でも鬼塚先生の続報と、繁田理事長とサウスニア政府との不適切な関係については引き続きやっていきますので、輪島先生もご協力よろしくお願いします」

間が生じた。迷っているのだろう。こういう男は中途半端に縁が切れる方が、自分が通報者だとバラされるのではないかと警戒する。取材者が取材源を漏らすことはないが、こうやって一度喋った人間はずるずると関係を続けて、記者の情報網に入っていく。

もっとも中には、自分が情報提供してあげているのだと、取材者との上下関係を崩さない者もいる。そうした人間は、すべてを教えず、ヒントだけを与えて、あとは調べてみなさいよ、と上から目線で示唆する。暴露を疑われるような形跡は残さない。

〈もういいですか。私はこれから病院に行かないかんので〉

「出勤前のお忙しい時間に失礼しました。ではまた連絡させていただきます」

言い終えると、電話は切れた。

6

R空港から乗った飛行機が羽田空港の滑走路に到着し、携帯電話の使用を許可するアナウンスが流れた。

機内モードを解除すると着信が入っていた。一本は榎下弁護士、もう一本は編集部の小林からだった。

小林からはLINEも届いていて、《電話をください》とメッセージが入っていた。

彼はこの日の午後に、七十歳の女性の娘を取材する予定のはずだ。いきなり榎下に電話をするのは気が引けると、出口への乗客の行列に並びながら、まずは小林から電話をした。

「どうした小林くん、なにかあったか」

〈今朝、榎下弁護士から会社に電話があったんです。依頼は受けないそうです〉

「受けないって、どうして？」

声を張り上げたことに、前に立つ客が振り向いた。手を添えて、声質を落とす。

〈山際さんから聞いた内容と事実とに齟齬《そご》が生じたと言っていました。長女は鬼塚医師からの説明がなかったと言ってるが、父親、すなわち患者の夫は聞いていると〉

「それなら父親はその時点で認知症だったと榎下に説明したぞ」

それなのに鬼塚はその父親にだけ話して、成功率の低い手術を強行した。父親は、今は孫の顔も忘れるほど症状が進み、都内の施設に入っている。

〈それ以外は言わずに切れたので、詳しくは分かりません。山際さんを探しているようでしたから、電話があるんじゃないですか〉

「着信が入ってたから掛け直してみるよ」

声を潜めてそう伝えた。榎下はこの期《ご》に及んでなにを躊躇してるんだ、勝訴ハンターの名が泣くぞ。呆《あき》れながらも、ボーディングブリッジに出てから電話をかける。結構な長い時間、呼出音が流れてから、榎下は無愛想に出た。

「先生、受けないってどういうことですか。この前は前向きだったのに、どういう変節ですか」

〈山際さん、あなた、娘さんと会いましたよね〉

典之の問いに答えることなく、榎下から質問された。

「もちろんです。会って今の弁護士では不安だというから、先生のお名前を出したんです」

〈娘さんは何回、病院に行ったと言っていましたか〉

「何回って、相当、通っていたはずですよ」

呼ばれたら自分が行ったのに、鬼塚医師は自分ではなく、認知症の父に説明をした——

彼女はそう苦言を呈《てい》した。

〈彼女が行ったのはたった二回、母親が入院した翌々日、そして手術の当日のみです〉

「二回ってそんなはずは」

バッグからノートを出し、ページをめくっていく。《何度も通った》という娘の回答は書いてある。

「娘さんには家族があり忙しいから、仕方なかったんじゃないですか」

心の乱れを隠して言い返した。千葉に住んでいる娘は小学生の子供が三人いて、雑貨店を営む夫の仕事を手伝っている。

〈本当に仕方なかったんですかね〉

「それに病院に連絡先は伝えているわけですから、医師が電話すべきではないですか」

〈病院側は娘さんに度々要請しました。それなのに娘さんは来なかったんです〉

「それなら手術自体をやめるべきでしょ。夫は認知症なのですから」

〈そのことですが私はもう一度、ご主人がつけていたという日記を確認しました。一カ月前から日記の内容が変わり、字が大きくなってますね〉

「はい。〈ゴメイ〉とか〈番号札〉とか落書きされた部分ですね」

それまでその日に起きたことが子細《しさい》に書かれていた日記が、一ページにひと言ずつ、落書きのようにしか書かれなくなったのだから、夫の体調に変化があったのは明らかだ。

聞こえてきた榎下の口調は、典之を責めるような厳しいものだった。

〈山際さんはご夫婦が昔、銀行で知り合ったのはご存じですよね。《ゴメイ》は銀行で勘定が合っていた時に『互明です』と言います。《番号札》はお二人が働いていた銀行で使われていた言葉で、早めに出勤して、海外送金の手続きをすることのようです〉

「先生はなにを言いたいのですか」

〈日記には他にも銀行用語が出てきました。そのことはご夫婦と同じ銀行にいた元行員に確認を取りました。さらに《サンジョナゴールド》や《ペスカトーレ》とありました。サンジョナゴールドは女性の出身地である青森産のリンゴ。ペスカトーレは二人が昔よく行ったイタリアンで、女性が好きだったパスタのメニューだそうです〉

「夫の認知症は進んでいなかったと言いたいのですか」

〈症状がどの段階だったか、我々に計り知ることはできません。でも妻が好きだったものや、銀行で使っていた用語を日記に書き、病床の妻に見せて励ました。そうなると医師の説明を理解するに充分だったと見るべきでしょう。それに医師は成功率が低い手術になることもきちんと説明していました〉

「開けてみたら浸潤が思いのほか進んでいたから、切除せずにやめたんでしょう。その鬼塚医師の甘い判断が命を……」

〈違いますよ〉

話している最中に榎下に否定された。〈肝臓癌は事実でしたが、切除を中止した理由は肝臓癌ではなかったんです〉

「では、なにが理由だったんですか」

〈膵臓のＩＰＭＮです〉

「ＩＰＭＮですって」

〈ＩＰＭＮとは良性と悪性の境界病変のことで、ＩＰＭＮを持つ人の通常型膵癌発生リスクは持たない人の六倍以上と……〉

榎下は説明したが、そんなこと、改めて言われなくても典之は知っている。今回、ＵＭＣで脳死肝移植が見送られた男性が同じだ。

ＩＰＭＮは自覚症状がない場合もあり、あったとしても良性か悪性なのか判別しにくい。中止したということは、手術前にははっきりしなかった膵癌が、開腹後はかなり進行しているのが確認できた。だから肝臓も切除せずに腹を閉じた……。

「だったら娘はなぜ病院に抗議したんですか」

今度はそのことに納得がいかない。膵臓のことなど娘からはひと言も聞いていなかった。

〈知り合いの弁護士に唆されたんですよ。父親は認知症だったのだから、家族とのインフォームドコンセントは不充分だった……裁判にすると脅せば、病院は金を払うと言われて〉

「そんな……」

〈あなたが私を紹介したのが、その弁護士は気に入らなかったんでしょう。私の事務所に昨日の午前に電話があり、女性の夫は、当時は認知症ではなかった、娘が病院からの呼び出しに応じなかったと打ち明けました〉

その弁護士に、典之は会っていない。だがたとえ知り合いだったとしても、これまでの取材経験から、たいした法廷経験のない弁護士なら、なにも自分が面会して確認する必要はない、会うくらいならとっとと切った方が、娘も余計な弁護料を払わなくて済むと判断したのだ。

「もう一方の乳児の家族はどうするんですか。そちらの遺族も決心したんですよ」

〈乳児のご両親とはお会いしたことはないと言っていましたよね〉

「今日これから会う予定です」

〈でしたら会えば分かります〉

「分かるってどういうことですか」

〈まず会ってください。そうすれば、私に頼むにはあなたの取材では足りなかったことが分かります〉

滝内一幸《たきうちかずゆき》、有子《ゆうこ》夫妻は待ち合わせた羽田空港近くのホテルのラウンジに、先に来ていた。

二人の険《けわ》しい顔つきを見ただけで、典之の灰色の心は闇に覆われた。

「私たちは鬼塚先生には感謝する思いはあっても、批判する気持ちはありません。翔《しょう》が死んだのは、移植が遅れたせいであって、先生のせいではありません」

夫の滝内一幸が声を絞り出すようにして話し始めた。

「遅れたとはどういうことでしょうか？」

「去年の夏、最初に検査結果が出た時から、先生には移植を勧められました。息子は肝臓だけでなく、消化管にもわずかですが先天異常があるため、移植しても他の乳児のように長く生きられるかどうかは分からない。それでも移植が助かる最善の方法だと」

「どうして移植の道を採らなかったのですか」

「私に勇気がなかったからです」

言葉を吐いた夫の目が潤んでいる。隣の妻の目からは涙が零《こぼ》れた。

「起業した会社が七年目にして上場できるところまで来た時だったんです。私は毎週のように中国の深圳《シンセン》、インドのベンガルールに出張に行っていました。従業員百人とその家族の命を預かっている気持ちでしたし、私の体調が万全でないと会社は潰れる。そう思うと即座に息子に肝臓の一部を提供する決断が下せなかったんです」

「私がドナーになれば良かったんです」

妻が呟いた。

「きみは高血圧症だから危険だと言われたじゃないか。僕しかなかったんだよ」

「それでどうされたのですか？」

「移植コーディネーターの方からは血漿《けっしょう》交換という方法もありますと言われました」

血漿交換とは腎臓の透析《とうせき》治療のようなものだ。そういう治療法が乳児には有効であることは知っている。浄化装置を使って血漿を一旦除去し、代替えの血漿成分を浄化した血液とともに戻し、病状の改善を図《はか》る。ただし一日に三十人分くらいの血液を使うため、医療費はかなり高額になる。

「移植コーディネーターって、鬼塚先生と潮メディカルセンターに移った女性ですか」

「そこまでは存じ上げませんが、田村美鈴さんという方です」

まさしく鬼塚と行動を共にしているコーディネーターだ。

「彼女が指示したんですか」

「指示ではなく提案です。先生からもそうやって脳死者が出るのを待つ方法もあるって」

「脳死って、日本じゃ年間五十から七十程度しか出てないんですよ」

これが生体肝移植より脳死肝移植が多い諸外国、中でも年間五、六千人の脳死体が出る米国なら理解できる。ここは日本なのだ。

「血漿交換を三〜四日間、百人分の血液を取り替えることで肝臓の機能が戻ることもあると。それに先生は、数値的にはいつ移植ネットワークから連絡があってもおかしくないと言っていました」

「だけど肝臓機能は戻らなかったし、移植ネットワークからの連絡もなかったんですよね」

そう言うと、それまでムキになって鬼塚を擁護《ようご》していた夫の声がか弱くなった。

「血漿交換を始める日の朝、息子の黄疸《おうだん》がひどくなり、呼吸をするのも苦しそうになりました。そこでやっと私に勇気が出て移植を申し出ました。その時にはたぶん手遅れだったんです……」

「鬼塚医師はなんと言いましたか。だから早く移植すべきだったと言ったのではないですか」

「決意されたのなら、移植をやりましょうとおっしゃっただけです」

「もう手遅れなのにですか。手遅れなら移植はやめるべきだと言うべきじゃないですか」

そう言うと、隣の妻の表情が陰《かげ》った。怖い目で典之を睨んでいる。

「すみません、助かる道は残されていたんですね。今の質問は不適切でした。取り消します。ですけど、ならばどうして今回、一度は訴えることに前向きになったのですか」

二人がそう決心したと聞かされなければ、提訴を考えているのは一組だけ、七十歳の女性の娘のことしか書かなかった。

「兄のところに弁護士さんから連絡があったんです。榎下先生の前の弁護士さんです。兄から、鬼塚先生は病院でも評判が悪くて患者を一人殺している、その患者のためにも一緒に闘うべきだと言われて」

「主人の会社、お義兄《にい》さんに開業資金を出してもらってるんです。そういう事情もあって、主人はお義兄さんには逆らえなかったんです」

隣から妻が声を詰まらせた。

「お兄さんの資金目当てでは、感じていたわけですね」

「そこまでは……」夫は首を左右に振った。しばらくして「感じていました。私も兄がそれで気が済むならと思って……。でも鬼塚先生は私たち家族のことを考えて懸命に治療してくれたんです。私に先生を訴えることはできないと思い直しました」

「お兄さんはそれで納得されたのですか」

「兄には援助してもらった資金を全額返還するつもりです」

典之は絶句した。これでは完全な誤報ではないか。鬼塚に言われた通りだ。取材の根本が間違っている。

「すみません、ご迷惑をおかけして」

夫婦二人でテーブルにつくほど頭を下げられた。

「分かりました。正直に話していただいて感謝します。帰国してお疲れのところ、すみませんでした」

そう声を絞り出すのが精いっぱいだった。

耳に当てた電話からは呼出音だけが聞こえるが、相手は出なかった。過去を振り返っても彼女が典之の電話に出たことはない。

かかってくるのはいつも彼女からで、調べてみたらどうですか、とぞんざいに切られる。

――あの女、いい加減な話をしやがって。

怒りに体を震わせて携帯電話を内ポケットにしまう。鬼塚による手術で亡くなった七十歳女性の娘が、弁護士と病院に抗議している。そのことで鬼塚は愛敬病院に呼ばれて事情聴取を受けた。七十歳女性が死亡した三カ月後には、鬼塚が移植した乳児が手術関連死した。

情報提供はその後も続いた。UMCで行われた中学生の移植の手順に疑惑があった。繁田理事長の病院建設にまつわるサウスニア共和国との不適切なやりとりがあることまで。

ホテルのロビーを歩いているところで、内ポケットが振動した。

取り出したスマホを見る。

鷲尾緑里《わしおみどり》——来た、ドクターWから初めて折り返しの電話がかかってきた。

「もしもし、鷲尾さん、あなたが言ったことは完全に違ってますよ。肝癌で死んだ女性の長女は嘘をついていました。また乳児の両親は、鬼塚に不満など持っていませんでした」

一気に喋ったが、鷲尾緑里からは返事どころか相槌《あいづち》も返ってこない。

「鷲尾さん、聞いてますか？」

ふっと息が漏れる音がして〈いきなりそんな大きな声を出さないでください〉と億劫《おっくう》そうに言われた。

「大声を出さなきゃやってられませんよ。来週売りにもページを取ったんですよ。このままではボツにするしかありません」

〈私はそういう噂があるわよと伝えただけです。まさかそれだけを鵜呑《うの》みにして、ご自身で調べられていないなんてこと、山際さんほどのジャーナリストがするはずないですよね〉

頭に血が上ったが、まったくその通りだ。彼女からの情報に、鬼塚に復讐《ふくしゅう》できるチャンスと舞い上がってしまい、裏付け取材をしなかった。

鷲尾緑里は信頼に値する人物だ。彼女は医師免許が必要なキャリア官僚である医系技官。彼女こそ、帝都大の鬼塚の五期後輩で、梅原教授の寵愛を受けていた女性医師、三輪田が亡くなった時は、帝都大病院の医局に勤務していた。

〈週刊タイムズが切り裂きジャックなんておかしな見出しをつけるから遺族も腰が引けたんじゃないですか〉

「違う。長女は初めから父親が認知症でなかったと分かってた。そして唆した弁護士も、裁判で勝てる事案ではないことを承知していた。最初から示談金目当てだったんだ」

〈そんな細かい情報までうちに入ってくるわけないじゃないですか。それに私が教えた脳死移植が出た際の順番の変更と、理事長とサウスニアとの関係は事実だったのでは？〉

「中学生に臓器が回った手順を怪しんでいる医師はいましたが、結果論で言うなら鬼塚医師の判断で正解でした」

〈それなら、ちゃんと裏を取って、そう書けば良かったのに。いくら親友の弔いといって

〈も、冷静さを欠いたのは山際さんですよね〉

「あなたからの話なら、それで裏は取れたと思いますよ」

要がある。医療行政の中枢《ちゅうすう》にいるキャリア官僚から聞いたのだ。その情報を他の誰に確認する必要がある。

〈それより鷲尾さん、鬼塚医師に関するもっと正確な情報をください。彼が今回、脳死肝を六十代男性から中学生に変更したのは、愛敬病院でのＩＰＭＮ併存膵癌が関係しているからですか。その経験があったから、鬼塚はＩＰＭＮに慎重になっていたのですか〉

「ここまで教えたんですよ。ジャーナリストなら、しっかりファクトチェックしてから記事にしてください」

鷲尾はそう言い残して電話を切った。

彼女からはこれまでもいくつかの情報提供を受け、記事を書いた。典之が大事にしている取材相手でも一番と言っていいほど信頼できる情報筋であり、いつも正確だった。

それが今回はまるで違った。彼女こそ、鬼塚に恨《うら》みを持っているではないか。冷静さを欠いているのは鷲尾ではないか。

自動ドアの前で、今度は新見に電話をかける。連絡を待っていたのか新見はすぐに出た。

「すみません、新見デスク、次号の三ページ、無理そうです」

〈小林から聞きました。弁護士が引いたのでは、続報は難しいでしょうね〉

声に落胆が混じっていた。記事がボツになったことだけではない。医療ジャーナリストを名乗りながら、裏付けのない記事を書いた典之に対して失望したのだろう。

「今回は私のミスです。ですが新見デスク、鬼塚がやっていることには、まだまだ疑惑があります。引き続き取材させてください」

典之はロビーの真ん中に立ったまま訴えるが返事は聞こえてこなかった。自動ドアが開き、団体客が入ってきた。彼らは怪訝《けげん》そうに典之を避けて通る。

〈今の山際さんは自分を見失っているように見えます。そのような精神状態では、正確な取材はできません〉

「そんなことはありません。次こそ暴いてみせます。今度は覆《くつがえ》ることのない証人を集めますから」

〈少し休んで、一度頭を冷やしてください。今回のことがあったからといって、うちと山際さんの関係が切れたわけではないですから。それではまた別の機会にお電話します〉

次に言いかけた時には、典之は取材班から外されていた。

UMC病院長　仙谷博の不安

1

掘りごたつの下で、目前の男が貧乏揺すりを始めだした。

また左手に嵌《は》めているフランク・ミュラーで時間を確認する。文字盤に嵌め込まれたダイヤモンドは、灯籠《とうろう》がある坪庭《つぼにわ》を眺める割烹《かっぽう》の個室でも、よく輝いていた。

男の苛立《いらだ》ちはそろそろ限界であると仙谷博は感じたが、機嫌を取る話題があるわけでもなく、「理事長、熱燗《あつかん》もう一本どうですか」と残り少なくなったお銚子《ちょうし》を持ち上げた。

「結構です」

六十五歳の博より六つ下の繁田幹男理事長は言い捨て、小さく舌打ちをした。

繁田が潮に来ることは、一週間前に決まっていた。

せわしなくスケジュールを詰め込んで日帰りするのも珍しくないが、今回はあらかじめ〈食事をしましょう。鬼塚先生にも声をかけておいてください〉と伝えられた。電話後、博はすぐに第二外科に電話をし、〈その日はとくに予定はありません〉と鬼塚の了解を得ていた。

それでも鬼塚のことだから仕事に追われ、遅れるだろうと想定し、「七時半」と遅めの時間で予約したのだった。にもかかわらず時計の針はまもなく九時を指そうとしている。

病院の近況についてあれこれ報告したが、途中から繁田は聞いているようではなかった。

余計なことを言えば藪蛇《やぶへび》だと、博はおちょこを口につける。時間ばかりが気になって、いくら飲んでも酔える気はしない。

小柄な体軀《たいく》のせいか、初めて繁田と対面した時は、名だたるプロ経営者が持っているオーラのようなものは感じなかった。

だが会話するうちに、精気がみなぎった目でねめつけるように見られていることに気づき、次第に博は気圧《けお》され始めた。

言葉遣いこそ年長者の博に配慮しているが、繁田からは病院を任せる院長への敬意といったものを感じたことはこれまで一度もない。

所詮《しょせん》自分は雇われ院長なのだ。名も知れぬ地方病院の一外科部長でしかない自分がなぜ、繁田からＵＭＣの病院長を任されたのか、就任してかれこれ五年になるというのに、今もその理由ははっきりしない。

繁田の貧乏揺すりはいっそう激しくなりテーブルまで揺れ始めた。もう限界だ。以前、市の保健課長が約束の時間から三十分遅れた時は、繁田は席を立った。今日は三十分どころか、一時間半になろうとしている。

なにやってんだ、鬼塚先生は。声を荒らげたこともない博だが、胸の内はもはや穏やかではいられなくなった。

戸が引かれ、仲居が「お連れさまがお見えになりました」と伝えた。

「遅くなって申し訳ございません」

仲居の後ろで、紺のスーツ姿にコートを腕にかけた鬼塚が入ってきた。

「鬼塚先生、遅いよ。オペもないから早めに上がれると言ったじゃないか」

博は不満をぶつけた。

「術後管理が心配な患者がいたので、様子を見ていました」

博の腹立たしさなど気にすることなく、鬼塚はのうのうと話し、博の隣に着席した。

「患者は大丈夫だったのかね」

不快さを露《あら》わにした繁田は、目も合わさずに言葉を吐く。

「はい、オペ自体はスムーズでしたが、なにせ八十歳でしたので」

「そんな高齢だったのか。そうなると他の病院は受けないんじゃないか」

「はい。大阪で断られ、最後の望みでうちに来たようです」

「八十歳だけど体力はあった。だからあなたはオペに踏み切ったんだね」

「いえ、年齢相応で、体力的にはギリギリでした。それでも患者と家族がどうしてもオペしてほしいと希望してきましたので」

「そうか、そうか。病院が多い大阪で断られた患者のオペを成功させたのか。そりゃ、たいしたものだ」

ぬるくなった酒を飲みながら、繁田はいつの間にか機嫌が戻った。鬼塚は車で来たからとウーロン茶を頼んだ。

その患者は胆道癌で、領域リンパ節に転移があった。ただでさえ難しい手術なのに、八十歳という年齢を聞き、博は緩和《かんわ》ケアに切り替えるべきだと再考を促した。鬼塚は患者と家族とのインフォームドコンセントは取れていると言って聞かなかった。手術の実施を喜んでいる繁田の前で、なにも自分が反対したと内部事情を披露することもない。

「医者というのは、なんでもかんでも年齢を気にしがちだけど、今は人生百年時代です。七十五歳で後期高齢者と呼ぶことすらもはや時代遅れ。移植だってよそは六十五歳、病院によっては六十歳以上のレシピエントは受け付けないが、そんなことでは社会から病院は取り残されてしまう」

先ほどまでの無言の貧乏揺すりが嘘のように繁田の口はよく回る。

「うちが断っても、受ける病院がある以上、患者は病院を回ることになります。それならきちんと説明して、本人や家族が納得した上で引き受けるのが、我々の職務です」

鬼塚は出てきた料理を掻き込むように食べながら答えた。

「これからは受ける病院と受けない病院で格差は広がり、病院の生き残りに関わってくるでしょうな。都会の大病院だってやらなきゃ廃《すた》れていく。いや、あなたにしたら『受ける』『受けない』じゃなくて、『成功する』か『成功しない』かなんだろうけど」

「実際にはどのような不測の事態に陥るか分かりません。それでも生きたいと願っている患者の意思は尊重せねばなりません」

年齢を理由に手術に反対した博に当てこすっているように聞こえた。

「病院の評判が高まるのはいいことです。経済誌から取材を申し込まれているので、今の話もさせてもらいます。今後はますます、遠方からの患者がこのＵＭＣに集まってくるんじゃないかな」

体を仰《の》け反《ぞ》らせて高笑いした。やはり繁田が欲しいのは金と名声だけなのだ。五年近い付き合いで分かってはいたが、この手の話題になると博はいつも興《きょう》ざめする。

「ところで鬼塚先生、肝移植は今年、何件こなしました？」

「脳死肝移植を含めたら六例になります」

「そりゃ、すごい。愛敬病院でもそんなに多くはないんじゃないか」

「さすがに及びません。愛敬病院では三年で五十例しましたので」

「帝都大では？」

「私が在籍していた頃は、週に二例やっていましたが、今は二週に一例ほどと聞きましたから、年間二十五ほどでしょうか」

「西京大や浪速《なにわ》大は？」

「帝都大と同じ程度だと思います」

「あなたが来たのは七月でしょ。来年は年明けからペースを上げていけば、一流の大学病院と遜色《そんしょく》ないレベルに達するんじゃないか」

「計算上はそうなりますが、移植にはドナーが必要ですから」

「来年は帝都大や西京大と同等の、二十五例はやってくださいよ。今年だってまだ一カ月以上あるんだから一例でも増やして。その方が私も鼻が高い」

繁田は軽々しく言うが、博は数値目標の設定に不安を覚えた。

移植を希望する絶対数が都市部とは異なる中、ＵＭＣで鬼塚が多くの移植を実施できたのは、他の病院では断られる高齢者、または状態がよくないレシピエントも受けてきたからだ。

生体移植は実施前に、脳死を待つ場合は臓器移植ネットワークに登録する前に、医《い》の倫《りん》理《り》委員会で審理するのが、学会の指針となっている。外部の人間が入るその倫理委員会のトップを務めるのが博だ。鬼塚に言われて委員会を開催するたびに、次こそは患者を死なせてしまうのではないかと、心臓が縮み上がる。

「数は増やします。西日本でもっとも肝移植をやっている病院になることも可能です。そのためには以前に話した、医師の増員をお願いします」

現在七人しかいない第二外科のスタッフを増やしてほしいと、これまでも鬼塚は要求していた。人件費は圧迫しているが、鬼塚は研修医で構わないと言っている。難しい手術はすべて自分がやるから大丈夫だと言いたいのだろう。博が市民病院時代から腕を買っていた医長の輪島賢も、鬼塚が着任してからは、移植は六例中一例しかやっていない。

「もちろんサウスニア共和国からの患者も、来年は増やしてもらっても結構ですから」

「鬼塚先生、マスコミにあんなことを書かれたんです。今は無理しない方がいいですよ」

サウスニアと聞き、博が注意を挟むが、繁田は「構いませんよ、デタラメな週刊誌の記事なんか。だいたい一本きりで、続報もなかったし」と歯牙《しが》にもかけなかった。

「ですが理事長、もう一つの計画も進んでいますし」

博が言葉を選びながら、次々と話を進めていく繁田を諌《いさ》めた。

週刊タイムズから送られてきた質問状には、繁田が計画しているサウスニア共和国の病院建設について、外国政府との関係性を問う内容が含まれていた。

繁田が水面下で進めている計画はそれだけではない。R県内にある私立の四国医科大学の買収交渉も最終段階に入っている。

「もう大丈夫です。来年の今頃にはサウスニアの病院も完成しているし、四国医大の吸収合併によって、ＵＭＣは特定機能病院の認可を受けられます」

破算寸前だった病院がＵＭＣとしてここまで発展できたのも、繁田の資金力と行動力が大きく関与している。

全国で八十五前後しかない「特定機能病院」に指定されれば、診療報酬で多くの優遇が得られる。厚生労働省から認可されるには「通常の病院の倍以上の医師」「四百床以上」「入院患者数の五割以上の看護師」「原則十六の診療科を標榜《ひょうぼう》していること」「高度の医療の提供、開発、及び研修を実施する能力を有すること」など厳しい基準があり、今のＵＭＣに欠けているのが最後の高度医療の提供と開発と研修を行うための施設の充実である。それが大学病院を統合することで、すべてクリアできる。

「ところで院長、今、病院にいるサウスニアからの移植患者は何人ですか」

「第一外科、第二外科それぞれ一人ずつです」

「これで、サウスニア政府と約束した三人に達しますね。その患者の移植、今年中に滞《とどこお》りなく実施してくださいよ」

今年中に三人の要人、またはその家族の移植を行う。それが病院建設の補助金捻出《ねんしゅつ》の代わりにサウスニア政府が出してきた約束事らしい。

第一外科が近日に実施予定の腎移植は問題ない。だが残す一件の肝移植に、博はここ数日頭を悩まされている。鬼塚とは話したが、博の懸念《けねん》が伝わっているようには感じられない。

「医員が増やせないのなら、オペ室をなんとかしてくれませんか。第一外科が使用していないオペ室がありますし、そこに機器を調達してもらって」

鬼塚が第二外科の改革に話を戻した。

「鬼塚先生、仙谷院長の前でそれはないでしょう」

繁田が苦笑いで窘めた。第一外科部長は博の娘婿、泌尿器を専門にしている仙谷杉彦なので、気を遣ってくれたようだ。ここは自分も鬼塚に忠言しておかねばならないと、博は口を出した。

「第二外科と比較すれば、第一外科の実績は及びません。ですが杉彦部長も数年ぶりに腎移植をやりましたし、今後は積極的に取り組んでいくと張り切ってます。鬼塚先生の存在が彼にもいい刺激になっています」

実のところは鬼塚が次々と移植の実例を増やしても、杉彦が触発されている様子はなかった。

博が第一外科部長をしていた潮市民病院の頃から、病院の看板は最新の透析装置を導入した泌尿器科の「第一外科」だった。透析患者が県内各地からやってくるため、赤字経営の病院で唯一、実績をあげていた。透析治療で充分な収益をあげるのは、ＵＭＣに病院名が変わり、名古屋の大学病院から杉彦を呼び寄せてからも同様で、杉彦は「ＵＭＣは腎移植しない」という病院の方針を変えようとはしなかった。

遅れてきたというのに鬼塚はまとめて出てきたコース料理を遠慮なく食べていく。目を見張るほどの早食いで、たった三十分ほどでデザートまで平らげた。

その間も繁田は、仙谷と二人きりだった時とは別人のように破顔し、「最近の医学業界で自分の名前がよく出る」「医療ビジネスをやりたいと言う若い起業家が増えてきた」などと得々と話し続けた。

繁田がトイレに行ったタイミングで、博は仲居を呼び、懇意にしている製薬会社に請求書を送るよう手配した。

初めて繁田と会食した時、博は自分で支払おうとした。その時繁田から「うちのおかげで儲かってる製薬会社に回せばいいでしょう」と注意された。

製薬会社の接待を受けるのは古くからの慣習であり、学会に顎足枕《あごあしまくら》どころか、現地での遊び代まで求める医者もいる。しかし経営者から、うちのおかげで儲かっているのだから金を出させろと言われたのは、長い医師生活で初めてだった。

繁田が戻ってきたので席を立つ。三和土《たたき》には下駄箱にしまわれた靴が三足、各々きちんと揃えて用意されていた。繁田も博もスリップオンで、とりわけ博の靴はくたびれて履き口が広がっているので足を突っ込み、つま先で地面を叩いたらすぐに履けた。鬼塚だけが紐靴だった。

彼は式台に腰を下ろし、靴べらを使ってそのよく磨かれた黒の革靴に足を入れ、手早く靴紐を結んだ。

「今日はありがとうございました」

タクシーに乗った繁田を、博は鬼塚と並んで見送る。博は車窓から繁田の後頭部が見えなくなるまで頭を下げた。

「院長、車で送っていきますよ。私は飲んでいないので」

「大丈夫だよ。鬼塚先生の方こそ明日も忙しいんだろ」

「はい、前立ちが二件あります」

「それなら遠慮するよ。タクシーで帰ればいいだけの話だから」

「そうですか。では失礼します」

手を伸ばしてコートを羽織った鬼塚は一礼し、薄雲がかかった寒月の下を繁華街の駐車場へと歩いていく。

その後ろ姿は、憎らしいほど自信に溢れていた。

2

まだ二十代だったその男はバックパック一つ背負って、台風で被害を受けた海辺の町を散策していたという。浜に打ち上げられた魚の死骸《しがい》からする饐《す》えた匂いが、息を止めたくなるほど充満していた。

　男は学生の頃から、東南アジアの辺鄙《へんぴ》な国や地方を旅するのが好きだった。学生時代は何もない風景に心を洗われたが、事業を始めていたその時は、感動もなければ懐かしさを覚えることもなかった。

　台風直撃で多くの住宅が潰れて、瓦礫《がれき》とゴミが山積みになっていた。被害を免《まぬが》れた店も、商品の仕入れができずにシャッターを閉じ、崩壊しかけたバラックからは、赤ん坊や子供たちの泣き声が絶え間なく聞こえてきた。

　その時、背後からバイクに二人乗りした若者が近づいてきて、バックパックを摑まれた。強く引っ張られ、男は背中から転んで引きずられたが、両手をショルダーハーネスに巻き込むようにして死に物狂いで押さえたお陰で、二人乗りは諦めて逃げた。現金やパスポートを奪われずに済んだが、すりむいた肘から血が滲み、腰にも打撲《だぼく》を負った。

　こんな場所で命を落とせば立ち上げたばかりの会社の社員たちに迷惑がかかる。男は予定を切り上げようと宿に戻った。宿の前では、今朝はサッカーをして遊んでいた少年が倒れていた。男が抱き起こして額に手を当てると高熱があった。

　少年に「親は？」と英語で尋ねると、両親とも仕事に出ていて夜まで帰ってこないと蚊の鳴くような声で答えた。男は少年をタクシーで病院に運んだ。花柄シャツに短パンの医師に診せる。医師は聴診器を当て「重度の肺炎だからしばらく入院させよう」と言った。当面の医療費は男が前払いした。

少年の自宅の前で待っていると、夕方に両親が戻ってきた。事情を話した時は感謝されると思ったが、父親は血相を変え、母親からは「なんて勝手なことをしてくれるんだ」と猛抗議を受けた。

「息子は来週、腎臓移植のドナーになるんだ。入院したことが相手に伝わったら断られてしまうじゃないか」

子供が死ぬかもしれないというのに、両親は冷酷だった。男は「あなたたちは親なのか。子供が心配じゃないのか」と迫った。すると父親は自分のシャツをめくり、母親も同じことをした。二人とも腹部に大きな傷があった。

両親だけではない。少年の兄も姉も、臓器を売ったという。それが下にまだ三人いる子供の生活費にもなっていると。町にはそうして体の一部を売って生活している貧困家庭がたくさん存在しているのだという。

「私たちの腎臓を誰が買っているか知っているか。あなたたちハポンだぞ」

島には毎月ひっきりなしに日本人がやってきて、臓器移植を受けているそうだ。その説明に、日本人であることに恥ずかしさでいっぱいになった。

その時受けた衝撃は、台風の爪痕が残る町の悪臭とともに、男の記憶から消えることはなかった――。

博がその話を繁田幹男から聞かされたのは、病院長就任の要請を受け、返事を保留していた時だった。

繁田は二十代で設立した人材派遣会社が成功してからも、若かりし頃に直面した苦い記憶を忘れることなく、いつか病院ビジネスに携わり、理想の病院を作りたいと、そのために上場して利益を出していた会社の株の大半を売却、その資金で潮市民病院を購入したと話していた。

医療産業参入の動機をひと通り聞かされると、繁田から不意に質問を受けた。

――仙谷先生はこれまで臓器移植を手がけたことはありますか?

――いいえ、私は経験がありません。

泌尿器の医師である博に、腎臓移植を求める患者は数多くいたが、勤務してきたのは小さな病院が多く、設備もなかった。それでも規模の大きな潮市民病院に着任し、やらせてほしいと願い出たことはある。

しかし潮市民病院は、より多くの老廃物が排出される最新の透析装置を購入しているとの理由で、市からやってくる理事は移植を認めなかった。博が「腎移植は肝移植より成功率が高いんですよ」と主張しても、「そういうのはもっと大きな、都会の病院でやればいいいんです。もしなにかあったら誰が責任を取るんですか」と却下《きやつか》された。

役人がなんと言おうが、やるべきだった。

透析で満足している患者など一人もいない。「先生、もう透析は辛くてしんどいよ」「なんとか移植できませんか」涙ながらに懇願《こんがん》する患者は今も絶えることはない。

病院経営に乗り出した理由が「移植」だと聞かされただけに、経験がない博への院長要請は撤回されるのかと思った。繁田はその部分についてはそれ以上言及せず、質問を次に移した。

――もう十数年前になりますかね。ことさして変わらない地方都市で、病気腎を移植していた医師が、マスコミや学会から激しい批判を受けました。あの時、仙谷先生はどう思いましたか？

癌などの疾患《しつかん》のある腎臓を摘出し、悪い部分を取り除いて第三者の患者に植えた医師のことだ。患者から「神様」「赤ひげ」と慕《した》われていたが、病気腎を移植したと報道されると、多数のメディアが全国から押し寄せ、「悪魔の医師」と大バッシングした。

――その感想は立場によっても違います。私は日本移植学会の一員ですので。

――では移植学会の一人としてはどういう感想をお持ちになりましたか？

――とても危険な行為であると感じました。ここで問題になるのは移植を受けるレシピではなく、臓器を取られるドナーです。その病気腎が切り取らなくてはならないものかは医師の判断で決まります。穿《うが》って考えるなら、移植したい医師の名誉欲のために、本来は残せた腎臓を切除することだってできます。

それは当時の移植学会の声明と同じだ。「もし医師が悪意を持てば、手術が必要でない人を必要だと誘導することも可能である」と多くの会員が同意見だった。

——では移植学会とは離れた医師個人としての見解はいかがですか？

博は思案してから口を開いた。

——いったい、マスコミはなにバカなことを言ってんだと呆れましたね。医師が判断しなくて誰ができるんですか。渦中《かちゅう》の医師のもとには、生きるか死ぬかの瀬戸際《せとぎわ》まで追い込まれた腎不全患者たちが「先生お願いですからもう一度元気にさせてください」と日本中から訪れたんです。そもそも移植に使った臓器は癌組織が増殖《ぞうしょく》する恐れがあるから取ったのであり、医師たる者が病気の心配のない臓器を切るはずがありません。

博にしては珍しい熱弁を、口を挿むことなく聞いていた繁田が、豪快に笑った。

——あなたは私が見込んだ通りの医師だ。ただの善人の医師ではない。医師がすべきことを了知しているプロフェッショナルだ。

——その言葉、素直に受け取ってよろしいのでしょうか。

——無論、褒め言葉で言ってるんですよ。私は新しく生まれ変わるＵＭＣに、患者が望むのであればリスクも厭《いと》わない、そのリスクをきちんと取ることのできる有能な医師を集めたいと考えています。その時、あなたは医師たちの背中を押し、時には止めることもあるでしょう。メディアや世間だけでなく、医師からも憎まれ役にもなってほしい、そうしたトップでないと病院経営は成り立ちません。

——憎まれ役ですか？

ますますからかわれているような気がした。とても自分はそういうタイプではない。

——分かりやすく言ったまでです。私が目指すのは世間の批判など気にしない強い信念を持った病院になること。もちろんルールを無視しろとは言いません。

すべての話を聞き終えた上で、博は医師としての残りの時間を、この男の下で務めてみようと心変わりしたのだった。これまで自分がなりたくてもなれなかった医師になれる最後のチャンスかもしれない、と。

リスクも厭わない有能な医師集団にしたい、「憎まれ役にもなってほしい」と言われたくらいだから、市民病院からいる古参の医師を次々切らされるのだろう。博は彼らの恨みを買うことも覚悟をしていたが、UMCに変わって当初の四年間、人事について繁田から干渉《かんしょう》されたことはなかった。

ただ一つだけ、四国にはなかった「脳死肝移植施設」の認可を受けるため、生体肝移植を多く実施するよう命じられた。そのことはR国大の教授だった前の第二外科部長や輪島に伝え、彼らはその通り、三年間で十例の生体肝移植を実施した。

今年になって初めて、繁田が人事に口を出した。

認可を受けるには「三十例をこなした常勤医」という条件があるため、経験ある医師を第二外科部長として招聘することが不可欠だったが、博は功労者である前第二外科部長を副院長として残そうとした。それなのに繁田は契約を更新しないと言い出したのだ。

――彼は元R国大の教授です。そんなことをすれば今後、R国大から優秀な医師を回してもらえなくなりますよ。

――構わないですよ。もう市民の税金でまかなっている公共施設ではないんですから。田舎の国立大の天下り先だと思われたらこっちが迷惑です。

博の心配は聞き入れられず、鬼塚鋭示医師の資料が出された。

新宿にある愛敬病院の、肝胆膵センターのトップだった。

名前は聞いたことがあったが、面識はなく、招聘するなら技術だけでなく人間性も調べておく必要があると、博は知人の医師から情報を集めた。

いい評判と悪い評判が同じだけ出てきた。いい評判は鬼塚の手術数だ。重篤な患者が見違えるように元気になる移植は、外科医の仕事の中でも花形であり、自分の腕をアピールしたいと、とくに三、四十代の外科医は競うようにして移植をこなす。

ところが鬼塚はそうした名誉のために手術しているとは思えなかった。彼が受けた患者には、術中、もしくは観察中に亡くなっても不思議のない、死亡するリスクのある患者が多くいた。他の医師なら腰が引ける難しい容態にもかかわらず、彼はその多くを成功させていた。

一方で悪い評判とは、そうした危険な手術へのアプローチだ。部下の医師が反対しても、「患者が希望している」と聞き入れないという。

週刊タイムズに書かれた、愛敬病院で亡くなった術中死の女性と乳児の移植も、周囲は反対したようだ。博が上司なら、手術を許可してはいなかった。

そうした下調べを終えた博は、改めて繁田と会って、「本当に鬼塚先生で大丈夫なんでしょうか」と確認した。七月一日の就任まで半月を切った六月中旬のことである。

繁田はエルメスのブリーフケースからＵＳＢメモリーを取り出した。

――ここに入っているオペを先生の目で見て、納得できなかったら言ってください。私は鬼塚医師の内定を取りやめても構いません。ちなみにこれは先週、サウスニア共和国にある国立病院で行ったオペです。国立病院といっても設備は粗末で、助手も看護師もとてもレベルは低いです。

自宅で再生した映像には、オペ着の鬼塚が映っていた。彼は、日本でやっているのと同じようにタイムアウトをとり、自己紹介、患者の確認、手術時間や輸血量などを流暢《りゅうちょう》な英語で話した。

レシピは三歳児。一歳の時に胆道閉鎖症《たんどうへいさしょう》で「葛西《かさい》手術（肝門部腸吻合術《かんもんぶちょうふんごうじゅつ》）」を受けたが、その後も胆管炎を繰り返したため肝移植した。それも不適合だったという極めて厳しい再移植だった。

癒着を剝がして肝臓を取り除いた鬼塚は、ドナーのグラフトの外側区域を植えた。さらに現地医師の乱雑な手術痕をすべて除去して、血管を再建した。

縫合するまで十時間をはるかに超えたが、博は重要な箇所は早送りもせずに、夢中になって術野を見入った。

中でも惹《ひ》きつけられたのは、鬼塚の目の動きだった。幼児の胆管空腸吻合部は、胆管炎の慢性化による細かな血管が増生し、側副血行路《そくふくけっこうろ》を形成していた。そうなるといつどこから出血しても不思議はなく、医師はレシピの体内ばかりに目が行く。

鬼塚は幾度も心電図を見てはレシピの容態を把握しながら、小さな血管を鉗子《かんし》ですくって縛っていった。

こんなすご腕の医師が、今までどこに眠っていたのか。

旧知の医師からは、帝都大病院にいた時は地味で目立たなかったと聞いた。映像で見た鬼塚は、判断力がいいのか、それとも準備ができているからなのか、手の動きに迷いがない。結紮《けっさつ》一つをとっても正確で、完璧だった。

その鬼塚とは、彼がUMCに着任する三日前、繁田と会食した時に初めて顔を合わせた。

第一印象は物静かで、礼儀正しい男だった。その印象が途中から一変した。きっかけは「鬼塚先生はずいぶん生体肝移植をやってきたようですが、うちでも継続していきたいとお考えですか」と尋ねたことだ。

博としては、理事長の方針なのだからやることは一向に構わない、だけどこんな田舎では東京ほどドナーの数は集まりませんよ、そういった親切心をこめて、気負わないでやってくださいと、彼の緊張感を解きほぐすために訊いたつもりだった。

——私は移植でも、生体より脳死をやりたいと思っています。

鬼塚は意外なことを口にした。

——それでしたら問題ありません。うちも晴れて脳死肝移植施設の認可を受けましたし、これからは脳死肝移植もできますよ。ただどうでしょうかね。場所柄、四国以外で脳死が出てもうちに回ってくるかどうか。

——それは承知しています。

そう答えて少しの間を置き、今度は想像を絶することを述べた。

——今のように生体でしか移植ができないのであれば、私はこれまでとは違った術式、たとえばデュアル移植なども模索しなければならないと考えています。

——デュアル移植ですって？

——なんだね、それは。

会話を聞いていた繁田が顔を向けたので、博が代わりに説明した。体の小さなドナーから体の大きなレシピエントへ移植する場合、一人分では肝臓の量が足りないので、ドナー二人の左半分の肝臓をとり、片方はひっくり返してくっつけて移植する方法だ。海外では行っている国もあるが、博が知る限り日本での術例はなく、論文で読んだだけの知識しかない。

——生体移植に反対する医師が多くいるのに、そんなことをすれば批判が殺到しますよ。

突拍子《とっぴょうし》もないことを言われて、博は面食らったが、鬼塚は気にも留めず続けた。

——私も生体移植がいいとは思っていません。ですので先ほど院長に聞かれた時も脳死と答えたのです。でもほとんど生体でしか治せない現状では、時にはそうした方が心の傷が癒《い》やされる場合もあるのではないでしょうか。

——心より体の傷でしょう。万が一の危険がかかるドナーが二人も出るわけだから。

博はこの男がなにを言わんとしているのかさっぱり理解できなかった。

無作法な物言いだったわけではなかったが、初めて会った上司にそんな無謀なことを言い出すなんて、その傍若無人《ぼうじゃくぶじん》ぶりに圧倒された。

繁田も日本で一例もないデュアル移植をやれとは言わなかった。話はそこで終わったが、博は「鬼塚先生が移植に熱心なのは分かりました。それでもうちの病院に来たからには、うちのガイドラインに従ってください」と釘を刺した。

　それから三カ月で、第二外科は五例の生体肝移植と一例の脳死肝移植を遂げた。脳死肝のレシピが、直前に変更になる知らせには気が動転したが、今のところ鬼塚から無茶な要求をされたことはない。

　なにかに取《と》り憑《つ》かれたように医療と向きあう姿は、部下として認めざるを得ない、いや同じ医師として尊敬に値するといっていい。

　ただ、いつ暴走するのか、鬼塚の得体の知れない本性に、心が休まる日がないのもまた事実だった。

3

　翌朝の午前中、博は白衣を羽織り、院長室を出た。入院患者のフロアでは、緊張した面持ちで挨拶してくる看護師たちに「お疲れさま」と声をかけていく。院長回診となると、他の仕事に追われている医師や研修医まで大名行列のように随行させることになるため、博はいつも自分の意思で静かに行っている。

　三部屋ほど回ってから、カタカナで「リン・ヴァンサック」と名札が掛けられた部屋の前に立ち、部屋の入り口に備えつけられたアルコールスプレーのノズルをプッシュして、手を擦《こす》り合わせた。

担当看護師が「リンちゃん」と、目を開けて仰向《あおむ》けに寝ていた九カ月の乳児に呼びかけた。

肌がやや褐色を帯びた二十三歳の母親が眉を寄せて博を見た。

日本にいけばすぐに移植できると聞いていたのに、二週間以上も留め置かれたままなのを訝《いぶか》しんでいるのだろう。

土色のくすんだ女児の顔をよく観察し、カルテに目を向ける。

胆汁《たんじゅう》の通り道である胆管が完全につまってしまい、胆汁を腸管内へ排泄《はいせつ》できない「胆道閉鎖症」という難病で、それだけでMELDスコアは「16」で登録する。

「この病院の環境には慣れましたか？　日本の冬はサウスニアより寒いので、お母さんも体調は崩されたりしてませんか」

英語で話しかけたが、若い母親は理解していない。

彼女の夫は三十六歳の警察一族の一人で、地方都市の警察署長だそうだ。職務が忙しいらしく来日はしていないが、夫は英語を少し喋れて、一度テレビ電話で話した。

外国人患者の受け入れ自体は、自費診療になるだけの問題であり、ドナーがこの母親であれば移植は済んでいた。

しかしドナーは二十七歳の別の女性だ。

父親の弟の妻とのことだが、本当に婚姻関係にあるのかどうか、サウスニアには戸籍制度がないので確認が取れていない。この母子を見るたびに、博は医師としてのモラルに反する道へと引きずり込まれていくようで、息苦しさを覚える。

博は乳児の上着の裾をめくった。お腹がぽっこりと膨らみ、皮膚が伸びて光っている「蛙腹《かえるばら》」の所見が認められた。脇腹を押しながら聴診器を当てる。腹部に貯まった腹水が動く。あまりいい状態ではない。

「あっ、院長先生、お疲れ様です」

声に振り向くと移植コーディネーターの田村美鈴が立っていた。髪を後ろでまとめ、淡《あわ》いピンクのナース服と同色のズボンを穿いている。

「ちょっと様子を見に来ただけですよ」

博が言うと、田村が母親に伝達する。

「驚いた。田村さん、現地語を話せるのですか?」

「片言だけです。前回の肝移植もありましたし、私の担当ではないですが、泌尿器科系にも一名いましたので、覚えている最中です」

「言葉って、そう簡単に覚えられないでしょう」

博も英語、ドイツ語ができるが、それは学生の頃に必死に学んだからだ。医学系の単位は簡単に取得するのに、語学の単位で苦労している仲間もいた。

田村がなぜこんなに必死に言葉を覚えようとしているのか、思い当たる節があった。

「田村さん、ちょっといいですか」

看護師を残して、病室の外に連れ出した。

「ドナーのマニーさんという女性、あなたのヒアリングにはどう答えているのですか」

そう尋ねると田村の表情が曇った。「やっぱり弟の嫁というのは嘘なんですね。あなたはそれを訊くために通訳を通さずに会話できるよう、現地語を勉強してるんですね」

小さな子供のドナーは通常、両親がなるものだ。親戚もありえなくもないが、血が繋がっていない弟の妻という事例は日本ではあまり聞かない。しかも二十代の若い女性である。

「院長、違います。勉強してるといっても日常会話程度です。聞き取りはできませんし、難しい話をするなんてとても無理です」

「通訳と怪しい相談をしたりするのは感じ取れるでしょう」

「マニーさんにそのような不審な行為は見られません。それよりも私に『本当に自分はリンちゃんの叔母《おば》、カミロの妻です』『私とカミロとは深い愛情に結ばれている夫婦です』と言っています。カミロさんと二人で旅行に行った写真も、二人が民族衣装を着て、家族や親類から祝われている婚約式の写真も見せてもらいましたし」

「婚約式なんでしょ？　結婚式ではないんですよね？」

「ウエディングドレスを着る結婚式は西洋の習わしで、サウスニアでは婚約式の方が重要だと」

「仮に重要でないとしても、結婚したのなら式はやるんじゃないですか」

「それは……」

言いかけた途中で口を噤《つぐ》み、思案顔になった。

「去年流産して、延期になったみたいです。そこにリンちゃんの病気もあって、それどころでなくなって……」

「ほら、ボロが出てきたじゃないですか。子供ができないからドナーにされた、単なる金で買われた偽装の花嫁なんですよ。いえ、結婚してないんだから花嫁でもない」

「彼女は言ってきました。自分に子供ができないから、せめて家族であるリンちゃんを助けたいって」

「それもリンちゃんの父親にそう言えと唆されたんでしょう。一度流産したといったって、彼女はまだ二十七歳じゃないですか。まだ子供は作れるでしょう」

臓器を提供したら、金だけ貰って外に放り出される。いくら払われるのか分からないが、健康に異常が出れば、誰がマニーを守るのか。

日本では臓器の提供やあっせんによる利益供与は臓器移植法で禁じられている。とはいえ、日本人同士でもドナーになった家族や親戚への資金援助がないとは言い切れない。そうしたやりとりを偶然耳にした、説得しているところを目撃してしまったなど、そのような話を医師仲間から聞いたことはある。それが見逃されるのは姻戚《いんせき》関係であることが戸籍で証明されているからだ。

ＵＭＣでは、戸籍のない外国人でも、姻戚関係を証明する書類、かつ写真付きの証明書があれば移植を引き受けるというガイドラインを設けている。マニーはそのいずれも保持していなかった。

姻戚関係を明らかにできず、しかも金銭目的の疑問がある外国人の移植を強行した、そのことがもし国際社会に露見すれば、日本人が発展途上国から臓器を買っていたのと同様の非難を受けるだろう。

そもそも「マニー」というファーストネームが本名なのか、それすら証明する術《すべ》はない。そのことを問うと、田村は「パスポートから、外務省に問い合わせを済ませました。彼女がマニーさん本人であるのは間違いありません」と答えた。

「本人だからって、婚姻関係は確認できませんよね？」

「それは戸籍制度が日本とは違いますので」

「嘘だから証拠を提示できないのではないですか？」

「嘘だという証明はできません。三年前から同居しているのは間違いないですし」

唯一、サウスニアにも日本でいう住民票があり、三年前からレシピエントと同じ家に住んでいることが記載されていた。

「家政婦かもしれないじゃないですか。警察一家なんだから、若い家政婦を何人も雇っていて、愛人のように旅行に連れていっても不思議はないでしょ」

「婚約式の写真を見せてもらったと」

「それなら婚約はしてたとしましょう。でも子供が産めないからと結婚の約束は破棄《はき》された。そうなると家族ではありませんよ」

「ですが院長、三年も一緒に住んでいた人と結婚できなくなったとしたら、マニーさんは臓器を提供するでしょうか」

「それは金銭の約束が……」

「婚約が破棄されていたら、マニーさんはこれから一人で生きていかないといけないんです。マニーさんだって妻だと嘘はつかないと思います」

田村はそばかすのある目許を硬くした。「お金のために臓器を提供する場合と、家族の一員として提供するのとでは麻酔から目覚めた後の精神状態が違います、そのことでマニーさんは今後ずっと苦しむかもしれませんと、彼女にはきちんと話し、彼女も理解してくれました」

田村が言ったように現代の医学ではおよそ三割のドナーが、後に胃潰瘍《いかいよう》や手のしびれ、脱毛などの合併症が起きるが、どれも一過性で命に別状が出ることはない。ただしメンタル面は別で、些細《ささい》なことでも引っかかりがあると、これればかりは外科治療ではどうすることもできない、同じ親子間の移植でも「子から親」の方が、「親から子」より臓器提供者の回復に時間がかかっているという聞き取り結果も出ている。

「それに対する答えを田村さんは待っているわけですね」

「はい、まだ返事はありませんが」

「マニーさんは今どこにいるのですか？」

「先週、別棟からウイークリーマンションに移ってもらいました。マニーさんは健康ですから、本来は入院する必要もありませんので」

田村らしい判断だ。リンちゃんの傍には実母がついているのだから、本当に家政婦のような立場なら、同じ病院内では気持ちに迷いが生じても、本心を明かしにくい。

「そのこと、鬼塚先生はなんて言ってます？」

「鬼塚先生はすべて私に任せてくれています」

「本当かな。マニーさんがドナーを断ってきた時は説得しろと、あなたに指示してるんじゃないのかな？」

「そんなことを言う先生ではありません」

「あなたが反対すれば鬼塚先生は移植をしない、そう思っていいんですね？」

「私が反対するのではなく、なによりもマニーさんの問題です。もし拒絶反応を起こした場合、リンちゃんへの二度目の肝移植は難しい。それにドナーであるマニーさんが肝不全になっても、優先的に脳死移植リストの上位に入ることは日本では厳しい。そういった事情も伝えています」

「そう言ったら、彼女はなんて？」

「イエス、イエスって。マニーさんも英語が分からないので。ですが通訳をつけていますから」

通訳を介しているなら伝わっていないことはないだろう。

「ちゃんと考えてくれているのならそれでいいです。命は金では買えないのですから」

田村美鈴の仕事はコーディネーターとしては満点といってもいい。ただし、鬼塚が東京から連れてきた唯一の存在であるのが引っかかる。

鬼塚が手術したいと言えば、同意するのではないか。いくら理に適《かな》った説明を聞いても、博から不安が消えることはなかった。

4

食事が終わると、孫の曜《よう》が「じいじー」と言って、列車のおもちゃを片手にソファーに移動した博の膝の上に乗ってきた。四歳になった今は健康そのものだが、未熟児で生まれ、リンちゃんと同じ頃は丈夫に育ってくれるのかと心配が尽きなかった。

「曜、じいちゃんは疲れてんやからあかんって、こっちおいで」

娘の未絵《みえ》が呼ぶが、曜は聞かず、博に向かって「やまびこだよ」と顔にぶつかるところまでおもちゃを近づけてくる。

「日向山アウトレットで買ってもらったのか」

孫の頭を撫でた。

「もう、曜はなんでママの言うことを聞かへんの」

未絵が曜を抱きかかえてダイニングテーブルに連れていった。

「お義父《とう》さん、一杯やりませんか」

孫と代わるように杉彦から誘われた。家での酒は、自室で論文を読みながら飲むことが多いが、せっかく婿が誘ってくれたのだ。「いただこうか」

応じると、杉彦がグラス二つと、響《ひびき》のボトルを運ぶ。水割りを二杯作り、マドラーで混ぜた。

「どうぞ。濃かったら言ってくださいね」

「薄かったら言うけど、濃い時は黙って飲むよ」

「そうですね。薄い酒と、新しい発見のない論文ほど味気ないものはありませんものね」

杉彦がセンターテーブルに置いていた論文を見やった。

博は昔から論文を読むのが好きなので、家の中でも携帯している。驚愕《きょうがく》することもあるが、それ以前に医学のめざましい進歩を知ることで、少しでも長く現役の医師を続けていきたいという意欲に繋がる。UMCの病院長をやめることがあっても、どこかの病院で、それこそ自分の命が尽きるまで患者のために従事したい。

自宅で杉彦と酒を飲むのはいつ以来か。静岡医大を出た杉彦は、複数の病院を経《へ》て、愛知県医大で准教授になった。そこで勤務医だった未絵と知り合い、結婚した。

苦労人で、愛知でも頑張っていたが、地方医大出身とあって、教授にはなれなかった。それ故《ゆえ》、三年前、ポストが空いたUMCの第一外科部長にどうかと繁田に相談した。未絵が地元の潮でクリニックを開業したがっていたし、妻を亡くして博も寂しかった。

仙谷姓を名乗ってくれた杉彦に対し、満足する地位を与えたかったこともある。

繁田は縁故《えんこ》採用に乗り気ではなかったが、杉彦がその前年に学会で「尿管癌《にょうかんがん》における癌抑制遺伝子《がんよくせいいでんし》と他染色体《せんしょくたい》との新しい関係」という論文を発表し、それが医学雑誌で取り上げられたことを知ると、採用を決めた。

だからといって繁田は杉彦を買っているわけではない。

患者数も診療報酬点数も博が第一外科部長だった頃より増えているが、繁田が求めているのは、利益だけではない。他の病院を凌駕《りょうが》するほどの評価であり、評判であり、さらに海外患者を受け入れるなどして、保険点数の影響を受けない安定した体制を作り、全国展開していくという途轍《とてつ》もない野心である。

部長職はＵＭＣに二十四名いるが、今、繁田のお眼鏡《めがね》に適っているのは次々と移植をこなしていく鬼塚だけだ。

その移植にしても、四国医科大学を合併して特定機能病院の認可を受けることで大きなリターンを得るという、金儲けのための売名、実績作りの道具の一つでしかない。

それなのに博は、若い時分の海外への一人旅で、臓器売買を目《ま》のあたりにしたというセンチメンタルな話にほだされ、こうした人間こそがこれからの病院経営者にふさわしいと自分を納得させた。

博はいつでも身を引く覚悟はできているが、婿の杉彦は守ってやりたい。そこで鬼塚が来て一カ月が経過した時、「移植をやりなさい。でないと院内できみを推《お》せなくなる」と指摘した。

杉彦はその場では難色を示したが、数日して酒に誘ってきて、彼の方から受け入れた。そうだった。二人きりで飲むのはその日以来だ。

一杯目を飲み終わると、二杯目に口をつけている杉彦が、お代わりを作った。杉彦は底なしに酒が強い。好きなのは酒だけでなく、女もで、四十六になるが、まだ男として現役のようだ。潮に来てからも飲み屋の女と深い関係になり、それが未絵に知られた。すぐ関係を解消した模様だが、いっとき、夫婦間は微妙だった。

「昨日腎臓を植えたサウスニアの五十八歳男性、術後も順調です」

「それならオペ記録を読ませてもらったよ。ドナーの方はどうかな」

「問題ありません」

　国会議員の弟で、ドナーは妻の予定だったが検査の結果適合せず、急遽《きゅうきょ》、三十五歳の娘を呼び寄せた。これでサウスニアからの移植は鬼塚のと合わせて二例となった。

「うちも先月の日本人と合わせて二例目の移植です。移植に積極的ではないと言われた泌尿器の実力も、いくらかは分かっていただけたと思います」

「実力を疑ったことなど一度もないよ。ただトライしないことにがっかりする人もいると、杉彦くんの耳に入れておきたかっただけだ」

「理事長から言われたら、院長でも聞き流すわけにはいきませんよね」

「ああ、それだけは私の権限でもどうにもならん」

　苦笑いを浮かべてから、水割りグラスに口をつける。

　肝移植は鬼塚が来てから六件、腎移植もこの二カ月で二件、これで中国・四国どころか、近畿圏の大病院を含めてもトップクラスの実例数になったはずである。ＵＭＣの名は医学界に着実にとどろいている。

「僕がいくらやっても、もう一人に頑張られると、目立ちませんけどね」

「鬼塚先生のことかね。彼は普通にやってるだけだと答えるだろうけどな」

グラスをテーブルに置くと、三分の一まで減っていた。

「作りますよ」

杉彦が手を伸ばしたが、「大丈夫だ、ここから先はゆっくり飲むから」と手で制する。

ダイニングテーブルで曜と遊んでいる未絵を流し目で見る。最近の博は高血圧のため、飲み過ぎないように娘から煩く言われている。

「本当に普通にやってるだけですかね」

「なんだい、その含みのある言い方は」

「UMCが開業して三年で肝移植はどうにか十例に達したんですよ。それが鬼塚先生が来てから六例もあるなんて、急に肝臓病患者が増えたみたいではありませんか」

「鬼塚先生が、やらなくてもいい移植をしてるみたいじゃないか。移植はすべて私を筆頭にする医の倫理委員会にかけてるんだぞ」

「分かっていますよ。その前に適用評価委員会にも諮《はか》っていますし」

倫理委員会は弁護士や地元医師会など外部で構成されている。一方、適用評価委員会は病院内の医師が入っている。

「それに私だって『0』だったのが『2』に増えたんです。UMCの泌尿器は急にどうしたと県内の病院から噂されているでしょう」

「昔はたくさんやってたんだから、宮井《みやい》杉彦に戻ったと言われるだけさ」

旧姓を出して彼を称《たた》えた。杉彦は愛知県医大では腎移植をやっていた。

「僕はいいですけど、スタッフ、とくに若い医師が疲弊《ひへい》しています。オペ中心の肝胆膵と違って、うちは透析患者もたくさんいますから」

国家試験を通過し、後期研修を終えた六年目から十年目までの期間が、医師にはとても重要だ。この時期までに「外科学会専門医」の資格を取得し、オペの術者をやるだけでなく、研修医が執刀する際は第一助手として前立ちをする。

研修医が不測の事態で混乱した時にただちに正しい指示をすることで、自身の経験も積んでいく。これくらいのキャリアの外科医が、ＵＭＣの第一、第二外科には肝胆膵は坂巻千晶一人、泌尿器も二人いるだけで、彼らは外来と回診に追われて、オペ室で学ぶ余裕がない。

「人が欲しいのはどこの部署も同じだよ」

鬼塚からも増員を頼まれているが、そのことは伏せておく。

「肝胆膵だけ増やすのは勘弁してくださいよ。うちの医員が嫌気をさしてやめてしまいます」

隠した心を読み取るように突いてきた。

「第一外科の方が医員の数が第二外科の倍はいるだろ。うちの泌尿器が繁忙《はんぼう》なのは皆、理解しているよ」

「それが理事長まで伝わっていればいいんですけどね」

上唇をめくるようにして杉彦はグラスに手を伸ばした。先日、繁田がＵＭＣに来た時も、夜の食事に呼ばなかったことに臍《へそ》を曲げるだろうと、博は繁田との昼食の席に呼んだ。杉彦は最近の手術実績などを説明したが、話はそれほど盛り上がらなかった。

「鬼塚先生も頑張り、きみも頑張っている。うちの病院としては素晴らしいことだよ」

「なにも院内で移植の数を競い合わなくてもいいと思いますけどね」

杉彦がリモコンを手にテレビをつけた。夜のニュース番組をやっていた。医療費値上げについて医師会と厚労省の折衝《せっしょう》が不調に終わったと報じている。〈医師会からは再三に渡る値上げの要求を……〉というキャスターの説明からして、医師を悪者に仕立て上げようという悪意を覚える。

「今の装置は、私が泌尿器の医師になった三十五年前とは比較にならないほど優れ、寿命は断然に延びた。三、四十代で透析をはじめた腎不全患者が四十年以上生き続け、健康な人間と同じように老衰《ろうすい》で永眠することも可能になった」

「その通りですよ」

「だけど私はそういう人が、昔より幸せになったとは思わない。最新病院で透析を受け続けるくらいなら、おんぼろ病院で構わないから移植をしてほしい、それが患者の本音じゃないかな」

「仕方ないじゃないですか。移植にはドナーが必要なんです。誰だって体にメスを入れられて臓器を取られるなんて、避けたいですよ」

生体移植をするということは、健康な体に傷をつけることでもある。博が若い時分、まだ肝移植は認められておらず、その実現に向けて話が進むたびに、移植に否定的だった医師たちは、杉彦と同じことを述べて反対した。

一九八九年、島根県の病院で、日本で初めて生体肝移植が行われた。レシピは胆道閉鎖症の一歳児だった。それは新しい医療の幕開けとなる、外科医にとってはセンセーショナルな出来事だった。博は手術成功後の記者会見のニュースを食い入るように見たし、新聞記事にも隈無《くまな》く目を通した。

日本の移植医療の未来に、金字塔を打ち立てたにもかかわらず、手術を終えた医師団へのメディアの反応はすべてが好意的だったわけではなかった。ドナーの危険を問う声が多く、中には「臓器提供後に、ドナーの状態が悪くなったら、医師は次のドナーを用意していたんですか」というナンセンスな質問をする記者もいた。

その会見を見て以来、博は自分もいつか移植に携わりたいとの思いを心に持ち続けていた。

医師に求められるのは患者のことを第一に思い、挑戦していく精神である。患者を死なせてはならないが、トライ&エラーがあってこそ、医師は成長する。鬼塚にはその精神が見える。そして若い時分はきっと同じタイプだった杉彦も、第一外科部長という地位を守るのではなく、トライを続けてほしい。

「なぁ、杉彦くん、頼みがあるんだけど」

自分用のお代わりを作っていた杉彦が顔を向けた。

「サウスニアからの移植患者を、また一人、引き受けてほしいんだ。こちらが了解すれば、すぐ向こうを発つ準備はできてると言っている」

「サウスニアの患者って、昨日一人、終わったばかりですよ」

「それを承知の上で頼んでるんだよ」

警察官僚の娘の移植を断れば、サウスニア政府は当然繁田に抗議してくるだろうが、新たに受ければ、「今年中に三人」という約束は果たせる。日本の病院で高度医療を受けたいサウスニア人は、行列を作るようにして待っている。

「肝胆膵の脳死移植を週刊誌に書かれましたよね。あの時、お義父さんはマスコミや地方厚生局から目を付けられるからほどほどにしておこうと言ってたじゃないですか」

「私は『目を付けられる』とも『ほどほど』とも言ってないぞ。『慎重に』と言っただけだ。それにそのことは週刊誌ではなく、斡旋《あっせん》業者の話をした時ではなかったか」

最近は悪徳業者が外国人患者やその家族を偽装結婚させたり、国内に作ったダミー会社で雇用して日本の医療保険証を手に入れ、三割負担で受けられるよう斡旋する手口が増えている。UMCの外来にも日本語を全く話せない東南アジア系の患者が、事情を知らない日本語通訳とやってきた……そういうケースでは、必ず事務局に相談して慎重に進めるよう注意を促した。

ただし週刊タイムズから、理事長とサウスニア共和国との関係について質問状が届いた時期と重なったので、病院建設の事実も報告した上で、マスコミの取材はすべて断るよう通達した。

「そうでしたね。僕の思い違いでした。すみません」

博が珍しく語気を強めたことに杉彦は恐縮した。

「きつい言い方をして悪かった。今、鬼塚先生の患者であるサウスニアの乳児に問題あってね。一応、年内に三人引き受けるというのが、理事長とサウスニア政府との約束なんだ」

「問題ってなにがあったんですか」

「人道的な問題だよ。ドナーは父親の弟の嫁だと言うのだけど、その裏付けが取れなくて」

「やはり偽装結婚だったんですね。母親がいるのに、ドナーは近親者だというので、うちの部までそういった噂は流れてきました。だったら違うドナーを呼べばいいじゃないですか、僕がやったように」

「そうしたいところだけどドナーは叔母だと言い張るし、叔母でないという証拠がないのに、違うから受けられないとは言えない」

「それでも断るべきなんじゃないですか。うちのガイドラインに適合しないのですから」

利害関係のない国ならそうしている。繁田とサウスニア政府との関係上、無下《むげ》にはできない。

「僕の方は別に腎移植は構いませんけど、次のドナーは男性にしてほしいですね。僕が今日移植したサウスニア人のオペも、鬼塚先生が前回やったオペも、ドナーは女性です。サウスニアが女性の地位を軽んじる国だと批判されるのは結構ですが、うちの病院までが、我が国のジェンダーギャップの低さに一役買っているように思われたら堪《たま》ったものではありません」

「それなら尚更いい。来日を控えているレシピは女性だ。そしてドナーは彼女の夫、きみが望む男から女への移植だ」

「その患者も政治家かセレブなんでしょうね。一つの国からこんな次々と受けても大丈夫ですか。理事長が現地に病院を建てるのであれば、そこでやればいいだけじゃないですか」

杉彦が言いたいのは、病院建設の裏取引の云々ではなく、移植というのはその国の中で完結すべきだということだ。それが、臓器売買や移植ツーリズム、ドナーの人身取引の問題解決に世界中の科学者、医学団体、倫理学者などが集まって決めた「イスタンブール宣言」の指針である。

一方で、かつて国内で救えなかった命を、海外の病院やドナーに助けてもらった日本が、国際貢献で恩返ししなくていいのかという考えは、国内外から聞こえてくる。

そういう意味では繁田の、発展途上国に病院を作り日本の医療を輸出するという考えには、おおいに賛同できる。そのためには信頼関係を築く必要があり、まずは現地の患者をUMCが引き受けるべきだということも。

ただし自由診療であろうとも、日本でやる以上は移植学会のルールを守らなくてはならない。

ゆっくり飲んでいたせいでようやく二杯目を飲み終えた。

「お義父さん、お代わり作りましょうか」

「充分酔った。おかげで今晩はいい気分でベッドに入れそうだ」

「まだ九時ですよ」

「部屋で論文を読むことにするよ。それより新しい患者、いいんだな?」

「いいですよ。どうせ、そう言うしか僕には選択肢はないわけですし」

杉彦は吐息《といき》を漏らした。

博はソファーから立ち上がる。曜が走ってきた。未絵が「おじいちゃん、疲れてるのに危ないでしょ」と注意したが、「大丈夫だよ」と博は孫を抱き上げる。足下が少しふらついた。

あんなに体が弱かったのにずいぶん腕白《わんぱく》になったものだ。

リンちゃんにもこんな日が訪れればいい。

彼女の極めて不健康な蛙腹を思い起こす。早く移植しないと彼女の容態は経時的に悪化し続け、故郷に帰ることもできなければ、春を迎えることさえできないだろう。

知らず知らずのうちにそぞろ、移植に前向きになっている自分の心の変化に、博は驚いた。

5

ＵＭＣでは毎週一度、博以下、各部長が集まって会議を行っている。

サウスニアからの腎移植を受ける新しいレシピエントとドナーが来日した十一月第四週のその会議では、杉彦の発言中に、険悪な雰囲気になった。

杉彦が、来日したサウスニア人の腎移植を中止すると言い出した。レシピエントの妻を検査した結果、Ｃ型肝炎の既往があり、かなりひどい状態まで動脈硬化が進んでいたからだ。ところが杉彦が配った検査データを眺めていた鬼塚が「この程度なら移植で治まるんじゃないですか」と口を挿んだのだった。

「鬼塚先生」

博が注意した。身びいきしていると思われないよう、普段から杉彦には厳しく接してきたが、さすがに今の発言はない。杉彦の診断では、ドナーの夫も長年のアルコールの多量摂取の生活習慣病から、糖尿病予備軍だという。

「失礼しました」

鬼塚は謝罪したが、部外者から口を挿まれて気持ちが収まらない杉彦が今度は挑発《ちょうはつ》をする。

「それでしたら鬼塚先生、そちらの肝移植のサウスニアの乳児は、いつまで移植を延期するつもりですか」

ドナーの女性には引き続き田村が聞き取り調査しているが、彼女からは病室で話して以来、報告はない。

「うちはベッドが空いていないと待ってもらっている患者がいるわけですし。できないのなら鬼塚先生に早く決断を出してもらわないと。患者の入院費だけでも相当な負担ですし」

熱くなると自制が利かなくなるのが杉彦の悪い癖だ。

「もちろん急いでいます。女児は腹部の静脈が怒張し、胆管閉鎖症の末期が近づいています。体重も六キロを切りました」

「そんな状態であれば移植に耐えられないんじゃないですか」

二人の話が急展開したことに、博も手元のタブレットを開き、リンの腹部のエコー画像を確認した。自分が予測していた以上に肝硬変は進んでいた。点滴による栄養補給をしているが、鬼塚が言っているように体重は減る一方だ。このままではリンは本当に危ない。

「移植自体はまだ可能です。コーディネーターが結論を出した際には、医の倫理委員会の開催を要望します」

急に険しい視線を博に向けた。近く申請するから通すように、そう恫喝《どうかつ》されているようで、博の胸は圧迫された。

「その時はしっかり審査しますよ」

できるだけ冷静さを装ってそう応えた。

疑わしき点があれば不許可の判断を下さなくてはならない。それが院長としての責務である。

それからというもの、鬼塚がいつリンの移植をやると言い出すか、博は気が休まらなかった。

ところが十一月末日、市長に呼ばれた朝食会中にかかってきた電話で、それどころではなくなった。

一度は脳死肝移植のレシピエントになり、その後IPMN併存膵癌の手術を受けた広永敏雪の容態が、急変したというのだ。

市長からは病院の広報としてテレビ番組を持ってみたらどうか、地元局の五分のスポット番組ならスポンサーを探しますという提案だったが、話した中身など瞬時に頭の隅に追いやられた。

「広永さんの容態、どうなんだ」

車に戻り、第二外科医局に連絡した。

電話に出た輪島によると、夜勤看護師が早朝に巡回した時から、広永の応答は曖昧《あいまい》で、引き継いだ日勤の看護師が午前九時過ぎに検温に入ると、肝性昏睡《かんせいこんすい》の状態に陥った。

そのため鬼塚は午前中に予定していた腹腔鏡手術を坂巻に任せて対応した。鬼塚が診たところ、広永の顔はむくみ、点滴している左腕の注射針の跡がどす黒く内出血していて、血液の凝固、消化管や心臓の異常など、多臓器障害の所見が認められたという。

本来なら肝性昏睡になった時点で、これ以上の延命措置は難しいと判断する。

だが鬼塚は諦めなかった。CHDF（持続的血液濾過《ろか》透析）に取りかかった。肝性昏睡の原因物質を血中から除去し、肝臓の仕事の一部を肩代わりすることで肝臓を休ませる治療法である。

血漿交換のほうがより有効だが、大量の血液を急には用意できなかったため、現時点では最善の延命措置だった。さりとてこの措置で肝臓が再生されることはない。

このまま意識が戻ることはなくとも、鬼塚が採った処置は正しいと博は思った。

広永の場合、肝臓が移植でき、人生を取り戻していたかもしれないのだ。濾過している間にどこかで脳死者が出てネットワークから連絡が来ないか、院長室の内線電話を眺めながら、祈るような思いだった。

「院長、鬼塚先生、ＣＨＤＦをやってるんですって。正気ですか」

院長室に杉彦が入ってきた。懸命に延命治療をしているライバルの必死さが滑稽《こっけい》に見えるのか、杉彦の目は緩んでいた。

「おまえは余計なことを言うんじゃない！」

義理の息子に初めて怒鳴った。杉彦も身をすくめ、「すみません」と謝った。そこに内線電話が鳴った。

〈輪島です〉

「どうした、輪島先生」

しばし返答はなかった。

〈午前十一時三十分、広永敏雪さんが亡くなりました〉

広永の妻から囊胞性腫瘍《のうほうせいしゅよう》のことを聞かれた時の対応に憂慮《ゆうりょ》した博は、家族への説明は自分がすると言った。

夫の訴えを輪島が聞き流すことなく、早く手術していれば助かったのではないか。妻がそう疑問を呈した時、鬼塚がわずかでもその見通しはあったと発言をすれば、輪島の診断ミス、ひいては病院全体の責任と、面倒なことになりかねないからだ。

「いえ、私がやります。私が担当したわけですから」

鬼塚が主張したため、不安に駆られながら彼に任せた。

妻は予想していた通りの疑念を鬼塚に問い質したが、博の心配は杞憂《きゆう》に終わった。

「私が診断していても、早い段階で発見できたかどうかは分かりません。それに手術していれば、術後の体調回復に一カ月は要しますから、脳死者が出たタイミングではご主人に肝臓は回って来なかったでしょう」

同席した坂巻医師によると、鬼塚はそう答えたという。

「先生はどのみち、主人は助からなかったというのですか。主人に新しい肝臓を手に入れるチャンスはなかったと……」

「残念ながら……お悔やみ申し上げます」

夕方、鬼塚と輪島を院長室に呼んだ。

白衣のまま、革のソファーに座った鬼塚は出されたコーヒーを飲んでいるが、入って来た時から唇が青ざめていた輪島は、カップに手を付けることもなかった。

「二人ともよく対応してくれました。今回は完璧だったと思います」

博は鬼塚と輪島をねぎらった。

「亡くなったのですから、完璧ではなかったですよ」

険しい表情の鬼塚からそう返された。

「私が言ってるのは鬼塚先生の採った救命処置です。ご家族も納得したと思います」

眉を下げてそう言ったが、鬼塚が表情を緩めることはなかった。

「院長、私はなにも家族にアピールするためにＣＨＤＦをしたわけではありません。もし脳死連絡があったら、家族だけでなく我々も後悔すると思ったからです」

「分かっていますよ。私だって同じ気持ちで連絡を待っていましたから」

「輪島先生と協力してすぐ始めましたが、血圧が下がってしまって」

「それは輪島先生もお疲れさまでした」

「いえ、私は……」

輪島は顔を引きつらせていた。膝の上に置いていた手でズボンを握っている。第二外科部長になれずに、鬼塚が着任した当初は博の前でも不服さを滲ませていたが、今回の件で完全に鬼塚に肝《きも》を握られたようだ。

「一応、理事長にも報告しておきました。理事長はマスコミがまたおかしなことを取材してきたら困るので、当面の間、目立つ行動は控えてほしいとのことです」

当然のことを伝えたつもりだったが、鬼塚が目をすがめた。

「控えろとはどういう意味でしょうか」

「言葉通りですよ。広永さんの奥さまが、マスコミに唆されて、なにか喋るかもしれません。そうしたらまたマスコミに見張られることになります」

「マスコミがなにをしようが、我々は日々の医療を粛々《しゅくしゅく》と行っていくだけではないですか」

「もちろん、それは分かってますよ。鬼塚先生が気分を害したのでしたら、お詫《わ》びします」

嚙み砕いて説明してもこの男には通じないと、博は謝った。

鬼塚には余計なことだった。彼の頭にあるのは医療だけ、目の前の患者だけだ。

今朝、市長からテレビに医師が出る提案をされた時も、頭に鬼塚の姿は浮かばなかった。

天羽路夢の手術後、海南新報からのインタビューの要請も、「私は術後管理などがありますので院長がお願いします」と拒否された。

コーヒーを飲もうとカップの持ち手を摑む。

ブラックの表面にうっすらと顔が映る。髪だけでなく眉毛まで、白毛の方が多くなった。

鬼塚が来て半年で、ずいぶん老いた気がする。この男に肝を握られているのは輪島より自分ではないか。

「ところで院長、リン・ヴァンサックちゃんの移植ですが、実施したいので、医の倫理委員会の開催をお願いできませんか」

唐突に聞こえてきた声に博は顔を上げた。

「鬼塚先生、こんな時になに言ってるんですか」

自分の声が震えた。目立つ行動は控えてほしいと注意したばかりではないか。

「今の状況で、そのようなオペをすれば、それこそうちの病院に批判が殺到するよ」

「批判は関係ありません。そんなことより放っておけば乳児の状態が悪くなり、国にも帰れなくなります」

「ドナー女性の偽装結婚疑惑は証明できたのですか」

「田村コーディネーターから報告がありました。今日婦人科で検診を受け、ドナーが言っていたことが嘘でないことが証明できたと」

「婦人科って、ドナーが過去に流産したことですか」

「はい、その確認です。その時の処置の拙《まず》さで、妊娠できない体になっているそうです」

「だからって、それだけでは……」

自分の体を無駄にしないようにドナーの側に立って諭《さと》していた田村美鈴が、不妊の証明だけで妻と認めたとは、にわかに信じられなかった。

「本当に田村さんがそう言ったんですか」

「どうしてそうおっしゃるのですか」

「それは……」

博の方がしどろもどろになる。鬼塚からのプレッシャーに耐えきれず、それで田村は移植を認めたのではないか。

「鬼塚先生。院長が言ってるのは、今、無理してやらなくても……ということですよ」

輪島が口添えする。

「無理はしてません。必要だからやるんです」

「それにしたってタイミングが悪い。少し待ってもいいのではないですか」

「待って間に合わなかったらどうするのですか。今日、我々は患者の一人を亡くしたわけですし」

「そうですけど……」

広永の例を出されて、輪島は口を噤んだ。

「もちろん田村コーディネーターは、これから本人にもう一度ヒアリングをすると言っています。そこで彼女が不審を感じたら移植は決行しません。ですがゴーサインを出した時に備えて、すぐに準備しておいた方がいいと思うんです」

鬼塚が言ったことは正論だった。だからといってこの場で開催の約束はできなかった。認められれば、一気に突っ走られてしまいそうな思いが拭《ぬぐ》えない。

博は気を落ち着かせてから鬼塚に話しかけた。

「鬼塚先生、理事長から言われている、サウスニア政府との約束のことでしたら気になさらないでください。第一外科の仙谷部長が、近日中に三例目をやりますので」

杉彦は及び腰になっているが、偽装結婚での肝移植を認めるくらいなら、動脈硬化や糖尿病の危険性はあっても、患者や家族とのインフォームドコンセントを得て、杉彦に無理矢理でもやらせるしかない。

杉彦が気を揉んでいるのは病気発症の確率が一般的な腎移植より幾分高いことだけ。さりながら鬼塚に問われるのは倫理の問題である。

「私は理事長のご機嫌伺《うかが》いでオペをしたいと思っているわけではありませんよ」

「ご機嫌伺いとは……」

「とにかくこのままでは手遅れになり、乳児はいつ亡くなっても不思議ではありません。院長、どうか、よろしくお願いします。新たな事実が判明した際は、即座に報告しますので」

鬼塚はこれまで見せたことがないほど深く頭を下げた。

乳児の容態がいよいよ危険水域に入り、一刻も早い移植以外、救う道がないことは博も分かっている。

だが一度マスコミから叩かれ、今回の広永の件も批判的な記事を書かれるかもしれないのだ。そんな状況なのに、なぜこの男はあえて危ない橋を渡ろうとするのか。リスクを背負ってまで救命にこだわるのか。

鬼塚はまだ頭を下げていた。

第一外科部長　仙谷杉彦の嫉妬

調査報告書

調査日時　12月2日21時〜同月3日23時（2日間）

調査会社　大田《おお た》探偵事務所（大阪市中央区）

調査人　大田浩一《こういち》（所長）

取材対象者である中原《なかはら》京香《きようか》が勤務する『リバティ・コンベンション』社（以下リバティ社）は、大阪市北区梅田《うめだ》1丁目、エドワードホテルのすぐ近くにあり、創立1999年、従業員500名、スポーツイベントや博覧会、医学学会などを開催する西日本では有名なイベント会社。

同社が主催したシンポジウムを取材したことがある関係者に取材したところ、対象女性の中原京香は40歳、リバティ社でも硬派な、とくに医療系を扱う部署のリーダーで、2年前、東京のイベント会社から引き抜かれた。社交的で、テキパキと仕事をこなし部下の信頼も厚いとのこと。

20時40分、彼女が帰社したため、尾行開始。ぱっと見の年齢は30代前半。背は160センチくらい、コートの上からの判断ですが、細身で目は大きい。

西梅田駅から地下鉄四ツ橋《よばし》線に乗り、大国町《だいこくちょう》駅で下車し、徒歩5分のマンションに帰宅。エレベーターが6階に到着したのでその階が住居の模様。この日の取材はそこで一旦終了。

翌3日は早朝からマンション前で張り込み。

7時05分に中原京香が、見るからに年下であろう男性と一緒に段ボールをゴミ置き場まで運ぶ。その時はマスクなし。確かに喩《たと》えに出たニュースキャスターに雰囲気が似た、際立った美人に見える。

7時30分、前出の男性と出勤。二人は駅まで談笑しながら歩くが、男性は大国町駅から御堂筋《みどうすじ》線に乗車したため、ここでは男性を尾行。勤務先は桜宮《さくらのみや》医大で、水内勇気《みずうちゆうき》氏34歳ということが判明。2年前に国家試験に合格したばかりの研修医である。

なお中原京香が鬼塚鋭示医師とエドワードホテルのバールームで会っていたという10月17日は、同ホテル4階のホールで「老老介護」をテーマにした社会学者の講演が開催されていた。主催したのがリバティ社で、責任者は中原京香。講演は午後四時には終了している。

1

探偵事務所から届いた調査書のPDFを読み耽《ふけ》っていると、背後からの「あなた、お茶」と未絵の声がして、仙谷杉彦は慌ててパソコン画面をスクロールした。

「どしたの？」

「いや、急に医師仲間から相談が来たんだよ。大腸癌からの転移で途方に暮れてるって」

妻の未絵は、日向山アウトレットに隣接するクリニックビルで皮膚科を開業している。医師だから、中身を覗いていれば、そのような内容ではないことは気づいただろう。

潮に来てからも新町のクラブの女性との浮気がバレたが、未絵からは「ほどほどにしといてな」と小言を言われただけで済んだ。

夫婦の愛情などとっくに消えている。未絵は開業したクリニックと、四歳の一人息子の曜を教育水準の高いR国立大附属小学校に入れるお受験の準備に必死で、潮では名家の一つに数えられる仙谷家に婿養子に入った杉彦に、アイロニカルなことは言わない。

「仕事の電話をするから、曜に入ってこないように言っといてくれよ」

「曜なんて、とうに寝たわよ」

「だったらいいけど」

未絵が部屋を出たのを確認してスマホを取った。

〈はい〉

けだるそうな声を聞いてから、杉彦は「夜分にすみませんね」と言った。相手は厚生労働省のキャリアで、今は地方厚生局にいる鷲尾緑里である。

「送った報告書、読んでいただけましたか」

〈読みましたけど〉

それなら返信があっても良いが、この女が高飛車なのは今に始まったことではない。

「結構な調査費がかかりましたよ」

〈仙谷さんの将来にとっても重要な事になるのだから、高い費用ではないと思いますが〉

「別に、鷲尾さんに出していただこうとは思っていませんけどね」

あなたも医師を続けていた方が良かったんじゃないですか、そう皮肉をこめたつもりだった。

国家公務員といっても、報酬は医師より相当劣《おと》る。彼女は三十代前半まで医師だった。それも地方医大出身という医学界では肩身が狭い杉彦とは違い、帝都大医学部卒という医師のエリートコースを歩んでいた。

その華麗《かれい》なる学歴を捨て、厚生労働省の医系技官に転じた。以前、なぜ臨床医《りんしょうい》をやめたのか尋ねた。その時は「臨床だけが医師ではありませんよ」と気色《けしき》ばんで言い返された。

「院内で鬼塚ロイドと渾名《あだな》をつけられるほどの真面目な男が、一人の女に惚《ほ》れ込んでいることに笑いが止まらなかったんじゃないですか。しかもその女には、若いツレがいるのですから」

杉彦は声に嘲笑《ちょうしょう》を混ぜた。

尾行した二日間、探偵は中原京香について三通りの写真を隠し撮りしていた。初日に撮影した一枚目は、腰のところをベルトで縛ったウールのコート姿、マスクをしていたせいで、顔全体が見えたわけではないが、目がくっきりしていて、美女の雰囲気は窺えた。残り二枚は翌朝、ゴミ出しの際と、年下研修医と喫茶店に行くところを撮った写真だ。ダウンにデニムという軽装で、ゴミ出しの写真はマスクをしておらず、製薬会社の社員が言っていた女性キャスターに、確かに似ていた。

しかし心持ち痛々しく見えた。

そう感じたのは、横にいた三十四歳の研修医がなかなかのイケメンで、二十代と思えるほど若かったからだろう。甲斐性《かいしょう》のない研修医を年上女が食わしている、杉彦の目にはそう映った。

尋ねたのに鷲尾からは相槌も聞こえない。

「院内では移植コーディネーターが鬼塚の女と噂されていますが、私はそんなはずはないと思っていました。そのコーディネーター、田村美鈴と言うんですけど、彼女も悪くはありませんが、鬼塚の女としてはいかんせん地味過ぎて……」

そこでようやく鷲尾の声が聞こえた。

〈このメールに、鬼塚医師は出てきませんよね。そのイベント会社の講演に、以前から出ていたというのなら親密と言えますけど、単なるお仕事の依頼だったかもしれないじゃないですか〉

「最初に話したじゃないですか。大阪の製薬会社の営業マンが、エドワードホテルのバーで二人がいるのを目撃した。とても仕事の話をしている雰囲気ではなかったと」

奥のボックス席で医師を接待していたその社員がトイレに行こうとバーを出ようとしていた時、出入り口付近のボックス席に座っていた二人に驚いた。製薬会社の社員は以前行われたイベントで、中原京香と顔見知りだった。中原京香が男といることにも驚いたが、その相手が鬼塚だったことに目を疑ったそうだ。

挨拶しようかと思ったが、鬼塚は製薬会社の接待も受けない。挨拶しても冷たくあしらわれるだけとやめておいた。

〈それだけでどうして鬼塚医師が、その女にほの字だったと言えるの？〉

ほの字。今時、そんな死語を使う女に噴き出しそうになった。役人になる人間は、感覚がずれている。

「ただならぬ空気だったそうですよ」

〈ただならぬとは？〉

「深い関係になっていなければ、けっして醸《かも》し出せない空気ですよ。それにトイレから戻ってきた時、鬼塚が金の話を持ち出したとか。鬼塚がなんて言ったかは聞き取れなかったようですが、中原京香が『要《い》りません。そんなお金は』と撥《は》ねつけたのは、聞こえたそうです」

——男と女が金の話をするのは大概、どちらかが別れを伝えた時ですわ。女が要らんということは、鬼塚先生が必死に引き留めようとしたけど、振られたんでしょうな。

目撃した社員はそう決めつけたが、杉彦もその点は同感だった。

杉彦が鷲尾の存在を知ったのは今から五年も前だ。杉彦が准教授をしていた愛知県医大病院に、診療点数表のごまかしによる不正請求の疑いで、地方厚生局の立入検査が入った。

発覚したのは地元紙によるスクープで、議会でも取り上げられたため、地方厚生局だけでなく本省からも医療課員が来た。その時、研修のような形で、本省からやってきたのが帝都大病院の臨床医から医系技官に転職したばかりの鷲尾だった。

医療課員が見抜けなかった病院の隠蔽《いんぺい》を、新入りの鷲尾が多くの書類を見て、病院が健康保険法に違反していることを突き止めた。

彼女からは「国民の医療への信頼を取り戻したい」という強い正義感を感じた。杉彦は、病院に内緒で調査に協力した。

鷲尾は中背《ちゅうぜい》で、眼鏡をかけた顔に派手さはなかったが、帝都大出身というエリート女性特有の、男を夢中にさせる魔力のようなものを持っていた。髪は長いが、外科医に髪は邪魔になるので医師時代はショートだったのだろう。ショートならいっそう魅力的だと、不謹慎《ふきんしん》ながらその時は思った。

その後は没交渉だったが、この春、まだ霞《かすみ》が関《せき》にいた鷲尾から数年ぶりに電話があった。

――UMCの第二外科部長に鬼塚鋭示という医師が就任します。その男がおかしなことをし始めたら私に報告をください。

義父に確認したが、「私も理事長から先週聞かされたばかりだ。杉彦くん、どこで聞いたんだよ」と驚かれた。

鷲尾がそこまで注意するなら、よほどの要注意人物ではないか。

杉彦は学生時代からの友人である第二外科の医長、輪島賢に協力を求めた。歳下の部長を追い出したい輪島は、鬼塚の言動を子細に報《しら》せてくる。

電話は繫がったまま、鷲尾との会話は途絶えていた。回線が切れたのかと思い、「もしもし」と尋ねる。

〈聞こえています〉

尖《とが》った声に柳眉《りゅうび》を逆立てている顔が浮かぶ。そういえばこの女もアラフォーだ。中原京香が男好きする風貌で、手練手管《てれんてくだ》で男を操っている印象に対し、この女はその正反対だ。気位《きぐらい》ばかりが高くて愛嬌《あいきょう》は皆無《かいむ》に等しく、魅力までを消してしまう。

〈この後、どうするおつもりですか。この程度の調査で納得するのですか？〉

「鬼塚先生には訊けないでしょう。大阪のイベント会社の女性と深い関係だったんですかなんて」

〈彼が惚れる女がどんなタイプなのか、自分の目で確認してきてもいいのでは〉

「私に会いに行けと言うんですか」

〈女性は多数の医療系セミナーを手掛けているんですよね。あなたは一躍、全国区になった病院の外科部長ですから、声をかければ飛びついてくるのではないですか〉

完全な皮肉だ。病院が有名になったのは、鬼塚がした中学生の陸上選手への脳死肝移植がメディアに大きく取り上げられたからであって、腎臓・泌尿器を専門とする杉彦の第一外科は関係ない。

「どうやって接近しろと？」

〈それこそ、その製薬会社の社員を使えばいいのでは。製薬会社なら女性が喜ぶ高級店でも連れてってくれるでしょうし〉

「そんなこと、厚労省にいた人が言っていいんですか？」

粘り強い調査で不正を突き止めた医系技官の言葉とは、とても思えなかった。鬼塚と鷲尾の間に昔なにかがあった？　そんな勘ぐりまでしてしまう。

〈断っておきますが、私が言ったのは、おたくの理事長のことですよ。理事長が潮に行くたびに業者から接待漬けになっているという話は、私の耳にも入っていますから〉

繁田理事長がサウスニア共和国に病院建設を始めたという情報も、鷲尾から聞いて知った。それを聞き、UMCが急に外国人患者の受け入れに積極的になったのも腹落ちした。

「その社員に頼んでみますが、あまり期待はしないでくださいね。こちらも急に移植をやれと命じられて、目が回る日々を送ってるんですから」

〈引き続き面白い話があれば連絡ください〉

どこか命令口調に聞こえた。それでも役人の言葉遣いをいちいち気にしても仕方がないと、杉彦は「動きがあったらまた報告します」と電話を切った。

2

――杉彦が言うてた鬼塚という医師、元は帝都大の准教授やったらしいぞ。結構長い間、帝都大病院に勤めてたんやて。

鷲尾から鬼塚鋭示のことを聞いた一週間後、輪島からそう教えられた。

杉彦は静岡医大、輪島はR国大だが、同じ歳で、教えを受けていた教授同士が友人だったことから、学会でよく顔を合わせていた。

――帝都大とはずいぶんエリートなんだな。

それで鷲尾と繋がるのか、とすぐに合点《がてん》が行った。

――杉彦は千葉の大学病院にいたのに知らんのか？

――准教授クラスだとよほど学会に出てこない限り、知り合う機会はないからな。

――世渡り上手で准教授になれただけかもしれんな。

輪島は軽んじていたが、功名心が強く俗物的な繁田理事長が連れてくるのだ。処世術だけで生き残ってきた医師のはずがないと杉彦は思った。

杉彦も知り合いの医師に尋ねて回った。鬼塚は肝胆膵の権威として知られていた梅原万之教授の門下生で、梅原が愛敬病院のセンター長に着任した時に片腕として付き添った。移ってからの鬼塚は、肝移植に熱心になり、大学病院クラスの移植数をこなした。

その話を聞いた杉彦は、鬼塚の着任によって、自分が任されている泌尿器の方針まで覆されそうな胸騒ぎを覚えた。

杉彦が扱う腎臓も、肝臓同様に自覚症状がなく、気づいた時には手遅れになっていることが多く、「沈黙の臓器」の一つと言える。

肝臓と異なるのは、悪化した肝不全患者が移植しか助かる道がないのに対し、腎不全患者には透析という治療法があることだ。愛知県医大では腎移植を手がけてきた杉彦だが、UMCじたいが移植に消極的だったことから、一例も実施してはいない。

あえて気にしない振りをしていたが、悪い予感は的中した。鬼塚が来て一カ月後、義父から移植をやるように命じられたのだ。その場では杉彦は応諾《おうだく》せずに異議を唱えた。

――UMCには最新の透析装置があるという評判が広がり、毎週三回、県外からも患者が来てくれているんですよ。それはお義父さんが長く率いた第一外科の、市民病院時代からの病院の方針だったじゃないですか。

国民皆保険のこの国では、一回の移植で根治させるより、透析治療を続ける方が病院経営が安定する、そのことは純然たる事実である。

普段の義父は物分かりがよく、杉彦の意見を聞いてくれる。その日だけは「方針が変わった」「院内できみを推せなくなる」と最後まで引かなかった。

理事長の方針となれば拒否し続けるわけにはいかず、杉彦は翌週から患者に移植希望を取り始めた。とはいえ移植してくれる近親者がいないから辛い透析治療を受けるのであって、「移植します」と答える患者はすぐには現れなかった。

それでも十月に、他県の病院から移ってきた六十四歳の男性患者に三十九歳の息子の腎臓を、先月にはサウスニア人の五十八歳の男性に三十五歳の娘の腎臓を、それぞれ移植した。どちらも子供から親への提供である。

正直、二つの移植に杉彦は抵抗があった。

フランスでは親が子供のドナーになることはあっても、子供は親のドナーにはなれない。それは子供の未来を奪うという考え方があるからだ。

また独裁者が方々で子供を作り、臓器提供させて長生きすることも理論上は可能になる。そんなことを義父に言っても、理事長を説得することはできないと、不満を抑えられた。

義父に頼まれ、本来ならもう一例、今週、サウスニアからの患者の移植をする予定だったが、直前の検査でレシピ、ドナーの双方から問題が見つかり、移植を中止した。

部長会で中止の決定を報告した際、鬼塚が「この程度なら移植で治まるんじゃないですか」と口出しした。頭に血が昇った杉彦は、鬼塚が抱えるサウスニアの乳児の肝移植はいつまで移植を延期するつもりなのかと煽《あお》った。

それが鬼塚を刺激したのか、鬼塚から医の倫理委員会の開催を求められたと、義父から青白い顔で伝えられた。

杉彦は、義父を助けるつもりで鷲尾緑里に電話を入れ、詳細を話した。

——それ、なかなか有益なお知らせですね。

大いに関心を示したが、その有益な情報を彼女がどう利用しようとしているのかは不明のままだ。

鬼塚への私怨《しえん》だという推測が当たっているなら、移植を終え、もうどうにもできない状態になってから、鷲尾は保健所を通じて病院に質問状を送ってくるだろう。

そうやって冷静に考えると、倫理に反する移植が実施された時に矢面に立つのは、鬼塚より移植を許した病院長の義父である。

義父は、医師人生のすべてを地方病院で過ごした。若い時分は医師不足に悩む北海道や東北の過疎《かそ》地の診療所に勤務したこともある。

実績は地味でも、患者に寄り添った医療を心がけて、故郷の潮市民病院に呼び戻された。そしてUMCに病院名が変更になると同時に病院長に昇格した。

鷲尾への密告は、そうして一歩ずつ今の地位を築いた義父を追い詰めてしまうかもしれない。

3

週明けの月曜日、仕事を終えると午後十一時を回っていた。透析患者は、日中、仕事をしている人も多いため、UMCでは夜間の透析治療も受け付けている。遅くなるのは珍しくないが、この日は透析に三年通う六十代の女性の夫から「妻のドナーになろうと考えています」と相談があった。

第二外科に田村美鈴がいるように、第一外科も移植コーディネーターを雇っている。テレワークだったコーディネーターが姿を見せたため、彼女に任せて杉彦は患者から一旦離れた。

ところがそのコーディネーターは説明下手で、不安を煽るようなことを言ったのだろう。夫の決意は揺らいだ。杉彦は年明けのスタッフの勤務日程まで変更したのに、夫は「少しの間考えさせてください」と苦渋《くじゅう》の表情を浮かべて帰宅した。

白衣を脱いで上着に袖を通す。第一外科室を出ると、奥の第二外科医局から「お先に失礼します」と声がして、坂巻医師が黒のダウンコートにバーバリーチェックのマフラーを巻いて出てくるところだった。

「お疲れ様です」

「鬼塚先生、まだいるの？」

「残ってますよ」

「忙しそう？」

「研修医がヴィンセントを作るのを待っているところです」

「そう」

ヴィンセントとは三次元の画像解析システムのことで、血管が見えない肝臓では、医師は数百枚に及ぶCTを基《もと》に、頭に描いた肝臓の三次元画像をコンピューターで作成する。これを作ることであたかも肝臓を透かして見るように肝切除を進められ、切除中に肝臓に埋もれた太い血管を破って出血させることも回避できるようになった。

エレベーターホールに向かう坂巻と交差して、杉彦は歩を進める。ノックをすると「はい」と鬼塚の声がした。

中では研修医の水野が見せた3D画像を手に、鬼塚が「ここにも血管が通っているはずでしょ」と指を差していた。水野は医師国家試験を通って二年目の初期研修医だ。杉彦ならこんな重要な仕事はやらせない。

「すぐやり直します」

水野は部屋の奥に戻り、パソコンに取り込んだCTスキャンの画像をチェックする。

「なにか？」

スーツの上着を羽織っていた鬼塚に怪訝な顔で訊かれた。

「大事な仕事もレジデント（研修医）にさせるんですね」

けっして研修医を育てていることに感心したという意味ではなく、どうせダメ出しして、最後は自分で作るのだろうという皮肉だ。

鬼塚は竹内という、この病院では貴重な西京大出身の研修医を分院に回した。輪島は、いずれ自分を含めた医師全員を入れ替えるつもりではないかと本気で心配している。

「いろんな仕事を経験させないことには、オペは成り立ちません。医療はつねにチームとしての総合力が求められます」

そう言うと、研修医に顔を向け、「水野先生、明日でいいですよ。私は帰りますので」と伝え、クローゼットからコートを出した。

「先生は毎日遅くまで熱心ですね。前の第二外科部長は、夜は部下に任せて引き揚げていたのに」

おだてたが、「東京の病院でもこんな感じでしたよ。電車通勤でない分、今の方が楽です」とつまらないことを言う。

「鬼塚先生、電車は都会のものですよ。こちらでは汽車と言うんです」

どうでもいいと思いながらも突っ込んでみる。聞き流されると思ったが、「そう言えばここはディーゼルですね。たった一両なのに汽車と言うのも面白い」と珍しく乗ってきた。

二人で廊下に出るが、会話が成立したのはそこまでだった。話題は停滞したまま長い廊下を並んで歩く。その重苦しさに耐えきれず杉彦は話しかけた。

「今朝の新聞は酷《ひど》かったですね。新聞記事を理由に医の倫理委員会が延期になるなんて」

海南新報が、リン・ヴァンサックの移植について、《父親の弟の妻》と申告しているドナー女性との関係に疑惑があると報じたのだった。

海南新報はサウスニアの地方に住む女性の母親にも取材していた。母親は娘が結婚していることを知らなかった。ドナーの女性は八人きょうだいの五番目で、十四歳で都会に働きに出たが、ここ数年は両親やきょうだいとも音信不通だという。

杉彦は海南新報にリークしたのは鷲尾緑里だと思っている。このネタを使うのは移植後だろうと思っていただけに、意外だった。同時に病院内でも極秘にしている患者やその家族の個人情報がどうしてマスコミに漏れたのか、鬼塚は自分を疑っているのではないかと、杉彦は今朝から憂慮していた。

「そんな記事が出ていたそうですね。私は読んでいませんが、院長から聞きました」

鬼塚は前を向いたまま声を発した。とくに杉彦を疑っている様子はなかった。

「マスコミは気にしないのが一番ですよ」

「気にしてなんかいませんよ。院長にも、医の倫理委員会を開催して、そこで判断してほしいとお願いしましたし」

なるほど、そう強く主張されたため、夕方に会った義父は暗鬱《あんうつ》としていたのか。

エレベーターホールに到着し、杉彦が下のボタンを押した。

「杉彦先生の方はいかがですか」

鬼塚からも「杉彦先生」と呼ばれるが、それは親近感のあるものには感じない。いつか自分の傘下《さんか》に収まるという上から目線に感じる。

「私の方とは？」

「サウスニアからの移植患者ですよ。今週オペする予定でした女性の」

「あの患者でしたら中止を伝えた場に、鬼塚先生もいらしたではないですか。移植にふさわしくないと院長も納得したから、倫理委員会を開催しないのですよ」

「放っておいて大丈夫なんですか。併発症の疑いもありますよね」

「移植しないからって、なにもしないわけではありません。適切な治療は施しています」

ムキになって言い返すと、エレベーターが到着のチャイムを鳴らした。

先に乗った鬼塚が一階のボタンを押す。足下から沈むように静かに降下していく間、真空状態に陥ったかのように中は静かだった。

エレベーターを出て、無言のまま職員口から出る。

物寂しい深夜の敷地は、木の葉が音を立てて揺れるほどの強い山おろしが吹いていた。

杉彦はジャンパーのファスナーを上まで閉める。鬼塚はコートの下にマフラーを巻いた。

二人並んで歩き出す。だが中止にした腎移植の話を持ち出された杉彦は、このまま引き下がれなかった。これでは自信がないから移植をやらない、そう言われたようなものだ。

「鬼塚先生って積極的に生体肝移植をやられていますが、それって移植の産業化推進を考えられてのことですか」

産業化とは少々言葉選びが悪い。だがこれくらい言わないことには、この男は本音を吐かないだろう。

「移植の産業化なんて、私は一度も考えたことはありませんよ」

「それは失礼いたしました。先生がたくさんの移植を実施しているので、そう思っただけです。では鬼塚先生が私に移植しろと言ったのはなぜですか、国際貢献の見地に立ってのご意見ですか」

「意見するなんて、とんでもないです。ただ患者が望んでいるなら、それをできる限り実行に向けて努力するのが、我々の職務だと思っているので、つい先生の前で口を滑らせてしまいました。申しわけございません」

頭を下げられたが、すべてが上辺だけのきれいごとに聞こえる。なにが職務だ。無責任な返答に思わず鼻息が出る。

「確かにレシピは移植を受けられない域ではありません。ですが今回はドナーの健康状態にも問題があります。腎臓が一つ無くなっても移植後、末期腎不全に至ることなく安全に過ごせるのがドナーの基本条件です。夫の腎臓が動かなくなっても、妻から返して貰うわけにはいかないわけですから」

「このままでは糖尿病になるから今後は節制するように、と伝えればいいのではありませんか」

黙っていれば終わらせるつもりだったが、鬼塚は言い返してきた。

「言って聞くなら、世の中から糖尿病患者はいなくなりますよ」

「なら発症した時に治療するしかないですね」

「誰がですか？」

ドナーはサウスニア在住なのだ。帰国して発症すれば、ＵＭＣに頻繁《ひんぱん》に通うわけにはいかない。

「杉彦先生がですよ。そのために理事長はサウスニアに新しい病院を建てるわけですし」

「私が行くのですか？」

声が裏返りそうになった。

「病院はできても医師や設備は不足しています」

夜風の合間を縫うように、事もなげな声が耳に届く。

自分が海外に飛ばされるのかと焦りを感じたが、「私や杉彦先生、他にも専門医が年に何度か現地に出向き、オペや現地医師への指導をすることになるのではないでしょうか」と言うから、出張するという意味らしい。年に三、四回は現地に行くようになるかもしれないから覚悟しておくように、とは義父からも言われていた。

誘導灯が等間隔に照らす駐車場への小道に入ると、鬼塚が前を歩いた。足元で砂利《じゃり》が泣いた。ポケットに両手を突っ込んで気取って歩く姿に余計にむしゃくしゃしてきた。

ここで中原京香の名前を出したらどう反応をするのか。

鬼塚はあの女が若い男と一緒に住んでいるのを知っているのだろうか？　男は大学も無名だし、三十四で初期研修医では将来も知れている。それなのに中原京香はあんたでなくて、若い男を選んだんだぞ。

探偵から報告書を受け取って以来、女のイメージは杉彦の中で日増しに膨らんでいった。

写真を見た時は痛々しく感じたのに、今では彼女の艶《つや》めいた声まで聞き取れるようになった。

思いに耽っていると、前を歩く鬼塚が足を止め、振り返っていた。

「な、なにか」

はっと驚き、足を止める。

「杉彦先生は、我々外科医に求められていることはなんだと思いますか？」

「そりゃ、確実な治療でしょう」

「確実とはどういうことでしょうか」

「すべてにおいて最善の注意を払うことです。我々は予期できない事態を想定して、治療しなくてはならないわけですから」

試されたような問いだったが、鬼塚は「おっしゃる通りです。難度の高いオペに臨む時は、リスクを正確に患者に伝え、そのリスクを減らし、解決しながら臨むことだと、私も思っています」と杉彦の返答を肯定《こうてい》した。

この男がこんなに能弁だったとは思わなかった。

だが単に、数々の医療の光陰《こういん》を見てきたと、実績を知らしめたいのだろう。

そう思うとまた腹の虫が治まらなくなり、杉彦は鬼塚の神経を逆撫でする事例を探した。浮かんだのは鬼塚がＵＭＣに来てもっとも脚光を浴びた夜、その日の移植で明暗を分けた患者のことだった。

「先月でしたっけ、鬼塚先生は広永さんのＩＰＭＮの切除手術を行いましたよね。術中死するリスクを背負ってまで、どうしてオペにこだわったのですか」

「簡単です。生きたいと思っている患者の意思は、尊重せねばいけないからです」

「だとしたら、なぜ広永さんへの肝移植を中止したのですか。患者の生きたい意思を尊重するのであれば、あの時の脳死肝は広永さんに植えるべきだったのでは。そうでないと先生が今おっしゃった理論は破綻《はたん》しますよ」

広永の膵臓には悪性腫瘍があり、肝臓移植をしても長く生きられなかっただろう。だが脳死肝が出た段階では、良性か悪性かも見極められなかった。

「移植と癌手術は異なりますよ、杉彦先生」

「それは我々医師のアプローチの問題であって、治してもらいたい、早く苦痛から解放されたいという患者の思いは同じだと思いますが」

「いいえ、違います。移植は大切な臓器をもらうのです。レシピエントにその後なにかあれば、ドナーやその家族が悲しむことになります」

そう言われてしまうと、それ以上、意見を戦わせることはできなかった。生体移植はレシピとドナーの両方にリスクがつきまとう。だから杉彦もUMCに来てからは移植を積極的に進めてこなかったのだ。

駐車場に到着した。手前に杉彦のメルセデスのAMG-GT63が停めてある。鬼塚のBMWの3シリーズは五台ほど離れた奥だ。向こうは六百万円ほど、こっちは二千万円を超える。

「では、ここで。いろいろ話せて今晩はとても有意義でした。大学病院時代に教授と激論を交わしたのを思い出したくらいです。ありがとうございました」

鬼塚はきちんと頭を下げてから、先へと歩いていく。このままでは、言い負かされた気がする。

「鬼塚先生は他人に負けたくない気持ちが人一倍強いのではないですか」

ちょうど鬼塚がリモコンキーで開錠したところだった。ハザードランプの点滅とともに、杉彦の声が闇夜を切り裂くようなドアの開錠音と重なった。

「私は自分が人と比べてどうかとか考えたことはありませんよ。誰かと争うことを考えるくらいなら、目の前の患者に目を向けます」

やはり全部がきれいごとに聞こえる。

「本当にそうですか。私はつねに誰にも負けたくないと思って頑張ってきましたよ。それが手技の向上、ひいては患者の回復に繋がっていると思っています」

その反発心があったからこそ、小さな医大から、地方とはいえ大病院の外科部長まで伸《の》し上がってこられたのだ。

熱くなった杉彦はさらに続ける。

「鬼塚先生は、まるで私が成功する自信がないから、移植に躊躇しているとおっしゃっているように聞こえますが、私はこれまで一人だって、オペで死なせたことはありません。そちらは天羽路夢くんの移植を成功させて英雄気取りのようですが、その代償に広永さんを死なせたことは、忘れないでくださいね」

我慢していた言葉がすべて口から出ていた。医師なら「死なせた」が一番堪《こた》える。

さすがに怒っているだろうと、背伸びして様子を窺った。

BMWの右側の運転席に回り込んでいた鬼塚の姿は見えず、声だけが強い風に押されるようにして杉彦の耳へと届く。

「どうやら私が余計なことを言い過ぎたようですね。杉彦先生がお気を悪くしたらすみません。それでは失礼します。お疲れさまでした」

杉彦の挑発をまるで相手にすることなく、ドアが閉まる音がした。エンジンのかかったＢＭＷは駐車場を出ていった。

生きている人間の臓器を別の人間に植えるという点では、生体腎移植も生体肝移植も同じだ。

だが肝移植には、大きさも太さも違うドナー肝の血管とレシピエントの血管とを繋ぎ合わせていくなど形成外科的な技術が求められ、さらには肝不全患者が必要量の約半分の肝臓で極期を乗り切れるかなど、厳しい術後管理に行き当たるケースも多い。なにより失敗したとしても人工透析療法という代替療法がある腎移植に対して、肝移植にはそれがない。

だが医師の判断が患者の生命に関わるのは、両者ともに変わりない。

移植でもオペでも、杉彦はこれまで危険を避けたことはなく、むしろそうした至難な状況に陥った時こそ平常心で対応できるよう、常日頃から全力で医療に取り組んできたつもりだ。

室内灯が返照するフロントガラスに、強い目つきで見返してくる鬼塚の顔が浮かぶ。

なにが生きたいと思っている患者の意思は尊重する、だ。そんなこと医師なら全員思っている。帝都大卒をひけらかしやがって。

杉彦がつねに戦ってきた劣等感までこみ上げ、両手で強くハンドルを叩いた。

山おろしはさらに激しさを増し、樹木を揺らしていた。

4

杉彦が医師を志したのは、世間で言われるように給与が高くて、不況でも食いっぱぐれがないと思ったからだ。

進学校で真ん中くらいの成績だったが、必死に勉強してどうにか地元の静岡医大に合格した。

大学で学び、繁忙《はんぼう》を極めた日々の中で新しい技術が次々と生まれていく医療に夢中になり、恵まれた生活を得るためだけの医師では終わりたくないと考えるようになった。

泌尿器科に勤める医師の多くは、国家試験に通り、医師免許を取った一年目から泌尿器専門コースを歩んでいるが、杉彦は幅広い医療を経験したいと、外科全般を学んだ。

研修先に厳しい上司がいた。杉彦がなにをやっても必ず文句をつけてくるのだ。

他の研修医にも同様で、全員が不貞腐《ふてくさ》れていた。だが杉彦は研修医とはそういうものだと、言われたことを頭に入れて、次は褒められるよう心掛けた。

上司は褒めるどころか、今度は杉彦ばかりに厳しく接してきた。さすがに心が折れそうになった。

そんな時、その病院のOBで、今は都内の大病院で外科部長をやっている人が来院して、仕事終わりに杉彦だけが食事に誘われた。

――きみは本当に真摯《しんし》に上達しようと努力しているそうだね。大曾根《おおそね》先生が感心していたよ。

――大曾根先生がそんなことを言ったんですか？

驚いた。その大曾根という医師こそ、杉彦だけに厳しく当たる上司だった。

そのOBも現役時代、同じような指導に遭《あ》ったそうだ。何度かむくれたが、今、当時の教えが役に立っていると感じているとか。しかも今日、病院を訪れたのは、大曾根から「宮井くんが落ち込んでいるから励ましてくれ」と呼ばれたからで、大曾根からは食事代まで渡されたという。

だからといって大曾根の厳しさはその後も変わらなかった。教えられたことは吸収しようと取り組んだ杉彦に、研修期間を終えると、「ここは卒業だ。次は違う病院に行ってこい」と千葉の総合病院を紹介された。

そこで「排尿機能学会」などの認定医資格を取り、遅ればせながら泌尿器の専門医となった。大曾根から厳しい指導を受けた経験から、どんなことでもやり遂げる自信はついていた。

その大曾根は五十歳で早世《そうせい》したが、耳の奥ではつねに大曾根の叱り声が鳴り響き、小さな変化も見逃さないよう意を注《そそ》いだ。

大学院にも入って博士号を取得した。その後、再び千葉の病院に戻って、そこでいくつもの論文を出したことが認められ、縁もゆかりもなかった愛知県医大に講師として呼ばれ、准教授に昇任できた。

皮膚科の勤務医だった未絵と交際して結婚、名古屋で生活を送っていたが、未絵の父親が病院長を務めるＵＭＣに三年前に招聘された。

ＵＭＣの部長になった今も、大曾根は天国から自分を見張っている。雑な仕事はしていない。それだけは胸を張って言える。

ただ、思いがけず高い地位を得たことで、いくらか守りには入っていたのかもしれない。


翌朝、パジャマ姿で顔を洗っていると息子の曜が抱きついてきた。

「パパ、おはよう」

「おはよう、曜。もうご飯は食べたのか」

「まだ」

「早く食べなきゃ保育園に遅れるぞ」

息子は電車の玩具を持っていた。いつもなら少し遊んであげるが、「パパは忙しいからママのところに行きなさい」と言い、不服そうな息子を背に自室に戻り、白シャツにウールのスラックスに着替えた。

ダイニングに行くと義父と未絵がトーストを食べている。

「あら、パパ早いやん。パン焼こか?」

杉彦は未絵の問いかけを無視した。

「お義父さん、おはようございます」

「おはよう」

つけっぱなしの七時のニュースを視聴しながら、新聞を読んでいた義父は、いつまで経っても杉彦が近づいてこないのを不思議に思ったようだ。

顔を向けたタイミングで杉彦は姿勢を正した。お義父さん——喉元からはそう出掛かったが、嚥下《えんげ》してから異なる言葉を選ぶ。

「院長、サウスニアの腎臓移植の件、実施したいと思っています。医の倫理委員会の開催をお願いします」

「ど、どうしたんだよ、杉彦くん、急に」

突然の申し出に義父は当惑していた。

5

杉彦はUMCで三例目の腎移植に臨んだ。サウスニア人の五十五歳の男性から五十四歳の妻への移植である。

一例目を施した時は緊張したが、今は完全に体が過去の経験を思い出している。

それでも全身麻酔したドナーの傷一つない腹部を見た時は、気持ちが引き締まった。今は数万件に一件、麻酔のミスでもない限り腎移植中に亡くなることはないが、その確率は医師に安心を与えるものではない。もし万が一のことがあったら大変なことになるという恐れと相まって、指先にまで神経を張り巡らせていく。

杉彦が若い頃は腰部《ようぶ》を大きく切開していたが、今は内視鏡を入れる十五ミリ程度の穴を脇腹に三箇所開けるだけだ。この穴から後腹膜鏡《こうふくまくきょう》を挿入し、恥骨《ちこつ》上に七センチほど切開した創から腎臓を摘出する。この術式であれば小腸や大腸のある空間に傷をつけないため、術後にドナーが腸閉塞《ちょうへいそく》などの合併症を起こす可能性もほとんどなく、回復も早い。

二酸化炭素を注入して腹部を膨らませ、カメラで腎臓や尿管を確認した。予想した通り、五十五歳の夫の胆嚢の周りに炎症が出来ていた。摘出には問題はないと、素早く片方の腎臓を剥離する。ドレーンを入れ、二時間で摘出は終了した。

「植えるぞ」

助手に言い、杉彦自身が腎臓を持って隣の手術室へと走って移動した。

全身麻酔をかけられたレシピエントである妻が、部下の医師によって右の腰骨の上から恥骨の上縁に向かって十五センチ、弓状に切開されていた。

杉彦は両手で腹を開き、中を確認する。C型肝炎の既往がある妻の体内は血が止まりにくくなっていて、少し剥離を進めるだけで細かな出血が生じ、それを止めるのに難渋《なんじゅう》した。

なんとか夫の腎臓を植え、動脈を骨盤内の臓器に流入する内腸骨動脈《ないちょうこつ》と、静脈は足から戻ってくる静脈に吻合《ふんごう》し、クランプを開放する。しばらくすると尿が出てきた。

「よし、縫合《ほうごう》だ」

自分でも驚くほど手際がよく、手が勝手に動いた。

「縫合終了」

予定時刻より早く告げると、医師や看護師から笑みがこぼれた。指示通りに補助しながらも、彼らは杉彦の精緻《せいち》を極めた手技に見入っているようだった。こういう手術を続けていれば、外科医として志の高い若い人が、噂を聞きつけUMCに来ることだろう。病院全体の士気も高まる。

術後は免疫抑制薬で様子を見る。

六日後、腎臓を植えた女性に微熱が生じた。三十七度程度で、女性もだるさ等は感じないと話すが、杉彦はこの熱源がどこにあるのか探した。

細菌感染や真菌感染、サイトメガロウイルス感染など考えうるあらゆる検査を行った。

女性の表情に不安が宿る。腹腔内感染の疑いが濃厚であると考え、抗生剤を投与した。

その夜は病院に泊まり、何度も病室を往復した。三十六度台に下がった熱が深夜、三十七度台に再上昇した。もし自分の診断が間違っていれば、緊急再開腹となり、最悪、夫の腎臓が一つなくなった上に、女性は再び透析に戻ることになる。

一進一退が続いたが、二日後の朝には炎症は治まり、平熱に戻った。

腹腔内感染で正解だった。それを早期に発見できたことで大事に至らず済んだのだ。

「もう大丈夫です。安心してください」

杉彦が英語で告げると、女性は愁眉《しゅうび》を開いた。

「輪島、今晩早く切り上げられないか。飲みたい気分なんだ。金曜だし付き合ってくれよ」

年の瀬が迫った平日、杉彦は輪島を誘った。

「ええけど、新町の店は、杉彦は別れた女がおるから行きにくいんやなかったっけ」

新町のクラブでホステスと関係ができ、それが未絵にバレたことは輪島も知っている。

地元では目立つ行動はできないと、それ以来、店から遠ざかっている。

「新町じゃない、大阪だ」

「大阪まで行くのか」

「リバティ・コンベンションの社員と飲み会をすることになったんだ」

「その会社って……」

「そうだよ、鬼塚がホテルで会っていた女だ。あの鬼塚ロイドが惚れた女がどんなのか、輪島だって気になるだろ？」

探偵の報告書は、鷲尾緑里以外では輪島に見せている。

「そんな場に、俺らがのこのこ出かけて、大丈夫なのか」

「平気だよ。ヤナダ製薬の尾崎《おざき》くんには、俺たちの病院名は出すなと伝えてるから」

その尾崎が、鬼塚と中原京香を見かけた社員である。R県出身で、UMCにもよくやってくるので輪島も顔見知りで、鬼塚が来る前は新町で接待を受けていた。

尾崎にセッティングを頼んだところ、中原京香は即答で返事をしたという。ただ警戒したのか女性社員二人を連れてきていいかと言ってきた。

メルセデスを梅田のパーキングに入れ、待ち合わせしていたイタリアンに入った。他のメンバーは来ていた。

「先生、お待ちしてましたよ」

三十代半ばの辣腕《らつわん》営業マンの尾崎が手招きして呼ぶと、奥の席で二人の女性が立ち上がって黙礼した。

一見して中原京香は分かった。目鼻だちがやや派手なつくりの色白女性だ。もう一人はショートカットの若い女性、京香も背はすらりとしているが、若い彼女の方が幾分高い。

「申しわけない先生、三人来るはずやったんやけど、リバティさんはお忙しいようで、一人は都合付かんようになったそうです」

尾崎が恐縮した。

「すみません。うちの会社も年末でバタバタしてまして」

グレーのニットに、黒のワイドパンツを履いた京香が言う。杉彦が想像していた通りの艶美《えんび》な声だった。

「普通はまず名刺交換ですけど、女性二人はイベンター、そして男性二人は医師、そして冴《さ》えない製薬会社の営業マンの五人による匿名《とくめい》の忘年会ということで」

尾崎が事前に打ち合わせをしていた通りのことを言った。

「あら、ただの飲み会ですか？　私は仕事に繋がる方を紹介していただけると聞き、来たんですよ」

京香が口を窄めて、悪戯《いたずら》っぽく微笑んだ。

「そうでしたね。我々が代表で開く学会ではぜひお願いします。でもこうして事前にお酒を飲むだけでも、最近は許認可権云々でマスコミからあれこれ言われてしまうので」

杉彦が取ってつけたことを言う。ただ研究会やシンポジウムをUMCで開くのは珍しいことではなく、学会も去年、UMCのリウマチ外科医が代表となって、潮コンベンションセンターで実施した。その気になればいくらでも開催できる。

「ということは、お二人は国立大学のお医者さまなん?」

若い女が聞いてきたが、「まっ、そのへんはおいおい。どうせ帰る頃にはバレてるでしょうし。賢ちゃんは酔うと脇が甘くなるから」と輪島に振った。

「じゃあそちらは賢ちゃん先生ね」京香が声を弾ませた。

「俺が弱いんやのうて、杉ちゃんが強過ぎんねん」

輪島が言うと、若い女が「スギちゃんって言うんや。そいなら、やってもらわんと」とけしかけてくる。

「急にむちゃ振りするなぁ」杉彦は一旦澄《す》まし顔をしてから「ワイルドだぜ〜」と言った。「久々に聞いた。似てるかも」と腹をよじる若い女の横で、京香は「そういうのもやってくださるんですね」と目を細めた。

とりあえず下の名前で呼び合うことになった。若い方は「マリコ」、京香は本名を名乗った。

まずはビールで乾杯し、彼女たちに好みを聞いて赤ワインをボトルで頼む。出てきたアンティパストの盛り合わせを、小皿に取り分けている京香の横顔をじっと観察した。

写真を見た時の印象と変わらなかった。目は左右均等で、はっきりした二重《ふたえ》のアーモンドアイ。顎のラインも綺麗だ。されど探偵の報告書にあった「際立つ美人」というほどではない。小皺《こじわ》までは化粧で隠し切れてなく、このレベルなら都会にはいくらでもいるだろう。

「お二人とも医療系イベントが専門なんですか」

フォークで食べながら杉彦が京香に尋ねた。

「それだけではないですけど、多いですね。年明けから大阪と神戸で大きなのが二つも入っていて、我が社はてんてこ舞いなんです」

「そんな忙しい時にお誘いしてしまったのですね。すみません」

「食べることと飲むことくらいしかストレス発散はないので」

「年明けからということは、イブも正月も関係なしとか？」

少し私生活に踏み込んでみたくなった。

「イブなんて私はもう何年も関係ないですよ」

「マリコちゃんは違《ちゃ》うでしょ？」

尾崎が振った。

「そりゃ、ねえ」

マリコが微笑む。

「やっぱ彼氏おるんや。医者やったりして？」

尾崎が突っ込んでいく。京香とばかり話していると怪しまれるのでちょうどいい。

「お医者さんのわけないやないですか。普通のサラリーマンですよ」

「今は医者より稼いでいるサラリーマンはたくさんおるからね」

輪島が言う。

「うちらの話ばかりで、ズルくないですかぁ。先生たちも少しは自分たちの話をしてください よ」とマリコは頬を膨らませた。

「今いる病院は内緒だけど、出身は教えます。僕は静岡生まれで、大学も静岡医大。その後、千葉や名古屋で勤務経験はありますけど、大阪は無縁です」

「賢ちゃん先生は？」

「俺は……」

口をもごつかせて杉彦を見た。杉彦が顎をしゃくったので「R県。大学もR国大で、十年くらい前までは神戸の病院におったけど」と正直に話した。

R県と聞いた京香がどう反応するか気になったが、彼女はちぎったフォカッチャをオリーブオイルにつけて食べていて、関心を示すことはなかった。

「専門は？」

マリコが訊く。

「さぁ、なんでしょう」

杉彦が両手を広げておどけた。

「スギちゃん先生は聞き上手だから心療内科。賢ちゃん先生はスポーツ選手のリハビリとか？　色黒でムキムキっぽいし」

「俺はただの筋肉バカやん？」

輪島がいじける。

「ほな、ERとか？」

「それなら許したる。これでも昔はジョージ・クルーニーに似てると言われたことがあるし」

「それ、絶対お世辞《せじ》やと思います」

マリコは手を口に当てて笑う。

「マリコさんの予想、なかなかいい線を言ってるけど、それより二人の出身は？　マリコさんはおもいきり関西弁だけど、京香さんは標準語のイントネーションだよね」

杉彦が口を挿んだところで、京香がフォカッチャを置き、「はい、分かった！」と右手を挙げた。

「ど、どうしたの、京香さん」

突然のことに身元がバレたかと、杉彦は動揺した。

「二人とも手を見せてください」

輪島と目を見合ってから両手を、手のひらを上に向けてテーブルに載せた。その手を京香は握ってひっくり返す。ひんやりした感触だった。

「外科医でしょう？」

ズバリ言い当てた。

「そうだけど、どうして分かったの」

杉彦の動悸《どうき》はまだ収まらない。

「こ、こんな手、どこにでもおるでしょう」

輪島が口籠《くちごも》りながら言った。

「お医者さんは毎日アルコールで洗浄しているから、こういう荒れた手になるのよ。とくによく手術をしてる外科医さんの手はこんな感じかな。この深爪の具合とか」

赤とブロンズのマニキュアで模様が描かれた長い爪で、杉彦の指先に弧を描く。

医師は深爪過ぎるぐらいいつも切り揃えている。いくら医療イベントを専門に手掛けてきたと言っても、外科医とまでは見極められない。

脳に割り込んできたのは鬼塚の姿だった。鬼塚の手で触れられてきたから、自分たちでも分かり得ない外科医の手の特徴に気づいたのではないか。

杉彦の心臓はずっと早鐘を打っていた。それでもパスタが出てきて、メインの肉料理を食べ終え、二本目のボトルを注文した時には、五人全員が饒舌《じょうぜつ》になっていた。

「へえ、京香さんって妹さんがいるんだ。仲はいいの？」

「それは二人だけの姉妹ですから」

「杉ちゃん先生って、ほんま聞き上手やわ。私、京香さんの下で二年間仕事をしてるけど、京香さんに妹さんがおるなんて初めて聞いたわ。どんなお仕事されてはるんですか」

「同業ってとこかな」

「イベント会社ってことですか」

「医療系ってことよ。みんなに話してるよ。マリコちゃんが人のことに関心がないだけ」

「それって社会人としてアカンってことやないですかぁ」

「それならマリコちゃん、京香さんに恋人がいるんかは知ってる？」

酔いが回った尾崎が質問する。

「それは……」

マリコがまごついた。

興味は湧いたが、「尾崎くん、そういう質問は今時アウトですよ」と諫めた。

「二人はどういう人が好みよ？　今の彼氏を聞くのはあかんくても、過去に付き合った彼氏はセーフでしょ」

尾崎がまたプライベートに踏み込んでいく。

「尾崎くん」

杉彦は注意するが、「私は年上でないと無理やわ」とマリコが答えた。

「そんなら、俺なんてどう？　三十六歳やけど、仕事一筋でバツもついとらへんし。女性にはとことん尽くすよ」

「尾崎さん、年収なんぼ？」

「えっ」

見事な返しに言葉に詰まった尾崎が、「こりゃ、とても製薬会社の営業マンじゃ手に負えませんわ。先輩方、出番ですよ」と杉彦と輪島に見やった。

「嘘ですって。私は年収より性格重視です。だいたいうちの彼氏、市役所の公務員やもん。尾崎さんの方が絶対ようけもらってるし」

「違うな。目が本気やったもん。マリコちゃん、金持ちが寄ってきたら今の彼氏をポイ捨てして、コロッと乗り換えそうや」

「そんなことしませんって」

二人のやりとりに杉彦はどう対応していいか困惑し、話題を変えようとした。先に京香の声がした。

「私は一生懸命仕事をしてる男性に心を奪われます」

「えっ」

男三人が同じ反応だった。

「それ、女はみんな同じ違《ちや》いますか」

マリコがさらっと言うが、京香は「そうかな。今は仕事よりプライベートが充実した相手の方がいいって人、多いんじゃないの？」と気持ちよさそうにワイングラスを傾けた。

「確かにそうかもしれん」とマリコ。

「ほら、ねえ？」

京香は杉彦に同意を求めた。

「そうですね。とくに今の若い人は」

どうにか合わせたが、鳶色《とびいろ》がかった瞳に杉彦の心はざわつき、あやうくグラスを握り損ねそうになった。

二時間半いて、最後はデザートと自家製のレモンチェロまで飲んだ。鷲尾緑里に言われたように会計は尾崎に持たせようと思っていたが、杉彦はトイレに行った帰りにこっそりと会計した。

女子用の化粧室から京香が出てきた。

「よろしいんですか」

「気にしないでください。イベントの準備に向けて忙しい中、付き合ってくれたのですから。いい気分転換になりました」

「それは私のセリフです」

距離が近いせいか、彼女の全身から漂う芳香に鼻孔《びこう》がくすぐられる。

「さっきはありがとうございました」

京香が両手を揃えてお辞儀をした。

「なんでしたっけ？」

「酔った尾崎さんが根掘り葉掘り聞いてきた時、注意してくださったので」

「ああ、あのこと。尾崎くん、普段は常識あるんだけど、今日は忘年会で羽目を外したのかな」

「ああいう時、きちんと注意してくれる人は少ないので」

それは尾崎が製薬会社の社員で、こちらが医師だからだ。逆なら言えていないかもしれない。杉彦は笑みだけを返した。

京香が席に戻ろうとした時、無意識に「あの……」と声が出た。彼女が振り向く。

「いえ、その、またお誘いしてもいいですか。大阪にはよく出張で来るんですが、一人で食事しても寂しいので……」

言ってからこれでは尾崎と同じで、先の誉め言葉が台無しになると反省した。

「はい、ぜひ連絡ください」

口許を引き、彼女は笑みを浮かべた。

「今月は忘年会とかで忙しいですよね？」

「うちの社はそういうのはやらなくなりましたけど、でも今月、また大阪に来られるんですか」

「はい来週、また来る用事があって。あっ、でも年明けの学会の準備で忙しいんでしたね」

「大丈夫ですよ。うちは残業にうるさくて、私、先月、規定を大きく超えたので今月は抑えるよう言われてるんです。良かったらここに連絡ください」

そう言ってポケットから名刺を出した。

《リバティ・コンベンション　第３チーム　チーフディレクター　中原京香》

会社の直通番号と社用メールが記されていた。

自分も出すべきかと思ったが、出せばこの魅力的な女性と二人きりで会うチャンスはなくなる。

「すみません。私の方は今日は持ち合わせてなくて」

「いいえ、構いません」

彼女に気を悪くしている様子はなかった。

尾崎はもう一軒行こうと誘ったが、杉彦が「女性陣は疲れているようですし、またの機会にしましょう」と終わらせた。そこでも彼女に目で感謝された。

三人と別れてから、輪島と代行車に乗る。隣で輪島が大きな欠伸《あくび》をした。

「鬼塚ロイドの女も案外やったな。若くないし、あのレベルやったら新町のクラブにも普通におるやろ」

輪島は京香の魅力に気づかなかったようだ。それは輪島には、鋭敏《えいびん》な感性がないからだ。杉彦や鬼塚とはその点が違う。

深夜に自宅に帰り、風呂に浸《つ》かった。ベッドに入ってからも京香の鳶色の瞳が脳裏から消えなくなっていた。

そのたびに鬼塚の顔がついて周り、心がかき乱される。

鬼塚はあの鋭い目で京香を見ていたのだろうか。そして京香は大きな目で見つめ返していた。いったいあの二人はどういう関係なのか、どこまで深い繋がりを持っていたのか、知りたくて堪らなくなる。

翌日から仕事には集中したが、つねに間近で京香に見られているようで、落ち着かなかった。

「大学の同級生が大阪に来てるんで、明日は大阪に一泊する」

あくる週の月曜日、未絵に告げた。京香には昼間のうちにメールをして、約束を取り付けていた。

　翌日、杉彦は定時に仕事を終えると、車を飛ばして大阪に向かった。ホテルに車を置き、チェックインを済ませてから約束した七時半に北新地《きたしんち》の一等地にある鉄板焼き店に入る。京香はすでに来ていた。

「本当にお誘い受けるとは思ってもいませんでした。社交辞令かと思ってましたよ」

　白のハイネックセーターにワインレッドのスカートを履いた京香に、パンツスタイルだった前回と違った魅力を感じた。

　カウンターで隣り合わせに座った。席と席とが他より近いように感じ、仕事中に消毒しても消えることがなかった香りに鼻孔が刺激される。

　三田牛《さんだぎゅう》のコースを注文して、白ワイン、赤ワインと二本もボトルを開ける。前回より話が盛り上がった。

　それだけ飲んでもまだ冷静だった。彼女はどうして杉彦の本名どころか、病院名も聞いてこないのだろうか。尾崎が内緒で話したのか。同僚と知って来てくれたのなら、鬼塚にもう未練はないということになるが。

　鉄板焼き店を出た時は、まだ九時四十分だった。

「よろしければもう一軒だけ付き合ってもらえませんか」

「はい」

即答だった。こんなにいい女がこんなに簡単に落ちるわけがない。仕事が欲しいだけだ。

そうであっても一向に構わなかった。彼女に頼まれたら、UMCで大きなシンポジウムを開催する。繁田理事長もそうした催し物は喜ぶし、知る限りの有名外科医を日本中から集めてみせる。

二軒目のバーでも京香は相変わらず自分の話はしなかった。

一方で杉彦には質問攻めしてくる。気を付けながらも嘘はつかずに答えた。「大変なんですね」「そんなことまでやるんですね、私なら絶対できない」そのたびに杉彦に顔を向けて感動してくれた。耳に息が吹きかかってくるようで、心が小躍《こおど》りする。

口が滑らかになり、研修医時代の上司の話もした。

「今でも私だけに厳しく接してくれた上司の顔が忘れられません」

「先生はその上司の方の背中を永遠に追いかけられているんですね」

「その通りです。ですが一生追いつけません」

「追いつけなくていいんじゃないですか。その上司の知遇を得たから今の先生の姿があるんですから」

知遇を得たから今の姿がある、言われて一番嬉しいことだった。

大阪まで来て酒を飲んでいることに後ろめたさがないわけではなかったが、厳しかった上司も酒飲みで、そこに唯一の情味を感じた。一仕事を終えた後の遊びくらい、あの世から眺めながら許してくれるだろう。

そこで彼女が珍しく自分の話をした。

「私の知り合いの先生もこう言ってましたよ。二十代で努力したものだけが、三十代で夢を見ることができるって」

これは同棲《どうせい》している研修医のことではない、鬼塚のことだ。

「その先生は、三十代は夢を見ているだけだったのですか？」

「仕事一筋でしたよ」

「では四十代は？」

嫉妬《しっと》の萌芽《ほうが》に思わず先走った。京香の瞳が反応する。

「いえ、自分の人生を俯瞰《ふかん》できるということは、経験を積んだ医者なのだろうなと思ったんです。医者の三十代はまだ修業の身で、夢なんて見られませんから」

「四十になっても変わらなかったですね。いつしか夢のために努力しているのではなく、患者さんの命を守るという使命感に駆られ始めたようです。そこまで行くとちょっと偉ぶってる医者に聞こえるかもしれませんけど」

「使命感も大切ですが、医師には謙虚《けんきょ》さも必要だと思っています」

鬼塚の無愛想な顔を思い出して呟く。

「おっしゃる通りです。というより人間らしさですよね」

やはり鬼塚のことを言っている。もはや鬼塚以外は浮かばなかった。

内巻きにした髪からは、香水とはまた違った、清廉《せいれん》な匂いが漂った。無性にこの女の素の顔が見たくなった。

十一時を過ぎたが、彼女は時計を見ることもなく、帰ろうとする気配がない。バーでの京香は薄い水割りを一杯飲んだだけで、その後は炭酸水になっていた。そう言えば鉄板焼き店でもワインの減り具合は遅かった。

十一時半を過ぎたため会計した。相当飲んだため、足がふらついた。少し大仰《おおぎょう》に足をもたつかせると、京香が「大丈夫ですか」と支えてくれた。

「少し酔い過ぎてしまった。京香さん、ホテル蔵澤《くらさわ》まで送ってもらえませんか。ロビーまでつけば、あとはフロント係がついてきてくれますから」

「困りましたね。ロビーまでですよ」

あっさり了承した。最初は彼女が鬼塚と会っていたエドワードホテルに泊まろうと考えたが、余計なことをしなくて正解だった。

外はこの冬一番の冷え込みで、ジャケットの上にコートを羽織り、マフラーを巻いた重装備でやってきたのに、彼女のつめたい手は火照《ほて》った体を冷やしてくれるようで気持ちがいい。

タクシーに乗る。堂島上通り《どうじまかみどお》で前を自転車が横切り、運転手が急ブレーキをかけた。肘が京香の胸に触れた。京香は身をよじったが、怒ってはいなかった。

降車場に到着した。ロビーまでと言っていたのに、京香はなんのためらいもなく、杉彦の体を横から支えるようにしてロビーを通過する。杉彦もここまで来て逃げられてたまるかと京香の肩をしっかり抱き、エレベーターに乗った。

十三階で降りてすぐのところが部屋だった。渡したカードキーを京香がセンサーに当てる。

開いた扉の中に足を踏み入れた時、足元がおぼつかなかった杉彦は倒れるようにベッドに飛び込んでいく。

京香も一緒かと思ったが、大の字に寝ているのは杉彦だけだった。

「ねえ、京香さん、こっちに来てくれないか」

杉彦は甘えるように両手を伸ばした。

カードキーを差せば電気はつくのに、京香は灯りをつけようともしない。代わりにドアのロックバーを立てドアを半開きにしている。廊下から漏れる灯りだけが視界の頼りだった。

「なにもへんなことをしようっていうんじゃないよ。横にいてほしいだけなんだ。外から丸見えだからドアを閉めて、電気をつけてよ」

警戒はされているが、帰る素振りがないのだから、まだ脈はある。

金を求めているのか。それではまるでプロの女だが、こんな時間まで連れまわしてタクシーで帰すことになるのだから、それくらい支払うのは礼儀だろう。

「そうだった。京香さんはここからタクシーで帰らなきゃいけないんだよね。先に払っておくよ」

ジャケットの内ポケットから長財布を出し、一万円札の束を摑んで手を伸ばす。感触的に五万は出した。指先に力が入らず、金はベッドの上に落ちた。

取りに来たら、強引に抱き寄せるつもりだった。抵抗されたらシンポジウムの話をもちかけようと思った。京香はその場から動かなかった。

「どうしたの、京香さん」

「先生は私が知っている外科医とは違いますね」

「どう違うんですか。と言うか、その外科医って誰なのかな」

一緒に住む研修医ではない。鬼塚と比較されている。それでもここまで付いてきたのだ。金を払う、要らないで揉めた鬼塚より、はるかに自分が優位な立場にある。

「先生もたくさんの体にメスを入れてきたんでしょうね」

京香から話を替えた。

「入れましたよ。当然じゃないですか」

「傷もたくさん見てきましたか」

「そりゃ外科医だから」

「その傷が気になったりするものですか」

「気になったら医師なんかやってられませんよ」

「そうですよね。でも医師には謙虚さも必要だよともおっしゃってましたよね」

「京香さんはそれを人間らしさと言い換えてましたね。前に付き合っていた医師が、そうした人間らしさに欠けていたんでしょう。一方、今付き合っている医師は、いくら人間的な情はあっても、京香さんには物足りないんじゃないですか」

「えっ」

「い、いや、医療イベントのお仕事をされているから、今の彼氏も医師かと思ったんです。きっと京香さんにふさわしいイケメンの医師なんでしょう」

　余計なことを口走ったと焦ったが、酔った頭でうまくまとめることができた。

「医者だとよく分かりましたね。その通りです」

　彼女はすんなりと認めた。

「やっぱり、そうでしたか。だけどどうして医師ばかりと付き合うんですか」

「私は一生懸命仕事をしてる男性に心を奪われると言ったじゃないですか。たまたまそれがお医者さんだったというだけです」

若い医師に嫉妬がうごめく。だが今ここにいるということは、その医師にはそこまで本気ではないということだ。

「そんなことはどうでもいいな。私はその若い医師より死ぬ気で仕事をしてきたし、かと言ってあなたの昔の彼氏のように傲慢《ごうまん》でもない」

「つまり先生には心があると言うんですね」

「もちろん、その医師とは全然違うよ」

「私が言う心とは、医者としての心ではないですよ。人としての心という意味ですよ」

この期に及んでなにを言っているんだと思いながらも「人としての気持ちを分かろうとしない時点で、その男は医師失格ですよ」と鬼塚を非難した。

「ここでそんな難しい話をしても仕方ない。絶対的に言えることは、私の方があなたへの思いが強いということだ」

京香の心の中に今も残る鬼塚への未練を消し去り、彼女のすべてを奪う、その思いで脳が満たされ、一気に捲《まく》し立てた。

京香が微笑みをこぼした。

「やっと納得してくれたか」

杉彦は安堵の笑みを返した。京香は返答もせずに、俯《うつむ》き加減でその場でコートのボタンを開けていく。コートを脱ごうとしているだけなのに、その仕草は妖美《ようび》だった。

ボタンをすべて外して前が開いたが、彼女はコートを剝ぐことはなく、両手で白のニットの裾をめくった。中に着たインナーも一緒にめくり上げていく。きめの細かい雪肌が、仄暗《ほのぐら》い空間に浮かぶ。スカートの上にはストッキングの縁も覗いた。杉彦は喉を鳴らした。

その時、視界に入ってきたものに杉彦の目は吸い寄せられた。

その白い肌に、皮膚を寄せた大きな縫い痕が見えたからだ。

帝王切開の痕かと思った。出産経験があり、それで傷のことを気にしていたのかと。

そう見えたのは酔いと冥暗《めいあん》に目がぼやけていたせいだ。

彼女が、ブラジャーが見えるまでニットをめくり上げると、波打つような縫い痕も胸へと伸びていく。

脇腹から発し、一旦下がって臍の上でJ字に曲がり、胸の下まで届く三十センチはある大きな傷痕だった。

「ど、どうしたんだ、その傷は」

生々しい切開創に杉彦は両肘をマットレスに付けて頭を起こした。

この傷ならよほどの手術だ。場所から浮かんだのは肝胆膵の一部切除、もしくは肝移植。じっと見ていると欲望が蠟燭《ろうそく》の残り火のように消えていきそうで、自《おの》ずと視線を逸らした。

「酔いが覚めたようですね」

移り気を気づかれた。

「い、いや」

「そりゃびっくりしますよね。私が最初に見た時も、こんな醜《みにく》くて大きな傷が自分の体にあるのが信じられなかったですから」

体の傷を辿っていた京香の視線が、杉彦に戻った。

「その気持ち分かっていただけますか。仙谷杉彦先生」

「私のこと、知っていたのか？」

「最初にお会いした時から鬼塚の知り合いだと思っていましたよ」鬼塚と呼び捨てにする。「匿名の飲み会など変ですし。ＵＭＣのホームページを確認したら、先生と輪島先生の顔写真が出てましたから」

「偶然同じ病院で働いているだけだよ」

「それなら病院で鬼塚に聞いてみてください。この傷のことも分かりますよ」

「なにを聞けというんだ。そんな傷、私は気にもしていないし」

「よくそんなこと言えますね、目を背けておいて」

「違うよ、あまりじっと見てはいけないと思っただけだよ」

「そうなんですか。でもさっき話に出てきた若い先生は、この傷を見た時、こう言いましたよ。『うわぁ、京香さん、すごいね。移植の痕ってこんなに大きな傷になるんだね。ねぇ、触っていい？』って」

京香は両手を開いて無邪気に笑みを弾けさせた。

「そんなデリカシーのないことを言ったのか」

彼女の視線が冷たいものに転じたことに、デリカシーに欠けているのは自分の方だと気づかされる。

「ほら、やっぱり」

「やっぱりって、鬼塚先生もひどいことを言ったのか？」

「彼は少し違います」

「私に人としての心があるかを尋ねたじゃないか。人間らしさとも。つまり鬼塚先生にはそれがなかったってことでしょ」

「でも鬼塚は違います」

「なにが違うんだ」

答えたくなかったのか、京香はそれ以上鬼塚については言及しなかった。だがその後の説明で、鬼塚に対しても彼女が傷ついていることは明白だった。

「私の体についたこの傷は一生消えることはありません。それだったら見て見ぬ振りをされるより、私の一部として受《う》け容《い》れてくれる人の方が、よほど愛情を感じます」

そう言い終えると、京香はニットの裾を下ろした。コートは開いたまま寄ってきて、ベッドに散った札を拾った。

「タクシー代としていただいておきますね」

揃えた札から一枚だけを抜き取り、残りはカードキーとともにベッドに置いた。

抱きしめられる距離まで接近していたが、杉彦の体は動かなかった。

「ごちそうさまでした。ぜひうちの会社を使って、学会を開いてください。その時は最大限のお手伝いをさせていただきますので」

元いた位置に戻ってからお辞儀をして、背を向けた。ロックバーを戻し、ドアを大きく開けた。

「京香さん、頼む、待ってくれ」

叫んだが、その時には後ろ姿は遠のいていき、やがてドアが閉まって、闇に落ちた。

翌日、杉彦は午前中に潮に戻り、午後から出勤した。

長い廊下を鬼塚が歩いてきた。いつものように鬼塚は目礼だけして、通り過ぎようとした。杉彦は呼び止めた。まだ二日酔いで頭痛が止まない。

「鬼塚先生って、これまで患者さんとお付き合いしたことがありますか。あっ、患者と言ってもいろいろありますね。例えば先生の専門である肝胆膵で大きな手術をした患者さんとか」

　昨夜から二人の関係をいろいろ考えた。鬼塚が知り合った女性がたまたま過去に肝移植をしたというのはあまりに短絡的《たんらくてき》過ぎる。あの傷を切開したのは鬼塚だ。しかしそうなると疑問が残る。傷があることは知っていたのに、どうして鬼塚は京香を傷つけたのか。

「どうしてそんなことを訊くんですか」

　さすがに不審がられたが、中原京香のことまで疑っている様子はなかった。

「いえ、私の知り合いの心臓外科医が、今度彼女さんの開胸オペをすることになったんです。なにせ結婚前なので、オペの後、どういう風にケアをしたらいいんだって相談されまして。私は妻や昔の恋人を執刀した経験がないので、正直困ってるんです」

「それは彼がどう思うかより、彼女さんがどうして欲しいかによるんじゃないですか。こちらの勝手な解釈でこうすべきだと決めつけたら、相手は反対に傷ついてしまうかもしれないですし」

　自分は傷つけたことなど一度もないかのように鬼塚は平然と返した。

「さすが鬼塚先生だ。よく女性の気持ちが分かってらっしゃる」

「よろしいでしょうか。回診の時間なので」

「それは申し訳ありませんでした。引き留めてしまって」

　杉彦は一礼して歩き出す。

昨夜の記憶が戻った。

薄明りがそこだけを照らすように京香がニットをめくって肌を露出していく。

通常は上から切り進めていく傷が、下から上へと露わになっていく姿は、今思えば艶《なま》めかしく、杉彦の胸の鼓動はいまだに収まっていなかった。

ただあの時、どういった態度を示せば、最低の反応をする杉彦を見抜いていた京香が心変わりして、一晩過ごしてくれたのか。

その答えだけはいくら考えたところで見いだせなかった。

医系技官　鷲尾緑里の警告

1

暗い色のコートを着た男女複数の職員を引き連れ、鷲尾緑里は病院の自動ドアの前に立つ。

一月五日午前七時、外来患者受付開始の二時間前だが、ドアは開いた。外来用に並ぶ椅子の前で、待ち構えるように立っていたのが、この広島創生《そうせい》病院の院長である。

「中国四国厚生局です。医療安全事故に関する調査のため、これより立入検査に入ります」

緑里は悄然《しょうぜん》とする院長に昨夜、電話で伝えたのと同じ内容を告げた。院長は徹夜で医師や職員に関連資料を処理するよう指示しただろう。その短い時間で隠蔽できることは限られる。

「年明け早々、地方厚生局が急にどんなご用件でしょうか」

院長の背後から、紺のピンストライプのスリーピースに口髭《くちひげ》を生やした中年男が出てきた。

「どちらさまですか」

「当院の顧問弁護士です」

弁護士が出した名刺を見ることもなく、緑里は黒のジャケットの脇ポケットにしまった。弁護士はむっとしながら話し始めた。

「昨年六月の死亡患者に関してですか。それでしたら保健所に調査報告済みですよ」

「その報告書は改竄《かいざん》されたカルテに基づいたものですよね」

「改竄なんてするわけないじゃないですか。前日通達だけでいきなり踏み込んでくるなんて、これじゃ捜査でしょう？　地方厚生局に捜査権などないはずですよ」

これ以上入り込ませないとばかりに、弁護士は緑里との距離感を縮めた。

弁護士が言ったことに誤りはない。医事課には、同じ地方厚生局でも麻薬取締部《マトリ》にはある捜査権はなく、検査も任意である。そして都道府県知事が許可している病院の検査は、通常、各市町村の保健所が担当する。ただし地方厚生局が立入検査をするケースもある。

「御託《ごたく》を並べるのは結構ですけど、我々は関係者から事情も聞き、内部資料も得ています。証拠もなく立入検査するほど、お気楽な人間とは思わないでください」と忠告した。

歯軋《はぎし》りする弁護士に、院長が「先生」とスーツを引っ張る。緑里は左腕を曲げ、カルティエの腕時計を眺めた。

「もう五分も余計にかかってしまいましたね。せっかく早く来たのに、九時の開院までには終わらないかもしれません。これじゃよほど協力してもらわないと騒ぎが患者さんに知れ渡ってしまいますよ」

　そう告げると弁護士も職員も道を譲り、邪魔するものはいなくなった。

　二時間ほどで病院の方々《ほうぼう》に散った職員が書類や電子カルテなどの任意提出を受けた。緑里は正午前には広島市内にある本局に戻り、上司の医事課長に報告した。

「それで医療過誤の証明はできそうかね」

　五十代の医事課長が眉を寄せた。立入検査までしたのに不正の証拠はなにも出ず、あとから抗議を受けるのを恐れているのだろう。

　厚生労働省の部局の一つである地方厚生局は現地採用の職員も多く、医事課のほとんどは地元で臨床していた医師である。緑里は本省採用で、三十四歳で入省して五年間は霞関で働いた。中国・四国九県を指導監督するこの中国四国厚生局には、去年の九月に来たのでまだ三カ月しか経っていない。この短い期間で自分が着任する前のカルテ改竄を暴いたのだから、前任者はなにをやっていたのか、呆れて物も言えない。

「証明って、確証があるから検査したんですよ。電子カルテも提出させましたし」

「あなたのことだから抜かりはないんだろうけど」

「ありえないことがいくつも見つかりました。右葉前区域S5からの出血と書かれていますが、同じ外科医としてそこからの大量出血は認められず、誤って血管を切ったとしか考えられません。手術に入った医師に聞いたところ、私が思った通り、執刀医の医長がミスして血管を切ったようです」

「それなら医療事故調査委員会の調査にのっとり、病院側が執刀医に注意を与えるなり、事故調に任せれば済む問題じゃないのかね」

「これはもっと根深い問題ですよ。創生病院では一年前に同じ外科で術死が起きています。今回、嘘が出たということは、その件でも虚偽記載されていた可能性が出てきます。

課長はそれでも放置しろと言うのですか」

「そんなつもりはないけど……」

「そうですよね。こんな隠蔽する組織を許していたら、厚生局はなにをやってんだということになりますよね」

課長はなにも言えなくなった。

自席に戻ると、バッグの中のスマホに着信が入った。厚生労働省のトップ、後藤幸嗣《ごとうゆきつぐ》事務次官からだった。

〈鷲尾くん、また活躍されているようだね。こちらでも噂になっているよ〉

「今回は相当悪質です。内部告発があったから良かったものの、先にマスコミに知られていたら厚労省の新たな汚点だと、大騒ぎになっていたかもしれませんよ」

〈そんな大層な問題だったのか。私はてっきり医師がミスしただけと思ってたよ〉

事情を知っていながら後藤は空惚《そらとぼ》けた。

「それよりなんの御用でしょうか。これから調べることが山ほどあるのですが」

面倒くさそうに話すと、後藤は話を替えた。

〈東京に戻ってきてくれないか。学会の先生たちとの食事会に出てほしいんだよ。先生たちがお冠《かんむり》でさ。鷲尾くんに話を聞いてもらいたいみたいなんだ〉

医師会ではなく医学会、「開業医」ではなく大学病院の教授らいわゆる「勤務医」で構成される組織からの要請らしい。

「どうして私が、ですか」

本省の移植医療対策推進室で移植に関わっていた頃は、移植に関する学会と密に連絡を取り、法制作りを話し合うために懇親会や食事会にも参加した。今は医師とは距離を取る立場にある。

「申し訳ございませんがそこまでの余裕がありません。押収した資料の精査もありますし」

断ったのに、後藤は笑っていた。

〈鷲尾くん、それが肝移植研究学会絡みだといっても、考えは変わらないかね〉

「肝移植研究学会がどう関係あるんですか。もしかしてそれって……」

頭に一人の男が浮かんだ。

〈よく分かってるじゃないか。最近、週刊誌や地元紙を賑《にぎ》わせているUMCの医師のことだよ。そうなると鷲尾くんにとっても他人事《ひとごと》ではないと思うんだけど〉

予想した通りの言葉が返ってきた。

「UMCでしたら次官の方がよろしいんじゃないですか。繁田理事長とは親しいのですから」

〈おいおい、勘弁してくれよ。繁田氏とは会合で挨拶されたくらいしか知らないんだから〉

本当にそうだろうか。繁田が旧潮市民病院の買収、ひいては昨年、UMCが脳死肝移植施設に認可されたことには、後藤の力が大いに関わっていると緑里は疑っている。

〈繁田氏が四国医大を買収して、UMCと合併しようとしている話は聞いてるかね〉

「噂程度ですけど」

曖昧に答えたが実際は調べている。R県にある私立の四国医科大学との交渉は、水面下でまとまり、近々発表する模様だ。傘下に収めたのち、繁田は大学の研究機関の一部をUMCに移す。そうなればUMCは特定機能病院の審査にも通りやすくなるという算段なのだろう。

「次官は、統合されればＵＭＣは特定機能病院になる。だから今回の問題は地方厚生局の担当だ、そうおっしゃりたいのですか」

〈毎度のことながら、鷲尾くんの先読みには恐れ入るよ〉

「繁田氏は、これからの病院は高い収益システムを目指さなくてはいけないと公言してるんですよ。こんなこと、誰だって分かります」

　後藤が緑里に依頼してきた理由も合点《がてん》がいった。

　昨年九月の脳死肝移植、直前でレシピエントを変えたことで、ＵＭＣは「医学会」から目を付けられた。こうした勝手な医療が続けば、肝移植研究学会はＵＭＣに与えた認可を取り消すだろうし、そうなれば厚生労働省も合併後に、特定機能病院の認可を与えていいものか慎重に検討せねばならない。後藤はそこで医学会の攻撃を受けるのを避けたいのだ。

〈私が行くと研究会の先生たちからいろいろと誤解を向けられるから、頼むよ。あなたの知り合いのＯ医師のことらしいんで〉

　今度は週刊誌に書かれたイニシャルで言い、声に猥雑《わいざつ》さが混ざった。

　週刊誌が発売された時も後藤から直々に連絡があり、〈Ｏ医師はすっかり時の人だな〉と言われた。後藤は、緑里と鬼塚に男女の関係があったと疑っているようだ。

「分かりました。その食事会とやらはいつでしょうか」

断っても無駄だと、緑里は受けることにした。

2

都内でも有名な中華料理店に、移植医療対策推進室長とともに先に着席していると、チャイナドレスを着た女性に案内されて三人が入ってきた。肝移植研究学会のトップである井口信治《いぐちのぶはる》北都《ほくと》大学名誉教授、森静子《もりせいこ》関東女子医大教授、橋田佑慶《はしだゆたか》和大教授である。

彼らは都内で行われた学会の帰りだった。出てきたフカヒレやツバメの巣といった食材を使った料理に舌鼓《したつづみ》を打っていたが、緑里は格別美味しいとも思わなかった。元より緑里は食に興味がない。三十代半ばまでは病院にこもりっきりで、手術や回診、術後管理に気を張って過ごした。昼飯抜き、夕食はおにぎり一つということもざらだった。

医師の仕事に行き詰まりを感じた緑里は三十四歳で臨床医をやめ、医師免許を要する医系技官として厚生労働省に入省した。

そこで目にした景色は、帝都大附属病院の医局という小さな世界に留まっていたことが恥ずかしくなるほどの医学界の汚れであり、心理学的正義概念の強かった緑里は、同じ正義を法学的に整備していきたいという使命感に駆られた。

ビールの後、紹興酒《しょうこうしゅ》を何杯かお代わりしながら、三人の教授と元上司の室長はどうでもいい話で盛り上がっていた。

教授たちは赤ら顔だが、同じだけ飲んでも緑里は酔ってもいない。緑里は苛々《いらいら》していたが、コースの〆《しめ》になる蟹《かに》の炒飯《チャーハン》と牛肉の焼そばが出てきた時、慶和大の橋田が「ところで鷲尾さん、彼、どうにかならんかね」とようやく本題に入った。

「彼とは？」

気づかぬ振りをする。テレビの報道番組にも何度か出演している橋田は、炒飯をすくったレンゲを口に運ぶ直前で止め、気取った作り笑いを浮かべた。

「惚けなさんな。我々の天敵、鬼塚氏だよ」

そう言ってから「ねえ、皆さん」と他の二人の教授に目を向ける。北都大の井口が「あんな勝手なことをされたら堪ったもんじゃない」と恨めしげにぼやき、関東女子医大の森も「私たちが築き上げた移植のシステムをなんだと思ってるんでしょうね」とファンデーションを厚塗りした頬に、嫌悪感を浮き立たせた。

他の二人は学会で顔を合わせた程度だが、橋田とは本省にいた時からの付き合いである。

当時の重要課題は生体移植だった。

死体移植は「臓器移植法」で罰則が決められているが、生体移植は日本移植学会の倫理指針があるだけで法律がない。そのため医師がやろうと思えば誰でもできる野放し状態になっていた。

そこで緑里は三年前、臓器移植法の改正を目指した部会を開き、生体肝移植も法制化し、臓器を提供したドナーへのアフターケアも国が責任を持ってやるなど、原案作りに入った。

最終段階に入ると橋田と二人で会う機会が増えた。何時間も膝を突き合せて議論し、とんでもなく骨が折れる作業をこなして、ようやく原案が見えた。

——この仕事が自分の使命だからか、それともあなたと一緒にできる仕事だからこんなに夢中になれたのか、僕は途中から分からなくなりましたよ。

バーで飲んだ後、橋田からキザなセリフで口説かれた。

達成感に酔っていた緑里は、この夜くらいはいいかと応じた。

部屋に入って先にシャワーを浴びたが、その後、橋田がシャワーを浴びている最中に服を着て、浴室のガラス戸越しに橋田に気変わりを告げた。

橋田は濡れた体のまま追いかけてきたが、緑里は振り返ることなく部屋を出た。それ以来、何度か誘ってくるが全部断っている。

一時の気の迷いで関係をこじらせたが、出来上がった原案の内閣法制局への提出に向け、専門医の同意を得るために学会に諮《はか》った。

質問を求めても挙手はなく、概《おおむ》ね賛成のように思われたが、最後になって愛敬病院センター長だった鬼塚鋭示が発言した。

——生体肝移植の法制化は大事なことですが、そうなるとますますこの国での生体肝移植が増えてしまいます。それよりはまず、この国の移植の八十五パーセントが生きている人間からの臓器提供に頼っているという現実を見つめ直すべきではないでしょうか。

鬼塚の反対意見に追随するかのように、以前から生体肝移植に否定的だった医師たちが「健康なドナーの体にメスを入れることは非倫理的である」「生体肝移植が当たり前になれば、家族や近親者が臓器を提供しないといけないという無言の圧力になりうる」と加担した。結果、緑里と橋田が煮詰めた原案は同意を得られず、提出は見送られた。そのことに橋田は今も恨みを持っている。だから「我々の天敵」と言ったのだ。

帝都大を離れて以降、鬼塚と連絡も取っていなかった緑里は、その学会に鬼塚が出席していたことすら、顔を見るまで気づかなかった。

「先生方がご不満なのは、新聞に書かれた外国人のドナーの問題でしょうか。それとも以前行われた脳死肝移植の……」

緑里が話している途中、井口が「別に外国人のドナーなんてどうでもいい。臓器売買があったとしても我が国では罰することはできんのだから」と吐き捨てた。

「先生、『どうでもいい』は無責任過ぎますわよ」

隣の森が諫め、「ネットワークからの連絡を受諾しておきながら、ドナーから取る直前になって注目度の高い中学生にレシピを変更するなんて、あっていいはずありません」と甲高《かんだか》い声で文句を述べた。

やはり彼らは、昨年九月に行われた脳死肝移植について腹を立てている。

「脳死肝移植施設に認可した最初の手術症例で、こんな不正が起こるとは思わなかったよ」

「あの男も小賢《こざか》しいことをするわよね。自分が脚光を浴びたいがために」

「だけど本当にそんなことができますかね」

三人の中で一番若い橋田が、二人の話に割り込むように疑問を呈す。

「どういうことよ、橋田先生？」

「だって森先生、よく考えてくださいよ。自分のところの患者を拒否しても、MELDスコアの高い患者が、ドナーが出た埼玉近郊の病院にいたら、臓器はUMCには回ってこなかったんですよ。自分の患者が、ネットワーク内でどれくらいの順番にいるのかは、我々にだって分からない訳ですから」

橋田は小鼻を膨らませ、飲み干したグラスに紹興酒を手酌《てじゃく》した。井口も森も閉口していたから橋田の指摘に納得したのかもしれないが、緑里の考えは違った。

「橋田先生もずいぶんお人がいいんですね。そんなことまで考えずにあの鬼塚氏が、移植を中止するわけがないじゃないですか」

　グラスを口に近づけていた橋田が、緑里の声に目を大きく見開いた。

「鷲尾さんは鬼塚氏が、自分のところに回ってくることを知っていたと言うのかね」

「知ってはなかったでしょうが、チャンスありとは考えていたでしょうね。夜中の十一時に連絡を受けて、深夜の摘出に間に合わせられる病院なんて、首都圏でもそうあるわけではないですから」

「あったらどうするんだね。ＵＭＣで移植を待っている高齢者も中学生も、二人とも命を失うことになったんだぞ」

「そんな時でも医師がやることは一つ、最善を尽くすことです。その六十六歳の患者はその後、肝硬変で亡くなりましたが、鬼塚氏はＣＨＤＦを実施し、脳死体が出るのを待ったそうです。中学生が危篤《きとく》に陥っても同じことをやったんじゃないですかね」

　待つといっても、脳死ドナーが年間四十〜七十例程度の日本で、そう都合よく回ってくるものではない。つまり鬼塚がしたことは、最後まで全力を尽くしたという単なるポーズでしかないのだ。

「私は皆さんの方がこうなることを予想された上で、脳死肝移植施設を認可したのかと思っていましたよ。ＵＭＣが申請した時には、鬼塚氏が術者になることは分かっていたわけですから」

　そう言って三人の教授の顔を見る。

「条件を満たしたのだから仕方がないじゃないか。そのための申請基準なのだから」

橋田が反論する。

「基準を満たしていたと言いますけど、UMCは開院して五年の病院ですよ。設備の完備や、病棟管理、看護手順の体制確保など、他にも条件があるんですから、研究会でなんらかの不備を唱えて、認可を持ち越すことだって、できたのではないですか」

「そこは、いろんな先生から強い推薦があったから」

隣から森が口を出した。

「いろんな先生とは医師ですか？　違いますよね」

緑里が目を向けて言うと、彼女は決まりが悪そうに目を伏せた。

要はそういうことなのだ。先生とは政治家のことだ。彼らは医学界の人間ではあるが、医師会とも繋がっている。医療報酬の値上げを求めて毎年、政府と折衝《せっしょう》している医師会は、力のある政治家に頼まれると、無視できなくなる。

「繁田理事長が各地でロビー活動をしていることは私も知っています。ただ繁田理事長は当初から『医療ビジネスとして病院経営に着手したい』と宣言したわけですし、そうなれば当然、こうした問題が起きるのも予測できました。先ほど井口先生はどうでもいいとおっしゃいましたが、地元紙にスッパ抜かれた外国人の移植患者にしたって、このまま実行されれば、テレビ、週刊誌、新聞、ネットを含めて蜂《はち》の巣《す》をつついたような騒ぎになりますよ」

「外国人の受け入れに関しては、我が国の医療が目指していく未来志向という点でも、受け入れに反対することはできないだろう」

「いいえ、井口先生。サウスニア人の特権階級の移植をやる代わりに、繁田理事長は商社と組んでサウスニア政府の金で病院建設を始めています。そんなことが表に出て、学会が忖度《そんたく》してるのを知られたら、それこそ先生方にもメディアの批判は飛び火しますよ」

「我々は別に忖度などしてない」

井口は否定するが、言葉に勢いはない。

「そもそも移植を営利目的にすること自体、生命倫理に反するものです」

緑里が言い放つと、一人だけ議論から離脱して、残りの炒飯を掻きこんでいた橋田が、お碗とレンゲを置いた。

「生命倫理まで出されてしまうと、先生方もこれ以上、鷲尾さんに言い返せませんね。いやぁ、お見事」

ナプキンで口を拭いてから、橋田は肩を開いてゆっくり拍手をする。緑里はその橋田を横目で睨んだ。

「私は生命倫理を語るためにここに来たわけではありません。このままでは皆さまが作った我が国の移植のルールを、たった一人の医師によって形骸化されるのです。いいんですか、このまま彼を放置しておいても」

睨みつけると、拍手していた橋田の手が止まった。

彼は咳払いをして、「失礼」とトイレに立った。

3

帝都大学を卒業し、国家試験に合格した緑里は、初期研修医を帝都大で終えてから、後期研修医は横浜の病院に出た。

そこで鼠径《そけい》ヘルニア、中耳炎《ちゅうじえん》、胃や大腸のポリープなどの症例を数多くこなし、帝都大に戻った。

帝都大病院では肝胆膵外科に入った。なぜ肝胆膵なのか、とくに理由があったわけではなかったが、当時の帝都大肝胆膵外科には、女性が一人もいなかったことが、負けず嫌いの緑里の血を沸き立たせた。

六歳上の鬼塚は大学院で博士号を得て、講師をしていた。勉強一筋の野暮《やぼ》ったい医師が多い医学部で、きりっとした顔で、いつも洗いざらしの白のボタンダウンに綿パン姿の鬼塚は、大学病院内の若い女医たちに人気があった。

――鬼塚先生はどうして外科医になろうと思われたんですか。

医局に勤務する全員で病院共用のラウンジでくつろいでいた時、初期研修で肝胆膵を回っていた女医が鬼塚にコーヒーを運んで媚《こ》びるような声で尋ねた。

医学書を読みながらサンドウィッチを頬張っていた鬼塚は、「ありがとう」と彼女に礼を言ってから答えた。

――子供の頃に読んだ漫画のブラックジャックに憧れたからですよ。

――それ、マジですか。

男性医までが一斉に茶々を入れ、ラウンジが笑いに包まれた。緑里も冗談かと思ったが、鬼塚は照れることなくパソコンを眺めていたから事実なのだろう。

怒ったことは一度もなかったが、だからといって優しいだけの医師ではなかった。若い医師の手技がわずかでも雑だと注意した。

――油断が許されないこの仕事で、過信は禁物です。

帝都大病院に仕事を疎《おろそ》かにする医師は皆無だったが、技術が身につくことで驕《おご》りが生じる医師に、とりわけ厳しかった。

准教授になるのは鬼塚の同期で、現在の帝都大学人工臓器・移植外科教授の坂井《さかい》の方が早かった。

鬼塚の手技や診療が坂井に劣ったわけではない。鬼塚の方が上だと見ていた医師や研修医は多くいた。

梅原が坂井を選んだのは、慎重な鬼塚は手術に要する時間が長かったこと、そのことを梅原が注意しても鬼塚は謝罪せず、「このオペにはこれくらいの時間は必要でした」と反論するなど、医療以外のことが影響している。

なにせ肝胆膵外科の名医として広く知られていた梅原は、驚くほど器用で、オペの時間が短いことで有名だった。

出血が止まらない肝臓でも、梅原がやると簡単に止まる。難しい門脈もぱっぱと結び、「はい、おしまい。縫合して」と手を挙げる仕草は、研修医たちがよく真似をしていた。手術中は古い洋楽を流し、すべてが粋だった。

学内に梅原－坂井というラインができたことで、当時の医局には「速い手術が是《ぜ》」という考えが浸透した。

それは帝都大に限ったことではなく、手術時間が長くなればなるほど患者の体力を奪い、医師の集中力も欠くことになるのだから当然の考え方でもある。

しかし鬼塚は自分のペースを崩さず、研修医がやるような簡単な手術でも切開部にマーカーで印をつけ、手術中に出血した血管はすべて結紮《けっさつ》する。

助手に入った時は梅原より先に手が動き、梅原が無視しようとした血管まで縛るのだ。鬼塚が助手を務めたオペでは、梅原はいつも苛立っていた。

その頃、緑里は、毎晩深夜まで医局に残り、鬼塚と二人だけで仕事をする機会が増えた。

アルコール洗浄で皸《あかぎれ》た手で、誰よりも多くの医療をこなす鬼塚からは、理想とする医師像を感じた。

だからと言って、必要以上に心を奪われたわけではない。鬼塚には交際している女性がいて、婚約していることも知っていた。

梅原や鬼塚によって、医療技術の奥深さをまざまざと見せつけられた緑里は、自分も早く一人前の外科医になりたくて、私生活に構っている余裕はなかった。

そうした努力が梅原にも認められ、梅原の前でオペをする機会が増えた。

それまでの緑里は鬼塚のように丁寧な手技を心がけていたが、梅原はそれを許さなかった。「もっと速く」「時間をかけるな」つねにプレッシャーをかけられた。

梅原は学会にも緑里を連れていくことが多くなった。

院内では梅原の愛人ではないかという噂が流れたが、そうした野卑《やひ》な話をするのは、認められない医師たちのやっかみであり、緑里は気にも留めなかった。

確かに旧知の他大学の教授に緑里を見せびらかすように紹介することはあったが、紳士の梅原から男女の関係を迫られたことは一度もない。

坂井から二年遅れで、鬼塚も准教授になったが、すでに次期教授は坂井で内定していたも同然で、鬼塚が大学を出るのは時間の問題だと言われていた。

それでも緑里の目標は鬼塚であり、鬼塚を超える技術を身に付けることだった。

梅原の厳しい指導にも耐え、緑里は日々研鑽《けんさん》した。


肝移植研究学会の三人と食事した後は羽田近郊のホテルに一泊し、翌朝一番の飛行機で広島に戻った。

医事課に入ると真っ直ぐ課長席に向かい、保健所にUMCへの医療監視を要請してもらえないかと申し出た。

「UMCは半年前にやったばかりじゃないか」

資料を眺めながら医事課長の顔が皺ばむ。

医療法第二十五条第一項の規定に基づく医療監視は原則一年に一度行われる。検査日を事前通知し、調査内容は人員及び設備を有し、かつ医療安全等について適正な管理を行っているか否《いな》かなど、病院側はそれに沿った資料を用意しておく。抜き打ちでないのは、問題が出ないようにする配慮であり、言わばデキレースである。

緑里がUMCの医療監視を申し出たのは、昨夜の会食後に後藤から電話があったからだ。

――三人の先生の顔を立てるためにも、鷲尾くんから鬼塚氏を説得できないか。先生たちに、あの男をこのまま放置していいのかと言ったそうじゃないか。

――言ったのは事実ですが、説得とは具体的にどういう意味でしょうか。

昨夜の教授たちは鬼塚が脳死肝移植の順番を意図的に変更したことを怪しんでいたが、後藤が気にしていたのはもう一方だった。

――今後、問題になるとしたらサウスニア人のドナーの件だよ。姻戚関係にない疑いがあるとマスコミが報じたドナーの移植を、なにも証明することなく強行したら大変な騒ぎになる。

――今のところ、地元紙が書いただけだと存じあげておりますが。

――その地元紙の記者が、昨日来たんだよ。記者は、繁田理事長がサウスニア政府から助成金を得る対価として、日本国内での移植数を約束したことまで摑んでたよ。

――それでしたら繁田理事長が親しくしている政治家先生に頼んで、説得してもらえばいいんじゃないですか。鬼塚氏に移植はやめるようにと。

――約束のノルマは、UMCはクリアしたそうだ。だけど繁田さんが言うには、どうもそういうわけにはいかないらしい。

――そういうわけとは？

――日本人、外国人に関係なく、たくさんの命を救ってほしいと言った手前、ノルマは達成したからこれ以上やるなとは言えないんじゃないか。

聞いていて辟易《へきえき》した。なにが「繁田氏とは会合で挨拶されたくらいしか知らない」だ。

こんな深い内容まで聞いているではないか。

――そうなると鷲尾くんしか頼めなくなる。

――なんだか私は次官のお使いみたいですね。

――私が鷲尾くんに頼まれて、使いをしたことは幾度もあるけどな。

臓器移植法改正の原案作りの際には、後藤に頼んで各移植学会の名物教授たちと、会合の場を設けてもらった。

――分かりました。でも今回だけにしてくださいね。私も業務に追われていますので。

そう言って渋々受けたのだった。

当初はＵＭＣへの医療監視に難色を示した課長だが、「後藤事務次官からの指示ですけど、断りますか」と迫ると、「潮市の保健所にはあなたが連絡してくれ」と言い直した。

緑里は潮保健所への連絡を入省二年目の男性職員に任せた。彼はあまり働き者ではないが、周りから恐れられている緑里にも、萎縮《いしゅく》することなく物を言うので使いやすい。

「どうだった、ＵＭＣの反応は？」

「仙谷という院長、慌てふためいていたようです。三日後って、普通は一カ月前には通知してくれてるじゃないかって」

「そりゃ慌てるだろうね」

定期の医療監視は、広島創生病院で電子カルテなどを押収した立入検査ほど強い指導力があるものではない。

それでも病院は、医療監視の連絡を受けると、医薬品の安全管理に不備がないか、診療録に法定項目が記載されているかなど、数日掛けて準備に追われる。

「鷲尾さん、いつもそれ飲んでますね」

男性職員が、緑里の机の上にある健康ドリンクに目をやった。薬局で百円程度で売っている安いものだ。

「これを飲んでると、寝てなくても疲れが出ないのよ」

緑里は瓶を手に取った。まだ残っていたので、蓋を開けてすべて飲み干す。

「そういうのって気休めでしょ？　一本二千円くらいする高いクラスのならまだしも」

彼は肩を揺らして笑った。緑里は蓋を閉めて、仕分けされているゴミ箱に捨てた。

健康ドリンクは、師匠である梅原が毎回、手術前に飲んでいた。

坂井は「帝都大の名医が、たかだかタウリン千ミリグラムくらいで体に効いていると信じているんだから笑ってしまうよ」と陰で嘲笑していたが、鬼塚も飲んでいた。そして緑里も毎回、飲んでからオペに臨んだ。

なにも本気で疲労回復の効果があるとは思っていない。

緑里にしても鬼塚にしても、最初に入った手術が梅原の執刀だったのだ。オペ中に洋楽を流すことにしても、梅原のやり方を引き継いだに過ぎない。

鬼塚は今も同じ方法でオペに臨んでいるのだろうか。

ただ鬼塚が引き継いでいようがいまいが、今の緑里の職務とはなんら関係のないことである。

4

医療監視当日、病院の入り口では仙谷博院長、仙谷杉彦第一外科部長が待っていたが、鬼塚の姿はなかった。

保健所の職員が中に入っていく中、緑里は仙谷院長に近寄って名乗った。

「どうして地方厚生局が？」

仙谷院長が目を点にしていたが、その問いには答えずに「鬼塚第二外科部長は」と尋ね返した。それまで不満と憂《うれ》いを表情に混ぜていた仙谷院長の白い眉が動いた。院長はそこで今回の検査の目的が分かったのではないか。

「鬼塚部長は在院していないとか？」

「いますよ。これからオペです」

「オペですって？」

通常、検査が入ればその日はオペを控えるものだ。

「そのオペ、見学させていただけますか」

考えるより先に言葉が出た。

「今回の検査と関係があるのでしょうか」

口を出してきたのは第一外科の仙谷杉彦だったが、仙谷院長が「私がご案内します」と緑里をエレベーターに案内した。

オペは五十代男性の肝臓癌のステージⅢの血管再建を伴うもので、仙谷院長からは「延期も検討したのですが、患者の肝機能が低下し、危険な状態でしたので」と説明を受けた。

ガラス窓を通して六年ぶりに見たオペ着姿の鬼塚は、当時と変わっていなかった。洋楽が流れる中、緑里は過去に何度も想像した、鬼塚の節高の指に目をやった。

肝臓を摑んだ鬼塚は、切除する癌ブロックの隣の区域に右手で蛍光色素を注射した。

鬼塚は極めて慎重だった。それも当然で、癌自体に刺してしまうと癌細胞が周りに飛び散る。そのためここでは光らせたい区域に通じる血管の位置を超音波で探りながら、確実に色素を血管に注射しなければならない。そして癌ブロックのギリギリを狙って、クーパーで砕くように切り離し、血管が出てくるたびに止血をする。

その間、鬼塚の左手は一・五キロはあろう肝臓を持ちっぱなしになる。くりぬいた癌は黒くて、溶岩の塊《かたまり》のようだった。

――手術が速いのと雑なのは違う。きみのやり方ではいつか患者を死なせてしまう。

ふと誰のものとも分からない声が響いた。

緑里はオペ室を見回す。鬼塚の声ではない。それを緑里に言ったのは梅原だ。封印していた記憶が甦《よみがえ》り、全身に電気が流れたように身震いした。

「このオペ、予定時間はどれくらいですか」

心の揺れを隠して、緑里は隣の院長に尋ねた。

「五時間の予定と言っていましたから、あと三、四時間といったところでしょうか」

腕時計を見る。八時五十分なので四時間かかっても午後一時には終わる。

「ところで院長、昨年、本院から北部分院に異動した研修医がいると聞いたのですが」

「おりますが、彼がなにか」

「会わせていただけませんか。そんなに時間は取らせません。お昼休みの二、三十分くらいで構いませんので」

「彼に会いたいってことは、この検査は九月の脳死肝移植が関係しているのですか」

「詳しいことはお話しできません」

顎に皺を寄せて考え込んでいた院長が、「分かりました。北部分院まで車で一時間半ほどかかりますので職員に送らせます」と同意した。

「四国厚生支局の車で来ていますので、自分の運転で参ります」そう遠慮してから「鬼塚先生には手術後……そうですね、術後管理等もあるでしょうから、午後三時に時間を取っておいてほしいと伝えてください」と伝える。

「その際は私も同席します」

「いいえ、鬼塚先生だけでお願いします」

そう述べた緑里は、術野と心電図を交互に見ながらオペを続ける鬼塚に背を向けた。

5

「もちろん鬼塚先生に対して怒りはありますよ。恨んでいると言ってもいいほどです。私の医師人生を滅茶苦茶《めちゃくちゃ》にされたんですから」

現れた竹内正海は、外見こそ髪に軽くパーマをかけた今風の若者だったが、声は落ち着いていて、理知的な印象を受けた。

「こちらではなにを」

「外来です」

「一般内科も診てるってこと?」

「最初から肝臓や膵臓が悪いことが分かっている患者はいませんから」

彼と同じ後期研修医の頃を思い出した。ただ帝都大の場合は、他の病院で肝胆膵に問題があると診断されて紹介状を持ってきた患者のみだった。

「それでも肝胆膵の領域に疾患が疑われると診断された患者は、私に回してもらうようにしています」

竹内は怒ったような顔で緑里にそう続けた。鬼塚に外科医として失格の烙印《らくいん》を押されたくせに、プライドは残っているようだ。

「鬼塚先生からここに来るように言われたと聞きましたけど、どうして自分は本院から外されなきゃいけないのか、あなたは不満を言わなかったのですか」

「言っても無駄でしょう。私より先に野中教授に伝えたのだから」

「野中教授って、西京大の？」

「そうです、私の師匠が野中教授なので」

鬼塚から受けた仕打ちを思い出したのか、竹内の甘いマスクが紅潮《こうちょう》していく。梅原が鬼籍《きせき》に入った現在、野中は日本の肝胆膵治療のトップと言っていい。

「本人より先に、恩師に連絡するとは、よほど嫌われていたのですね」

挑発すると竹内が目を剝いた。それが正解なのだろう。言い返してはこない。

「ところで脳死肝移植を断った膵臓腫瘍の六十六歳の男性について教えてくれます？　あの患者さん、どうして当日まで背中の痛みを明かさなかったのかしら？」

「それは……」

言いかけて口を結ぶ。

「部外者に患者の個人情報を漏らすのは法律違反だと言いたいのですね。でも私は医師免許を持っています。医師同士の会話としては問題ないんじゃないですか」

「…………」

「それに私はあなたが言ったことを、誰にも口外するつもりはありませんし」

なかなか話そうとしないので、「外科医として表舞台に戻りたいんでしょ。こんな田舎の分院で暇な時間を過ごすより、大きな病院で仕事をしたい。ここにいても西京大卒の看板が汚れてしまうだけでしょうし」と神経を逆撫ですることを言ってこの医師の高いプライドを煽り立てる。

「ここは暇ではありませんよ」

狙い通り、食ってかかってきた。

「それならあなたのキャリアにふさわしくない時間、に言い直します」

「なにを知りたいのですか。答えられる範囲でなら話しますけど」

「広永敏雪さんの移植が中止になったのは夜遅くになってからですよね」

「連絡を受けたのは午後十一時でした」

「その時、どう思いました？」

「こんな時間に中止と言われてどうするんですよ」

「その後に中学生への移植が決まったんですよね。それについては？」

「良かったと思いましたよ。路夢くんも再移植しないことには助からなかったですし、それにせっかく埼玉まで来たのになにもしないで帰るのかと落胆していましたから」

「その時、疑問に感じませんでした？」

反応よく返してきた竹内が唇を嚙んだ。緑里は先を続ける。

「鬼塚先生の計算とは思いませんでしたか？　そんな遅い時間に中止にしても他の病院は受けられるわけがない。そうなると中学生に臓器が回ってくると……」

彼は否定も肯定もしなかった。

「やはり、あなたたちもそう思ったんですね」引っ掛けてみる。

「思ったのは路夢くんの移植が終わった後ですよ」

「後だろうが、思ったんですね？」

予想した通りだ。医師たちでさえ、鬼塚の企みだと疑った。ほくそ笑んだところで、竹内の絞り出したような声が耳に届く。

「でも鬼塚先生の判断は正しかったと思っています」

「どういうこと？」

「広永さんは以前から背中に痛みを訴えていましたから」

「それを回診した輪島先生が見逃した？」

「なぜ、それを」

竹内は驚くが、緑里は「気にせずに続けてください。そのことが鬼塚先生に伝わっていなかったとしても、どうして移植当日の十一時に分かったのかを訊いているんです。そこが一番怪しいんじゃないですか」

「それは……」

竹内はまた口を噤んだ。

「あなただってその点に疑問を覚えたはずですよね。あまりに都合が良過ぎるって」

正解を言い当てたつもりでそう話したが、竹内は首を大きく振った。

「広永さんは我慢してたんですよ。我慢しているのを、鬼塚先生が見抜いたんです。それとも隠していた痛みが、つい表情に出たか……」

「どうして隠すんですか」

「当たり前じゃないですか。余計なことを言って移植が中止になったら大変だという予感があったからです。移植を待つ患者は、自分には回ってこないのではと、つねに不安になっているのですから」

「そんなこと、あなたに言われなくても分かってます」

十歳以上も年下の研修医に指摘されたことに冷静さを失った。緑里の方が多くの移植患者を診てきた。患者や家族の喜ぶ顔も不安な表情も目にした。望みが叶わず悲しむ顔も知っている。

「最初に鬼塚先生のこと、恨んでいると言ってましたよね。それなのにずいぶん庇《かば》うことを言うのですね」

熟慮《じゅくりょ》していた竹内が大きく息を吐いた。

「恨んでるのは事実です。でも『恨み』と『認める』は違います」

不信感の塊のようだった会話の当初とは打って変わって、竹内は鬼塚を擁護する。

「それから恨んでいると言いましたが、それは私が異動を知るまでの手順の問題であって、チームから外されたのは、私に医師としての自覚が欠けていたからです。それまでの私は一人前の外科医になったと勘違いし、自分になにが不足しているのかも気づいていませんでした。この分院でもう一度医療を学び、いつの日か鬼塚先生に認められる医師になりたいと思っています。なのでここで外来をやっていることを、西京大の看板を汚してしまうとか、キャリアにふさわしくないとは私は考えておりません」

竹内の強い言葉に、臨床医だった頃の自分が呼び戻された。

──油断が許さないこの仕事で、過信は禁物です。

今度は鬼塚の声だった。だが今そんなことを考えてどうすると、緑里は心を閉じる。

「そうですね。どこで仕事をしようが医者は医者ですものね。短いお昼休みを潰してすみませんでした」

6

本院に戻った緑里は、院長に掛け合って、天羽路夢の移植に立ち会った二人の看護師に任意で聴取した。

「私は術前訪問はしていないので広永さんがどこまで背中の痛みを訴えていたのか分かりません」椿原理央という看護師は厳しい顔をし、「けど術後、広永さんは『背中が楽になったのはありがたいです』と話していましたから、痛かったのは本当だったと思います」と答えた。

続けて入室した外回り看護師でオペに入った藤本梢恵は「私は鬼塚先生と一緒に術前訪問しましたが、横向きになった時に急に顔を歪《ゆが》めたんです。そこで鬼塚先生が検査しましょうと言ったんです」と回答した。二人の看護師とも鬼塚を擁護した。

どうせ時間通りには現れないだろうと、約束した時間より十五分遅く、職員に案内された来賓室《らいひんしつ》に入った。案の定、鬼塚の姿はなかった。五分経過すると仙谷院長がハンカチで汗を拭きながら入ってきて、「オペした肝臓癌の患者の術後管理に時間がかかっておりまして。実は患者が……」と説明しようとした。緑里は「わざわざ理由を伝えていただかなくて結構です」と手で遮《さえぎ》った。

十五分して、切れ長な目をした男が現れた。

「待たせてしまいました、鷲尾さん」

鷲尾先生が鷲尾さんに変わったが、昔と同じ丁寧な物言いで、白衣を羽織った鬼塚は対面するソファーに腰を下ろす。

緑里はじっと顔を見ていた。帝都大時代より顔に皺が増えたが、歳を取ったというよりは外科医として脂が乗り切った面構《つらがま》えをしている。

「お変わりないようですね」

「そうですか。鬼塚先生の方はずいぶん変わりましたね」

「それは歳を取ったからじゃないですかね。私を聴取したいということは、今回の検査は私に問題があるのでしょうね」

そう言いながらも危惧している様子はなかった。医局で仕事をしていた時からこんな感じだった。心の中をけっして覗かせない。

「私が変わったというのは鬼塚先生がいろいろメディアを賑わしていることです。中学生の陸上選手は春には部活も再開できるとか。そのことを大々的に報じた海南新報には、UMCが偽装結婚の外国人ドナーの移植を行おうとしていると記事が出たみたいだけど」

監督官庁という立場を示すため、あえて常体と敬体を混ぜて会話をする。

「リンちゃんのことですね。女児とドナー女性との関係については当院で調べています」

「すでに一度、医の倫理委員会の開催を求めたと聞きましたけど」

求めたが、翌日に海南新報が疑惑記事を報じたため仙谷院長が開催を止めた。

「私が知っている鬼塚先生は、とても慎重な方でした」

「慎重なのは今も同じですよ」

「梅原教授がやろうとする極めて成功率の低い手術には反対していました。とくに生体肝移植ではいつも意見が分かれていましたよね」

梅原に限らず、現在七十歳以上のベテランは、有能な医師ほど移植に挑戦しようという風潮にある。それは生体ドナーからの肝移植が世界で初めて行われたのが一九八八年、日本では翌八九年で、それまでの長い間、移植すれば助かる命をどうすることもできず、無力だったという時代背景も関係している。

だからこそ九〇年代に入り、生きている人間からの肝移植が認められるようになって以降、医師はそれまでの我慢が爆発したかのように移植をやりたがり、他の医師ができないと投げ出したと聞くと、自分ならやれると腕試しのように挑むようになった。

しかし鬼塚はその年代ではない。彼が研修医の頃から生体肝移植は始まっていた。

「いつも反対していたわけではないですよ。生体肝移植でしか助からないのであれば、私からそうすべきだと進言したこともあります。たとえそれが厳しいものであっても」

「先生には倫理観がありましたよね。あれは私が坂井先生の前立ちをした時でした。『この移植は大学基準では難しいと思います』と言った鬼塚先生に、梅原教授は『なに言ってるんだ、きみ。やると言えばやるんだよ』と言っていました。一時間ほどが過ぎ、私がオペが終わったことを報告に行っても、お二人の議論は続いていました」

「そんなこともありましたね」

「そこまで医師の倫理を考えられていた鬼塚先生が、今は外国人の偽装結婚の疑いがあるドナーの移植をしようとしてるんだから奇妙ですよね。外国人だったら家族関係がなくてもいいのですか」

「関係があると確信できれば移植します。違うことが判明すれば移植の準備ができてからでも即刻中止します」

昔から頑固だったが、医師としての姿勢は、当時とは大きく異なる。

「鬼塚先生が変わったのは、私は梅原教授が死なせた文藝時報社社員の肝癌のオペからだと思ってます。あのオペは、私が入る予定だったからよく覚えてます。あの日、教授は体調がすぐれないように見えました。私は不本意でしたが、鬼塚先生にはまだ追いつけないという自覚はありましたから、すんなり引き下がりました。ですが鬼塚先生が入られた意味はなく、患者を死なせてしまった」

「私も必死に梅原先生の執刀のフォローをしました。ですが、梅原先生の体調が優れなかったというのは事実ではありません。先生でも不安になるほど、あの手術は困難なものだったんです」

「困難なのは知っています」

緑里が前立ちの予定だったのだ。カンファレンスで画像を見た時、梅原の手技をもってしてもこのオペは難しいと感じた。今なら緩和ケアに切り替えるべきだと意見している。

「でしたら鷲尾さんも、あの時の先生の心境が理解できるはずです」

「難しいのが分かっていたのなら、手術すべきではないと患者さんに伝えるべきだったのではないですか」

鬼塚の目に緑里は非難をぶつける。だが鬼塚もしっかり見返してくる。

「本人がオペを強く望まれていたのです。患者が希望している以上、成功率が極端に低いオペでもやるのが医師です。結果は残念でしたが、患者の意思に沿ってベストを尽くす、あの日の先生は、ご立派だったと今でも思っています」

「ベストを尽くしたなんて医師の自己満足でしょ。でもよく分かりました。そのことが、先生が愛敬病院に引っ張られた理由なのでしょうね」

「どういう意味でしょうか」

「無理な手術でも引き受けた、それがいつしか先生の使命となった」

「私にそんな考えはありませんよ」

「でしたらお尋ねしますが、鬼塚先生は患者とのインフォームドコンセントは取れていますか」

文藝時報の社員のオペがそうだ。鬼塚は社員が強く望んでいたと言ったが、本当に意思確認ができていたのか。術前に病室を訪れた緑里の前で、三輪田友也はそこまで悲嘆《ひたん》に暮れた表情は見せていなかった。

「もちろんです」

「すべての移植でもそう言えますか」

「当然です。移植の場合、私より移植コーディネーターがやることになりますけど」

「それで愛敬病院から田村美鈴さんという移植コーディネーターを連れてきたんですか。今回のサウスニア人の移植も、そのコーディネーターが姻族と判断するのだとか言いませんよね」

「その通りですよ」

コーディネーターに責任のすべてを押しつけるように聞こえた。この男、いつからこんな卑怯な人間になったのか。人見知りではあったが、昔は医療に従事している仲間への思いやりはあった。

「そんなことはどうでもいいですね。だけど世界基準では生体肝移植に関する批判が多いのはご存じですよね。鬼塚先生は三年前の学会で、我々が勧める生体肝移植の法制作りに、反対したわけですから」

「その考えは今も変わっていませんよ」

「私もあの時の先生の発言は忘れていません」

移植を望む患者やドナーとなる家族のために、いや本音を言うなら移植をやりたがる外科医に制限をかけようと、橋田慶和大教授らと検討チームを組んで法案作りに取り組んだ。それに、この男は反対した。

緑里も自分たちが作った改正案が、生体肝移植の助長に繋がるという惧《おそ》れは抱いていた。

当時の検討チームが持っていたデータでは、ある年は脳死肝移植が「57」に対し、生体肝移植は「391」、その翌年は「57」に対し「381」、翌々年もほぼ同様の数字だった。

一方、調査時期は前になるが、米国は脳死肝が概ね「6000」に対し、生体肝は「200」、フランスに関しては脳死肝「1200」に対し、生体肝はわずか一桁しかなかった。緑里は入省以来、内科医的考察で患者や家族の肉体的、精神的痛みについて考えてきたのだ。ドナーになる家族の辛さも緑里は理解してきたつもりだった。

だがすべての国を同じ秤《はかり》にかけて比較はできない。銃大国で脳死ドナーが多く出る米国のような国は、日本とは環境がまるで異なり、脳死の判断基準も米国は「無感覚」「無反応」など曖昧である。なによりもキリスト教国家と、仏教や神道を背景に育った日本人とでは死生観が違う。

キリスト教でも死を哀《かな》しむが、神の国に行くという歓《よろこ》びも共存する。

日本人には「成仏《じょうぶつ》してほしい」や「盆に帰ってくる」という考えや習わしがあるように、死者のイメージに苦悩が消えることはない。

学会で反対してきた鬼塚に、緑里は「我が国ではいくら本人が脳死による臓器提供を希望しても、家族は心臓が止まるまで延命治療を続けてほしいと切望する」「諸外国のように本人か家族のどちらかが賛成すれば臓器提供できるシステムには永遠にならない」などと反論した。

議論は平行線で、鬼塚はさらに厚生労働省が実施する臓器移植の意思表示カードについても異議を唱えた。

健康保険証や免許証、マイナンバーカードなどでできる意思表示は世界各国でも行われているが、人口百万人あたりで十五人以上の脳死下臓器提供が行われているフランス、スペイン、イタリアといった所謂《いわゆる》「脳死ドナー推進国」では、意思表示カードも基本、拒否する人が《臓器提供はしません》にチェックを入れる。つまり《臓器提供する》が前提にある。

一方、脳死体移植の数が人口百万人にあたり〇・八人以下と著《いちじる》しく低い日本は、本人が意思表示せずに脳死になった場合は移植できない。我が国の意思表示カードは《（一）臓器を提供します（二）心臓が停止した死後に限り、臓器を提供します（三）臓器を提供しません》の三択になっていて、上位に《提供します》があるため、チェックを入れることに迷いが生じる。

　諸外国と比較すれば、日本の意思表示カード制度は《臓器提供しない》の意思提供に等しい。カードの質問項目は《臓器を提供しません》のみにすべきだ……鬼塚はそこまで主張した。

　あの時の激しいやりとりを蒸し返すように、緑里は言葉を強める。

「鬼塚先生はすぐに海外と比較しますけど、文化や宗教が違うのだから同じようには行かないですよ」

「アメリカでは六千の脳死ドナーに対して一万六千人が移植を待っていますが、アメリカの医師は生体肝移植をやりたがりません」

「やらないせいで、死亡している患者が多くいるということでは？」

「そうであっても外国の医師は、生体肝移植をすることに慎重になっています。生体肝移植はドナーやその家族に大きな精神的負担を強《し》いると」

「私だって脳死移植が理想だと思ってはいます。でも脳死を判定するのも医師だというのを忘れないでくださいね」

「医師を信頼せずに誰を信頼するのですか」

「私だって医師を信頼してほしいと思ってますよ。でもすべての国民がそうではない。『医師が移植をやりたがっている』という批判もあるのですから」

鬼塚の論点を先回りして潰していくが、鬼塚も応酬してくる。

「そうならないようにするのが、鷲尾さんたち行政の仕事ではないですか?」

「我々がいちいち脳死判定の場に向かうってことですか? それだと医師ではなく我々が判定することになるんですよ」

間髪容《かんはつい》れずに緑里も言い返した。もとより彼がなぜここまで脳死にこだわるのか、その理由が分からない。

「先生はあの時、大変な難題を押しつけてきましたよね。脳死体移植のセンター化という」

今は移植ネットワークが一括管理して、心臓なら全国で十一、肝臓なら二十五、腎臓なら百三十の病院が脳死下臓器を移植できる。鬼塚はそれを東京なら帝都大、関西なら西京大、北海道なら北都大など地域に一つに決めて全国数カ所に絞り、その地域で出た脳死ドナーの臓器は、優先的にその病院が移植する。そうすることで貴重な臓器を安全に、無駄にすることなく患者に移植できる。アメリカやフランスではこうしたセンター化システムが構築されていると唱えた。

だがこの国で実現することはありえない。地域に一つ、日本で北海道、東北、関東、中部、近畿、中国、四国、九州など八つの病院しか移植できないとなれば、そこに選ばれなかった医師が黙っていないからだ。

「あの時なぜ、先生がセンター化を強く主張したかよく分かりました。四国には脳死肝移植実施施設の認可を受けた病院はＵＭＣしかない。自分が脳死肝移植のできる医師になれると思っていたんですね」

いつからそんな野心家になったのだ。緑里はたっぷりと皮肉を込めた。

「そんなことは考えていませんよ。今は当院だけですが、過去には他の病院もやっていましたし、中国地方では広島医大と山陽医大が認可を受けています。中・四国で一つになるなら、選ばれた場所でやればいい。私がセンター化を主張したのは、日本では貴重な脳死グラフトを、一つでさえも無駄にしたくなかったからです」

「そこまで脳死にこだわる先生が、生体肝移植を数多くこなしていることは、これまでの説明と平仄《ひょうそく》が合わなくなるんじゃなくて？」

冷静になれた緑里は、そう言ってから目を緩めた。

「私が生体肝移植を受け入れているのは、これ以上脳死ドナーが出るのを待っていれば亡くなってしまう重篤患者だからです」

いくら説明されても、緑里は彼の主張を受け容《う》れる気にはなれなかった。

「鬼塚先生の考え方があの時の学会から変わらないことは分かりました。ただし海外の患者だからといって、日本の法律を無視していい訳ではありませんからね。断っておきますが、これは地方厚生局としての指示ではありません。昔、同じ病院で医療に携わった元同僚からのアドバイスと受け取ってください」

現状の法律では、死亡事故や法律違反が起きない限り、行政が病院の医療方針に介入することはできない。繁田から政治家を通じて地方厚生局に抗議が来ないように、きちんと伝えておく。

鬼塚の目が光った。まだ反論する気か、そう思ったが聞こえてきたのは違った。

「心得ておきます。ご忠言ありがとうございます」

僅かではあるが鬼塚は頭を下げた。

その日は潮市内に泊まることにして、新町という繁華街にあるビジネスホテルの女性専用フロアにチェックインした。

冬枯れのシャッター街をイメージしていたが、町は思いのほか賑わっていた。

これも繁田理事長の描いた医療産業構想の一環だと思うと癪《しゃく》に障《さわ》った。ビストロと看板を掲《かか》げた小洒落《こじゃれ》たフレンチに惹かれたが、油で汚れた暖簾《のれん》の中華料理店に入り、ビールと餃子《ギョウザ》だけ食べてホテルに戻った。

フロアの自販機で缶チューハイを二本買う。パンプスを脱ぎ、ベッドヘッドにもたれかかってマットに足を伸ばし、勢いよくプルトップを開けた。

喉に流し込んでも味は感じなかった。彼はいつからあんなに自信に満ちたようになったのか。鬼塚がオペ、とりわけ移植に取り憑かれるようになった理由がさっぱり分からない。

室内灯で陰影ができた壁に、鬼塚の下で髪をショートにした緑里が転写された。この日の竹内正海のように臨床医であることに誇りを持っていた。どんなに忙しくても歯を食いしばって医療に向き合った。

少なくとも梅原から言われたあの日が訪れるまでは……。


七年前の年の暮れ、緑里は駆け足で大学病院の廊下を通過し、ノックの返事も待たずに教授室のドアを開けた。梅原は白衣を脱ぎ、カフスを嵌めたワイシャツの上にジャケットを羽織っていた。

——先生、愛敬病院に鬼塚先生を連れていくって、本当ですか。

都内で肝胆膵治療に力を入れる愛敬病院のセンター長に就任することが内定していたことは、半年前、学会に随従《ずいじゅう》した京都で聞いていた。その時に「きみを連れていきたい」と誘われた。それ以降、緑里はより積極的にオペに加わった。鬼塚を超える域には及ばなかったが、その差は着実に縮まった、そう自負していた。

それがこの日になって鬼塚だと知った。

耳を疑った緑里は、居ても立ってもいられずに教授室に乗り込んだのだった。

——ああ、鬼塚くんに決めたよ。

ネクタイを締め直しながら梅原が答える。

——なぜ私ではないんですか。私を連れていくと先生はおっしゃったじゃないですか。

——きみは大学に残ればいい。

——残るって、そんな……。

梅原の手垢《てあか》がついた女のような扱いを受けているのだ。梅原の後ろ盾を失って、権力闘争の激しい大学でどう生き残っていけというのだ。

——どうして鬼塚先生なんですか。

——彼が必要だと思ったからだよ。きみの問題ではない。

——あんなに対立してたじゃないですか。

——私たちがしていたのは議論だよ。

——嘘です。

梅原はいつも腹を立てていた。それでも鬼塚を切らなかったのは、勤務時間が長く、オペの数が多くても文句を言わないから……医局ではそう見られていた。

鬼塚を選んだ理由が一つだけ思い浮かんだ。二カ月前に術中死した文藝時報社の社員のオペだ。

――先生は鬼塚先生に脅されてるんじゃないですか。あのオペ中に起きたことを。それまで事もなげな顔で帰り支度をしていた梅原が瞠目《どうもく》した。

――きみは大きな勘違いをしている。きみと鬼塚くんとでは手技も判断力も天と地ほどの差がある。いつからか有能な医師になったときみは思い込んでいるようだが、鬼塚くんと比較すれば、まだ青二才だ。

――先生は私に、鬼塚先生のオペは遅い、きみはもっと速くやれと言ったじゃないですか。

――言ったよ。だけど手術が速いのと雑なのは違う。きみのやり方ではいつか患者を死なせてしまう。

――患者を死なせたのは先生じゃないですか。

我知らず口をついた言葉が忌諱《きい》に触れた。

――私はきみの将来のためを思って言ってるんだ。今、すべきことは、自分の実力を理解することだ。分かったらさっさと医局に戻りなさい。

梅原に失意の淵に落とされ、感情が決壊した。

人前で涙を見せることに慣れていない緑里は化粧室に隠れ、しばらく個室から出られなかった。

そこで心は折れた。

ビジネスホテルのビニールクロス壁に浮かんでいた、先輩医師に負けないよう歯を食いしばって医療に向き合う女医の姿は、すでに霧散《むさん》していた。

大学病院をやめることになったのは梅原に裏切られたからであり、鬼塚に恨みを抱いたわけではない。鬼塚に対する尊敬は、緑里の心の奥に消えることなく残っていた。

厚生省に入省した緑里は、毎日遅くまで資料や集めては法律と照らし合わせ、気難しい医師たちの同意を得て、臓器移植法改正の原案はようやく、内閣法制局の審査に諮れるところに達した。

だが人生のやり直しを賭けて作った改正案は、急逝した梅原に代わって愛敬病院のセンター長に就任していた鬼塚によって潰された。

あの学会で提出の見送りが決まった時、緑里は沸き上がってきた怒りで指が震え、回収した資料を揃えることもできなかった。

官僚に転身し、不眠不休で作った原案に、なにも同じ病院で仕事をした鬼塚が反対しなくてもいいではないか。

そもそも医師をやめたのも、鬼塚が梅原について愛敬病院についていったからだ。この男は私の人生をどこまで邪魔する気なのだ。

それ以降、緑里の心の中で憎悪《ぞうお》の火が途切れたことはない。

昨年七月、鬼塚が突《とつ》として四国のＵＭＣに移籍してからは、医師やマスコミも利用して徹底的に調べた。経営者の繁田幹男の行動にも疑念を抱いた緑里は、中国四国厚生局への出向を願い出た。

今日、三年振りに会った鬼塚にこれ以上、無謀な移植はしないように警告したが、あの程度で変節する男でないことは、長く同じ医局にいた緑里には分かっている。すでに移植の実施を決めているのではないか。そうでなければ女児の命は途絶えてしまうからと言って……。

缶チューハイを飲みながら、スマホで海外ドラマを鑑賞した。

二本目を飲み終え、ドラマが終盤に差し掛かった頃、突然イヤホンの音声が途絶え、スマホ画面が着信に切り替わる。

《山際典之》

とうに縁を切ったジャーナリストだ。

「はい」

けだるい声を発して電話に出た。

〈夜分に失礼します。鷲尾さんにどうしても伝えたいことがありまして〉

「なんなの？　もうあなたの取材は必要としていませんが」

〈違います。私の取材ではありません〉

「取材でなければ、なんのご用ですか」

〈私ではなく、鷲尾さんの情報は根本から間違っていたことが判明しました〉

「なんですって」

聞き捨てならなかった。その時には〈代わります〉と聞こえ、女性の遠慮気味な声が耳朶《じだ》に触れた。

〈わたくし、三輪田友也の妻である三輪田葉月と申します〉

今日、鬼塚に話した術中死した文藝時報の社員の妻だ。

〈主人から両親にも言わないでくれと言われていたので、これまで黙っていましたが、主人の手術は成功率が極めて低い、難しい手術だと聞きました〉

それは画像を見た緑里は知っている。

「いいえ、奥さま違います。私があの件で問題視していたのは、そうした困難な状況なのにどうして無理に手術したかです」

緑里は丁寧な口調で反論したが、すぐに遮られた。

〈それは主人が強く希望したからです。主人はたとえ一パーセントの成功率であっても、やってほしいと頼みました〉

鬼塚も近いことを言っていた。

「誰に頼んだのですか」

念のために尋ねる。

〈鬼塚先生です〉

梅原ではなく、鬼塚だった。緑里には信じられなかった。前日まで鬼塚はオペに入る予定はなかったのに。

〈主人の両親からの頼みに、梅原教授は、その場では引くに引けなかったようですが、主人には「手術をせずに少しでも長く生きられる方法を考えましょう」と説得しました。でも主人は納得せず、鬼塚先生に「二度と目覚めなくてもいいから手術をしてほしい、後悔はしません」と嘆願しました。鬼塚先生が主人の希望を伝え、梅原教授は「そこまでご意思が固いのでしたらやりましょう」と、言ってくださったのです〉

そこまで言うと、再び山際に電話が戻った。

「どうやら私も、親友の死で冷静さを失ったようです。なにも鷲尾さんを非難しているわけではありません。葉月さんから聞いた真実をお話ししておいた方がいいと思っただけですので」

そう言って電話を切った。

今日、インフォームドコンセントは取れていますかと問うた緑里に、鬼塚はもちろんですと答えた。

その方針は帝都大学病院時代から変わらなかった。

鬼塚から言われて、梅原も肝胆膵の第一人者と言われてきた医師の矜持《きょうじ》を取り戻した。だから愛敬病院に鬼塚を連れていくことを決めたのだ。そうなると自分はなぜ医師をやめてしまったのだ……後悔が全身を走る。

打ちのめされているとスマホが鳴った。今度は《仙石杉彦》と出た。朝、そして分院から戻ってきた夕刻も廊下で顔を合わせたが、彼のために緑里は知らん振りをした。

「はい」

「大変です。鬼塚先生が院長に倫理委員会の開催を求めました」

「それって、まさか」

「そうです。サウスニアのリンちゃんの移植です。下血が始まりました。原因不明の消化管出血で、一刻の猶予《ゆうよ》も許されない容態だと鬼塚先生は伝えたそうです〉

「ドナーとレシピエントの関係は？」

〈それについてはおそらくまだ……〉

仙谷杉彦は言い淀んだ。

「それなのに倫理委員会を開くのですか」

〈このまま放っておけば女児は肝硬変で亡くなるでしょう。鬼塚先生が言ってきたということは、なにかコーディネーターが確認を取れたのだと思います。そのことについても院長は、明日の午前中、鬼塚先生から聴くと言っていました〉

電話が切れた後も緑里は呆然としていた。

帝都大でのオペは鬼塚が正しかった。

術中死の危険性があることを知らせた上で、三輪田の希望を聞き、それを梅原に伝えた。

それなのに普段のような余裕を見せなかった梅原を、緑里は体調不良だと勘違いした。梅原が言った通り、自分は医師として未熟だった。それは認めるしかない。

だが血縁関係のはっきりしないドナーからの移植をしたとなると、緑里は再び鬼塚を裁く役目に戻らなくてはならない。

どうして鬼塚は自分の話を聞いてくれないのだ。

あれだけ忠言したのに。心得ておきますと答えたのに……。

知らず知らずのうちに、緑里は飲み終えた酎ハイの缶を握りつぶしていた。

移植コーディネーター　田村美鈴の傷心

1

一月二十日、サウスニア人の乳児、リン・ヴァンサックの肝移植が行われた。

移植なので二チームが二部屋に分かれる。ドナーのマニー、いわゆる「取る」側の執刀医は輪島で、第一助手が坂巻。

一方、「植える」側、リンの執刀医は鬼塚、第一助手を松下が担当した。

田村美鈴は仙谷院長らと別室のモニターで見学した。隣には年明けに北部分院から本院に戻った研修医の竹内もいた。

マニーの体もけっして状態はよくなく、輪島は切除や接合に困難を極めたが、輪島は熟練の技でどうにか時間内に終えた。

問題は下血が始まっていた幼いリンの体に、マニーの肝臓の一部が適合するかどうかだった。

鬼塚がメスを入れると、深緑色の膿《うみ》が腹水に混じって滲み出てきた。

リンの体内はいたるところが化膿《かのう》しており、小さな肝臓は周囲の組織と癒着し、脈管は埋没《まいぼつ》していた。

とくに副腎《ふくじん》と肝臓との癒着がひどく、鬼塚は大量出血しないように血管を鉗子《かんし》で止め、安全を確保してから剝離していった。

まだ肝臓まで到達できない。問題はリンの体力だった。

鬼塚は何度も心電図を確認していた。

「危険な状態です」

途中、麻酔医の阿佐がそう叫んだ時は、別室にも緊張感が走った。

お願いだから、リンの命の炎を消さないでください――。

美鈴は両手を握って神様に頼んだ。

依然《いぜん》として出血は続いていた。そのたびに助手の松下が吸引し、相当な時間を要して鬼塚はどうにか肝臓まで辿り着いた。

そこから先、鬼塚は手の動きを速めていく。肝臓を取り除くと、リンの体に合うように輪島によってトリミングされたマニーの肝臓を植える。

だがまだ安心はできない。門脈、動脈等の吻合《ふんごう》が残されている。輸血量は乳児の体重では限界値に達し、これ以上の出血は許されない状況になっている。

鬼塚と松下が分担して始めた。二人は、複雑に枝分かれした門脈を辿っては増生した直径二ミリもない細い血管を、手先がぶれないように手術台に肘を固定し、一本一本、出血の少ない小枝のような血管まで縛っていった。

モニターの鬼塚が心電図を確認した。美鈴も心電図を映しているモニターを眺めた。大丈夫だ。まだ心臓は微動している。

ふと隣に目をやると、隣の竹内が画面を凝視しながら、両手の指を動かしていた。その動きはまるで助手として参加しているように美鈴には見えた。

肝動脈血が流れ出し、肝汁の分泌が始まったことで、肝臓の色に変化が訪れた。手術室に流れる、耳に静かに触れていた洋楽が、アップテンポなものに変わって一時間ほど経過し、鬼塚の声が聞こえた。

「大丈夫でしょう。閉腹しましょう」

やったぁ――。別室で何人かの声が重なった。

両手を握ったままでいた美鈴も、光が射したように目の前が明るくなったように感じた。

それはマニーの体の一部が、命の薪《たきぎ》となってリンを蘇《よみがえ》らせた希望の明かりであった。

2

曲がりくねった上り道を、中古の軽自動車が息切れしながら走っていく。

田村美鈴が五月にこの町にやってきた時は樹木に囲まれて、窓を開けると新緑の匂いが漂ってきた。それが秋には鮮やかな紅葉に変わり、今はその葉が落ち、山が寒々しい。

季節の移ろいを感じながら車を走らせていると、ＵＭＣの白い建物が見えてきた。

肝移植を受けたレシピのリン、ドナーのマニーは術後も順調で、マニーは一昨日の二月十四日に退院した。

その後も第二外科では毎日のように手術を行っている。

一月に本院に戻ってきた竹内は早速、急性中耳炎などの手術を任されている。

鬼塚から「竹内先生は分院の人が足りない間、たくさんの患者さんを診てくれました。竹内先生の早い判断のおかげで、うちで早期治療ができたことがいくつもあります」と言われ、医局員から拍手で迎えられた竹内は、看護師の椿原や藤本によると、以前は腹腔鏡のような手術は甘くみていたようだ。

だがまるで人が変わったように、心の隙を見せることなく最後までやり遂げたらしい。

ＵＭＣ第二外科はまた一つ成長した。

移植コーディネーターとして彼らと同じ気持ちでいる美鈴には、チームがまとまっていく姿は自分のことのように嬉しい。

だが、そんないいことばかりではなかった——。


美鈴の軽自動車が病院の正面入り口を通過し、建物の裏側にある関係者駐車場へと回ると、朝の光が降りそそぐ黒土の駐車場に、人だかりができていた。

病院の正職員ではない美鈴はさして気にすることなく、ハンドルを切り、病棟から離れた五列目に駐車した。

一列目に停めないのは、洗車もしていない軽自動車を、医師たちの高級車のそばに置くのは気が引ける思いもあるが、緊急を要する医師の時間を奪いたくないからだ。早朝から夜遅くまで働く医師は、県内の病院から緊急オペに呼ばれることもある。

サイドブレーキを引き、ルームミラーでマスクを直してから車を降りた。

「あっ、彼女じゃないか」

ドアを閉めると、人だかりから声が上がり、一斉に美鈴を見た。どうやら彼らは記者のようだ。

囲まれていた肝胆膵の坂巻医師が、逃げるように去っていく。

記者たちは土煙をあげて突進してきた。自分が取材されるとは予想もしていなかった美鈴は、その場から動けなかった。

「田村美鈴さんですね。海南新報です。リン・ヴァンサックちゃんに臓器提供したマニーさんについて聞かせてもらえますか」

最初に到達した男性がボイスレコーダーを突き出す。

「医の倫理委員会では六親等以内の血族、または三親等以内の姻族でなければ移植は認めない規定になっています。あなたがしたことは、そのルールを無視したことになりませんか」

毎朝新聞のIDカードを首からぶらさげた女性の出したボイスレコーダーが、美鈴の口に当たった。

手でマスクを押さえて顔を引いたが、彼女は素知らぬ振りでレコーダーを動かさずにいる。続けざまに別の女性から「東都《とうと》新聞です。田村さんは今回の移植が臓器売買だと分かってたんじゃないですか」と言われた。

「臓器売買？」

おどろおどろしい言葉に声が震えた。

マニーが退院した時、美鈴は関空《かんくう》行きのエアポートリムジンが出ている潮バスセンターまで見送った。直行便で帰国し、その日のうちに夫や、リンの両親から温かく迎えられているものだと思っていた。それが臓器売買の疑惑だなんて？　なぜそのような指摘を受けるのか、美鈴には皆目見当《かいもく》もつかない。

「臓器移植法違反となると、ドナーだけでなく、あなたには斡旋の疑いが出てきますが」

「ちょっと待ってください、私にはなにがどうなっているのか……」

声を絞り出したが、その声は彼らの質問にかき消され、「鬼塚医師の指示なのですか？ そうなると鬼塚医師が斡旋したことになりますが？」と最初の海南新報の男性記者が迫りくる。その記者は「うちの取材に、マニーさんは、自分はリンちゃんの姻族ではないと答えています」と続けた。

無遠慮な記者たちに美鈴は圧迫されていた。

そこに駐車場に入って大きく旋回した白のプリウスが、ブレーキを鳴らして記者の後ろ側に停まった。助手席のドアが開く。記者の合間から覗くと、看護師の椿原理央が運転席から体を伸ばしていた。

「田村さん、早《は》よ乗って」

「は、はい」

持てる力のすべてを出して、記者の合間を縫って助手席へと辿り着く。

「話を聞かせてくださいよ、田村さん」

海南新報の記者が助手席のドアを摑もうとしたが、椿原がアクセルを踏んで急発進したので、記者の手が離れた。美鈴は風圧で開きかけたドアを、力を入れて引き戻した。

「ありがとうございます。助かりました」

ハンドルを両手で握る椿原に礼を言う。

「今朝の海南新報に、うちの病院のことが出ててん。そしたら田村さんが囲まれてたから」

「マニーさんのことですよね」

「そう。彼女が最初から臓器売買が目的で日本に来て、それでドナーになったという記事」

「最初から臓器売買が目的って……」

この三カ月余り、マニーが病院にいる時は毎日、ウイークリーマンションに移ってからも二日に一度は、なにか困ったことがないか顔を出した。

リンとは本当の家族なのかと、美鈴は何度も尋ねた。マニーは「自分はリンちゃんの父の弟、カミロの妻です」と主張を変えなかった。

実際、サウスニアの住民票に相当する書類には、マニーはカミロ一家の自宅に三年前から住んでいることが証明された。見せてくれたものは婚約式や旅行の写真のほかにも、籐《とう》で編んだソファーで頬を寄せ合っている写真、別荘のプールでは二人がしゃぎながら水を掛け合っている動画もあった。

「海南新報には、マニーさんの銀行のネット口座の写真まで載ってた。日本円でおよそ六十万円、振込依頼人はリンちゃんのお父さん」

「そんな……」

口座の写真と言われて、信じていた思いが歪んでいく。

「それにマニーさんは、住んでた家には帰れないらしいんやて」

「マニーさんはどこで生活しているんですか」

「分からない。新聞にはそこまで書いてなかったから」

口座に入金があったことは衝撃だが、彼女に帰る家がないのは心配だ。

「田村さんも大変やと思うけど、マスコミへの対応は病院に任せて、記者の前に出ない方がいいと思う。帰りもうちが車を回してくるから」

プリウスは関係者入り口に着いた。

そこにも記者らしき人影があった。

椿原は車を横付けし、「行って、田村さん」と合図した。

ドアを開けると、記者が車の前後から回ってきたが、美鈴は全力で走って、身を投げ出すように自動扉の中へ飛び込んだ。

――私、去年に二度目の流産をしました。子宮外妊娠だったので、手術して二度と子供が産めない体になってしまいました。その時、カミロは涙を流して悲しみ、これからも私のことを、一生愛してくれると言ったんです。

マニーから通訳を介してそう聞いたのが昨年十一月、海南新報がドナーに偽装結婚の疑いがあると最初に報じた一週間ほど前、広永敏雪が亡くなる直前のことだ。

美鈴は悪いと思いながらも、マニーに婦人科を受診させた。彼女の下半身には手術の痕跡があり、卵管は摘出されていた。

卵管がなくても妊娠は可能であるが、雑な手術のせいで骨盤底まで傷つけられ、妊娠は無理だろうと診断が下された。

ネットで知るサウスニアという国は男性優位で、女性の社会的地位は低い。昔の日本がそうであったように、子供が産めない女性は離縁されるのではないか。そんな不安も過《よぎ》ったが、マニーは「それは絶対にないです」と強く否定した。

夫で、警察署長であるカミロ氏ともテレビ電話で話した。その説明も〈流産でマニーはショックを受けたが、彼女から家族の役に立てるならドナーになりたいと言ってくれた。妻には感謝しています〉と矛盾していなかった。

三年も同じ家に住み、二人で旅行に行き、流産による不妊も嘘ではない。美鈴はすべてを鬼塚に報告した。

その報告内容から、鬼塚も「分かりました。院長に医の倫理委員会の開催を求めてみます」と話したのだった。

院内に入った美鈴は、本館四階にある《移植支援室》のプレートがかかった部屋に向かった。

事務机にパソコンと電話、あとはテレビが置かれている無機質な部屋で、勤務しているのは肝胆膵担当の美鈴と、泌尿器担当のもう一人の女性の二人だけ。泌尿器担当のコーディネーターは美鈴の顔を見て「あっ」と声を出し、つけていたテレビを消そうとしたが、リモコンが見つからないようだった。

ノックの音がして扉が開いた。第一外科部長の仙谷杉彦だった。

「どうしましたか」

反応したのは泌尿器のコーディネーターだったが、杉彦は美鈴を見ている。

「田村さん、電話したんだけど、出ないから」

「あっ、すみません」

バッグからスマホを出す。

椿原の車を降りた後に知らない番号からの着信があった。地元のテレビ局で、「ごめんなさい」と切った時、咄嗟に消音にしたのだった。

「悪いけど院長室に来て話を聞かせてもらえますか。院長は弁護士たちから対応を迫られていて、それで私が呼びに来たんです」

「弁護士たちって？」

「医の倫理委員会に入っているメンバーです。『提出された報告書と違う』『こんな委員会ならやめる』ってお冠なんだ」

「私も今さっき、記者から取材を受けて初めて知りました。でも私は彼女にも、そして彼女の夫にも、夫婦であることを確認しています」

必死に説明するが、杉彦の硬い表情が変わることはなかった。その時、点《つ》けっぱなしのテレビのテロップに目が吸い寄せられた。

《関西空港　ＬＩＶＥ》

旅行客が野次馬となって行き来する空港の一画で、女性がメディアに囲まれていた。空目《そらめ》かと思ったが、間違いない。マニーだった。

彼女はなぜまだ日本にいるのか。サウスニアに帰国したはずなのに。

俯き加減の彼女が現地の言葉で話し、それを近くにいた通訳が翻訳する。その通訳は、英語が話せない彼女のためにＵＭＣが雇った、浪速大学に留学中の男子学生だった。

〈乳児の父親から彼女の口座にお金が振り込まれたことも、これから帰国するサウスニアで、彼女が元の家に戻れないことも報道の通りです。彼女は男性の妻ではありません。彼女は今、臓器を提供したことをとても後悔しています〉

男子留学生はカメラに向かって、滔々《とうとう》と話した。

3

応接セットに仙谷院長、輪島医長、さらにスーツ姿の二人の男性が着席していた。弁護士以外のもう一人は市の保健所長で、ともに医の倫理委員会のメンバーである。

「鬼塚先生はどうしたんですか」

弁護士が美鈴の背後を探すようにして言うと、右側に座る輪島が渋い顔で話す。

「診察があるんで遅れると言ってました」

「診察ですって」

神経質そうな面貌《めんぼう》の弁護士が顔をしかめる。

「リンちゃんの術後管理です。こんな騒ぎになって、もし合併症でも起きたら大変なことになりますので」

仙谷院長が説明する。

「女児の体調がよくないとか」

保健所長が身を乗り出して尋ねる。

「術後は順調です。けど、なにが起こるか分からないんで毎日診ておかないと」

輪島が説明すると、二人の委員は「驚かさないでくれよ」と口を尖らせた。

「では田村さん、話を聞かせてください。あなたは今回の報道をどう思ってますか」

左側に座る仙谷院長が、用意された椅子に座った美鈴に白い眉を向ける。

「テレビでマニーさんが話しているのを見て驚きました。私が聞いたのは提出した報告書の通りです。彼女はカミロ氏の妻、リンちゃんの叔母にあたると言いました」

報告書には記さなかった流産の話と、その後に婦人科の検診を受けて説明に偽りがなかったことまで説明した。

「子供が産めない体となると、尚更、妻にする気はないってことではないのか」

弁護士が口を挿み、保健所長は「最初から赤の他人だったんだよ」と苦々し気《げ》に唇を歪めた。

「夫のカミロさんは、はっきりと妻だと言い、『妻に感謝している』と話しました」

「妻、妻ってあなた、そんな言葉に騙《だま》されたのかね。嘘だと分かりそうなものでしょ」

保険所長は呆れる。

「日本ではこういうことがないように臓器移植法という法律があり、十一条で臓器の提供に利益の供与、要求、約束をしてはならないと決められてます。違反すればあなたや医師は斡旋で罰せられるんですよ」

弁護士が険のある目を美鈴にぶつけてきた。

「斡旋だなんて……」

それ以上の言葉は続かなかった。自分だけではない、今の話だと鬼塚まで刑罰を受けることになる。

「あなたは生体肝移植を甘く考えてるんじゃないですか」

「甘くなんて考えていません。生体肝移植は二人の人間が同時に全身麻酔をかけられるんです。本人たちだけでなく、待機している家族も不安でいっぱいになります」

「おいおい、ドナーは家族でも親戚でもなかったんだよ。乳児の父親もその弟も、移植さえ済めば、その後はどうでもいいと思ってたんだよ」

弁護士が冷笑する。

「一度、新聞に疑惑を報じられたのになんで移植を強行したのかね。調査が白黒つくまで待つべきだったのではないですか」

保健所長が輪島に尋ねた。

「それは女児の容態が急に悪化したからです。下血が始まり、このままではいつ肝性昏睡に陥ってもおかしくなかったんで……」

「野川《のがわ》さん、それについては私たちが認めたわけですし」

仙谷院長が宥めようとする。

「我々は誤った情報を元に委員会を開いたわけで、これでは詐欺に遭ったような……」

「野川さん！」

仙谷院長が窘めたことで保健所長はそれ以上の言及は止めたが、詐欺という言葉だけでも美鈴の心はいっそう傷ついた。

「ところであなたは以前、宮城県仙台市の病院で看護師をやってて、その後、移植コーディネーターの資格を取り、東京の愛敬病院に移ったんですよね」

弁護士が書類を見ながら質問してきた。

「はい」

十二年間の看護師のキャリアを経て、美鈴は四年前に臓器移植ネットワークの試験に合格した。コーディネーターは、脳死の移植を担当する「プロキュアメントコーディネーター」と、生体移植が中心でレシピエントとドナーへの説明、心理的ケア、術後のフォローをする「クリニカルコーディネーター」に分かれる。美鈴が選択したのは後者のクリニカルコーディネーターで、前者が移植ネットワークに勤務するのに対し、美鈴たちは病院に雇われることが多い。

「なんで看護師から転身して、鬼塚先生のいる愛敬病院でコーディネーターになったんですか」

「移植の重要性を感じたからです。私は看護師の最後は泌尿器科担当でしたから、腎移植によって患者さんの顔色が良くなり、『尿が出るようになったよ』などと喜んでいる姿を見るのが嬉しかったので、それで……」

「そういうことを訊いてるのではなく、鬼塚先生との関係を訊いてるんだよ」

話している途中で弁護士に一喝された。

「関係とは？」

「あなた、鬼塚先生と深い関係があるんじゃないの。鬼塚先生も仙台出身だったよね」

弁護士のレンズの奥の目が下卑《げび》て見えた。すぐに仙谷院長が言葉を挿む。

「田村さん、私はあなたが熱心なのはよく分かっています。初回面談だけで終わりにしてしまうコーディネーターだっているのに、あなたは毎日のように顔を出してドナーと接していました。話せば話すほど、ドナーは一度決めた心が揺らぐことがあるけど、あなたは心変わりするのも人間の性《さが》であると理解した上で接しているように私には思えました。だからこそ、あなたが今回、ドナーと意思疎通ができなかったことが不思議でならないんです」

「申し訳ございません」

「謝ってないで、こっちの質問に応えてくれ」

正面から弁護士に叱責《しっせき》される。

「私がコーディネーターになったのは、鬼塚先生からなってみないかと言われたからです」

「愛敬病院の鬼塚先生が、なんで仙台の病院の一看護師に過ぎないあなたを誘ったんですか」

「知り合いだったからです」

「仕事上の知り合い？　それとも個人的な関係？」

「個人的なものです」

少し間を置いて答えた。弁護士と保健所長が顔を見合わせた。

「個人的とは具体的にどんな関係ですか」

弁護士に詰問されるが、その質問には美鈴は「私の一存では答えられません」と回答を拒否した。

「答えられませんって、あなた、それだとあなたらは……」

男女関係を認めたようなものだと言いたいのだろう。

「今のところないとは思うけど、今後、もし警察の捜査が入ることになれば、我々もどうしてあなたを雇ったのか説明が必要になるので、弁護士の先生も知っておきたいんですよ」

仙谷院長からも諭された。それでも美鈴が答えなかったため、聴取は停滞した。

仙谷院長の携帯電話が鳴り、鬼塚がこれから来ると伝えてきたようだ。

「田村さんへの聞き取りは一旦中断します。田村さんは部屋に戻ってくれて結構です。くれぐれもマスコミの質問には答えず、外出も控えてください」

仙谷院長からそう注意を受け、美鈴は解放された。

「病院内に誰がいるか分からないから、杉彦先生、移植支援室までついていってあげてください」

「承知しました、院長。では行きましょう、田村さん」

廊下に出ると杉彦から「嫌な思いをさせて悪かったね」と慰められた。

美鈴はまだなにか穿った質問をされるのかと警戒心を解かなかったが、杉彦からは「理事長が海外患者の移植を受け入れる方針を決めた段階で、遅かれ早かれこうした陰謀に巻き込まれるのは目に見えていたんだよ」と言われた。

「私がきちんと聞き取りをできなかったのがいけなかったんです」

騙されたとは言えなかった。マニーを信じたいとの思いは、美鈴の心にひりひりとした痛みを与えながらも、消えてはいない。

「弁護士は田村さんのプライベートに踏み込むような質問をしていたけど、少なくとも私と院長は、そのことを問題視しているわけではないので気にしないでください」

「いえ、別に私は……」

「院長も言っていたけど、田村さんはコーディネーターとしてしっかりと仕事をしています。悔しいが鬼塚先生の移植への積極性は私も見習っているし、実際、泌尿器も腎移植を始め、今後は術数を増やすつもりだった」

最後の「つもりだった」という言葉が引っかかった。今回のことで泌尿器でも腎移植ができなくなったとしたら……美鈴には助かる命を救えなくなったと、意味が変換されて聞こえた。

「ところで鬼塚先生って、大阪に恋人のような女性がいましたか。その女性はイベント関係のお仕事をされてるんだけど」

唐突に話が変わった。美鈴が無言で見返すと、杉彦は一つしわぶいて先を続けた。

「その女性はおそらく鬼塚先生の患者だと思うんだよね。あっ、今回のこととは、なにも関係はありませんよ。私の知り合いがその女性と親しくて……」

どう話していいか迷っていると、前のエレベーターが開き、鬼塚が出てきた。

「鬼塚先生、待ってたんですよ。急いでください。皆さん、相当苛立っていますので」

杉彦が大きな声で言うと、鬼塚は「申し訳ございません」と詫びた。これからあの院長室に入り、二人の委員から非難を受け、美鈴との関係を詮索《せんさく》されるのだ。

「鬼塚先生、私の聞き取りが甘かったばかりに先生にもご迷惑をかけて……」

途中からは言葉に詰まり、涙声が混じった。

「田村さんの責任ではありません。最終決定を下したのは私ですから、田村さんは責任を背負い込まないように」

頭を下げている美鈴を置いて、鬼塚は院長室に入っていった。

4

——マニーさん、日本では八千例以上の肝移植を実施していて、亡くなったドナーは一人しかいません。肝臓は再生能力が高いため、切除後一年ほどで、ほぼ元の大きさに戻り、将来にわたってドナーの健康に異常が生じることはありません。でもそれは理論上での話です。私が知っている女性は、父親に臓器を提供しました。父親がどうしてもまだ生きたい、臓器を提供してくれと頼み、父親を大事に思っていた女性は同意しました。でも移植してしばらく経ってから、彼女は長いため息をついて私にこう言いました。「あの時、美鈴さんの声に耳を傾けておけば良かったわ」って。

マニーは真剣な面持ちで聞いていた。

——その人、なぜそんなことを言ったのかって、マニーさんが訊いています。

間をおいて彼女が喋り、通訳の留学生が流暢な日本語で訳す。リンちゃんの容態が悪化する前、今年の年明けのことだ。

——それはやっぱり、与えるということは、失うということだからです。肝臓だったので、一部を切除しただけで、失ったわけではないのですが、それでも彼女には失ったものがありました。それが体の傷です。

——傷？

——はい、マニーさんもドナーになれば、生まれた時に授《さず》かった美しい体にはもう二度と戻れません。

通訳が伝えたのを待ってから、美鈴は続けた。

——一人の命を救ったのだから、それは栄誉の傷だと言う人もいますが、私の知り合いはそう思えなかったんです。私は一生、この傷痕を背負っていくのだと、深刻に考えてしまいました。自分で決断したことを受け入れる強さを持っていても、体の傷は時に心の傷を具現《ぐげん》してしまうことがあるんです。だからマニーさん、もう一度、考えてください。そしてどんな些細なことでも不安を感じたら、その時は私に伝えてください。私が先生に言って移植を中止しますから。

マニーの目が潤み、涙がこぼれた。

その涙を見て、彼女がやめると言い出すと思った。

それが翌日、「私の家族のために予定通りしてください」と改めて覚悟を伝えられた。

彼女の言葉に嘘は感じられず、美鈴はその旨《むね》を鬼塚に報告したのだった。

その日は車を病院に置き、帰りは椿原が送ってくれた。最初はお手を煩《わずら》わせるからと断ったが、「鬼塚先生からもそうしてあげてほしいと頼まれたんで」と言われ、甘えることにした。

マンションの前にも記者は張り込んでいて「マニーさんの会見を見てどう思いましたか」「サウスニアでは住む家もないんですよ。可哀想だと思いませんか」と質問してきたが、美鈴は無言でオートロックの扉の中に入り、部屋に入ると真っ先に、仕事中は必ずまとめる髪を解《ほど》いた。

休むように言われたので翌日は自宅にいた。

海南新報のデジタル版をスマホで見ると《UMCで臓器売買》とおぞましい見出しが目に飛び込み、《乳児とドナーの関係に疑惑があるという本紙既報の通り、UMCで行われた外国人移植に臓器移植法違反の疑いがあることが判明した。移植を高度医療の目玉にしているUMCは、我が国の法律の遵守《じゅんしゅ》を軽視し……》と書かれている。テレビでは全国ネットの朝の情報番組が、病院前から生中継していた。

午後からは仙谷院長の記者会見が行われ、その模様は一部テレビ中継された。やつれて見えた仙谷は〈病院のヒアリングに問題はなかった〉〈移植に問題があったという認識はない〉と説明したが、記者は納得しない。〈サウスニアの夫と名乗る男性への聞き取り調査はできていたのか〉〈その男性を日本に呼ぶべきではなかったのか〉など質問が飛び、〈院長が答えられないなら、ここに主治医を呼ぶべきだ〉と会見は荒れた。

テレビ局はサウスニアにもカメラクルーを派遣していた。

制服をまとった署長のカミロ氏は「邪魔だ」と手を出してテレビカメラを遮って質問に応えなかった。また同じく警察署長であるリンの父親は、マニーについて「遠い親戚であって、弟の妻ではない」と言い切り、「彼女の方からドナーになりたいと名乗り出た。我々はその要望に沿っただけで日本の法律はよく知らない」と発言した。

騒動は現地でも報じられ、警察官僚一族が金に物を言わせて貧困女性から臓器を買ったとバッシングされているようだった。

カーテンを閉め切り、一歩も外に出ることなく夜を迎えると、椿原から電話があり、夕食を買ってくると言ってくれた。

ストック食材がほとんどなかったため、美鈴は甘えることにした。

八時にインターホンが鳴る。モニターに映った椿原の背後には記者らしき人間がいた。

「椿原さんもマスコミからいろいろ聞かれたんじゃないですか」

「大丈夫。聞かれたかて、うちはなんも知らんし」

椿原は平気な顔をしていたが、器械出しとして今回のオペに入った彼女に対しても、執《しつ》拗《よう》な取材が及んでいるはずだ。

「お弁当を二つ買ってきたんで、一緒に食べませんか。うちもお腹ぺこぺこなんで」

彼女はビニール袋からまだ温かいお弁当を二つ出した。

「夕食、ご主人はいいんですか」

「旦那は、今日は実家で食べるって」

「椿原さんは行かなくていいんですか」

「行けない理由ができて、ラッキーって思うこともあるんよ」

彼女は悪戯した後のように瞳を動かす。

「じゃあ、こちらをいただきます」

魚の西京《さいきよう》焼きが入った和風の弁当を選ぶと、「田村さんはそっちやと思った。うちは揚げ物好きなんで」と唐揚げやエビフライが入った方を取った。カップの味噌汁も買ってきてくれたので、美鈴はお湯を沸かし、お茶も淹れた。

「病院は大変だったんじゃないですか」

食べながら美鈴が訊いた。

「そうでもないですよ。会見の後、繁田理事長からテレビ電話が入って、スタッフ全員に『うちの病院はなにも間違ったことはしていない。皆さん、これまで通り自分たちの仕事に専念してください』と激励してたし。全員言うても第一外科と第二外科だけやけどね」

二つの部で二十人以上いる医師たちは、病院が今後どうなっていくのか不安になっているはずだ。それ以上に怯《おび》えているのは移植を待つ患者だろう。UMCではもう移植が行われないのではないかと、転院を検討している人もいるかもしれない。

「あっ、皆さんって、もちろん、コーディネーターさんもってことですよ」

　椿原が慌てて付け足した。

「ありがとうございます」心配りに美鈴は頭を下げた。「鬼塚先生はどうでしたか？」

「いつも通り。今日も秦先生のオペの前立ちしてはったし」

　こんな騒動の中でも目の前の医療に専念するのが鬼塚らしい。その鬼塚でも過去に気持ちの揺れを見せたことがある。

「鬼塚先生って自分にもスタッフにも厳しいですよね。うちも路夢くんの移植の後、ここのスタッフは実力あるけど気の緩みがあるので注意してくださいって言われて。うちが叱られてるんかと、ドキッとしましたもん」

「それは椿原さんのことではないと思います。オペがうまくいくと、医師もスタッフも自分たちの腕前に酔ってしまう、そういう時に人は油断が生じるって、先生は愛敬病院でもスタッフに何度も話してましたから」

　鬼塚がいつも通りと聞いて胸を撫で下ろした美鈴だが、椿原が憂色《ゆうしょく》を浮かべたのを見逃さなかった。

「どうしたんですか、椿原さん」

「謹慎になるかもって噂があって」

「鬼塚先生がですか」

「杉彦先生が第一外科でそんな話をしてたらしいんやけど、また検査が入るみたい。今度は地方厚生局の事情聴取で、先月保健所の検査を受けたばかりなのにまたって話題になってて……」

美鈴の胸に不安が広がる。

「まさか刑事事件になるんですか」

「そこまではないみたいやけど、今回の件、メディアが全貌を摑んでるって噂も出てるの。これは噂好きの江上さんが喋ってるだけなんで、アテにはならないけど」

「メディアが関わっている可能性はあると思います」

「田村さん、心当たりがあるの？」

美鈴はこの日一日、どうしてマニーが日本に残ったのか、そして出国直前の空港でインタビューに答えたのか、考えたことを話すことにした。

「マニーさん、移植した翌々日、急に沈んだ顔になったんです。ドナーが移植後にそうなることは珍しいことではありません。傷は痛みますし、なんだか体の中をいじられて、内臓がうまく機能していないような不安に陥ったり……だから私もあまりに具合がよくなかったら言ってくださいと伝えたくらいで、深くは聞かなかったんですけど」

「それがなんでメディアに繫がるの？」

「次の日も元気がなかったので、詳しく訊こうとしたんですけど、訊けませんでした。その日から通訳の大学生が急に来なくなったからです。その大学生が今回、関西空港での会見にいました」

「それって、あの留学生の通訳よね。浪速大学で法律を勉強してる、賢そうな……」

　椿原も術前訪問で会ったそうだ。通訳をするだけでなく、孤独なマニーの話し相手になっていて、美鈴も好感が持てた。遅刻も一度もなかったのに、彼は移植三日目に無断欠勤して以来、電話をかけても出ず、それ以降、姿を消した。

「彼が最初からメディアとグルだったってこと?」

「それはないと思います。たぶん、移植後にマニーさんから話を聞き、同情したんだと思います。例えば移植後にカミロさんから連絡があって、それで彼女が深く傷ついたとか」

「カミロさんって、田村さんの聞き取りに、自分が夫だと答えたんよね」

「答えたのは事実ですけど、どこまでが本当だったか今となっては分かりません。マニーさんは妻だと思っていたけど、相手は最初から、移植を終えたらお金を渡して終わりにするつもりだったのかもしれないですし」

「ひどい……」

「私が悪いんです。ドナーとレシピ、家族の調整役として、双方が困ることのないように支援していくのが私の仕事です」

　いや、マニーが妻だと信じていたと考えること自体、都合よく考えようとしているのかもしれない。彼女に最初から妻である認識はなく、金銭目当てだった？　そうだとしても、どうして移植が終わってから新聞に話したのか、そこがまったく理解できない。

話した理由がどうあれ、空港で通訳の留学生が話した「彼女は今、臓器を提供したことをとても後悔しています」という言葉が、美鈴の記憶を呼び戻し、暗い影を落とす。

哀しみと悔いの渦の中で苦しみながらも、胸の内を隠し通した女性が、テレビに映ったマニーの絶望した表情と重なった。

「田村さん、今の話、鬼塚先生にした？」

「鬼塚先生とは昨日、一階の廊下でお会いしてお詫びした以外、話していません」

「なんで？」

「もしかしたら私たちは警察の取り調べを受けるかもしれないと思ったからです。その時、鬼塚先生との通話記録を調べられたら、口裏を合わせたみたいに思われ、先生に迷惑をかけてしまうんじゃないかって」

「田村さんはそこまで鬼塚先生のことを考えてるんだね」

椿原はそう言ったが、美鈴は自分が一方的に迷惑をかけたという思いしかなかった。椿原が視線を外し、遠い目をした。

「今回みたいなことがあるから移植をやりたがらない病院は多いんだよね。鬼塚先生や田村さんがうちの病院に来て、それまでを上回るペースで移植をやって、たくさんの患者さんが喜んでくれた。うちも大阪で勤務した病院で、腎移植を受けた後の患者さんの病室を担当したことがあるんやけど、その時、患者さんだけでなく、家族までがそれまでと別人のように明るなって、うちらすごく感謝されたんよ。言うてもそれは、病院よりドナーに対してなんやけど……」

「その移植は脳死ですか」

「そう。意思表示カードには《移植を希望する》にチェックがあったけど、最初ドナーの家族は『心臓が止まってないのだからまだ息子は生きてる』って反対したんよ。それをコーディネーターさんが『一晩お考えになってください』と言って、やっぱし息子の意思を尊重しよって家族会議で決めたみたい。『あの時、コーディネーターさんが考えてくださいと言うてくれたのが大きかった。あげてくださいと言われたら、私らは余計に意固地になって脳死を認めなかった』って。あっ、うちはレシピの担当やったんで、家族の話はあとでコーディネーターさんから聞いたんだけど」

本来ならそうした内容も口外してはならないが、そのコーディネーターはよほど嬉しかったのだろう。レシピエントやその家族だけでなく、ドナーの家族からも喜ばれるのがこの仕事をしていて一番の喜びだ。ただ逆のこと、提供して後悔することもある。今回のマニーがまさにその一人だ。

「明日は、帰りに藤本さんが来てくれるって」

手術室の看護師、藤本梢恵からも病院で「あまり責任をしょいこまんようにね」と励まされた。

「申し訳ないからいいですよ」

「息子の颯馬くんが、ここのお弁当大好きなんやて。だから田村さんのうちで一緒に食べたいって。藤本さんの旦那さん、仕事で遅いみたいやから」

優しさで胸が熱くなった。

「でも椿原さん、昼間は病院に行きたいので、ご面倒ですけど迎えに来てもらえますか」

「なにか緊急な用事でもあるの？　マスコミもいるし、田村さんも行きたくないでしょ」

「リンちゃんとアナベルさんが心配なんです」

英語を話せないリンの母アナベルには、マニーとは別の通訳をつけたが、今は来ていないはずだ。

二十三歳の若い母親は、自分と娘が無事に帰国できるのか、不安に襲われているのではないか。

「それに鬼塚先生がもし謹慎になったら私にも同じ処分が下されると思うんです。そうなる前に、今回こうなったことをお詫びしておきたいんです」

「お詫びって、田村さんは被害者やん。言うたら患者の家族が……」

「いえ、被害者は患者さんです」

自分に言い聞かせるように、はっきりと話す。

「分かった。それやったらこの後、家電店に寄って翻訳機を買ってこようか。この前テレビで、東南アジアの国はあらかたカバーしてるという小型の翻訳機が紹介されてたから」

「それは助かります」

前にスマホのアプリを使ったが、その時はまったく通じなかった。

「鬼塚先生が来て以来、生体肝移植の数が増えて、うちの病院で移植したいって人がたくさん来てるのに、その人たちまで不安がらせてはいかんものね」

椿原は、食べ終えた弁当の蓋を閉めた。美鈴は自分の分と一緒にキッチンに運んで、ダイニングテーブルに戻る。

「でも鬼塚先生が本当にやりたいのは死体移植なんです。脳死、もしくは心臓停止の」

「そうなの？」

急に話が変わったことに椿原は困惑していた。

「患者を救わなくてはならない。だけども元気な人の体に傷をつけたくないというのが、愛敬病院時代からの鬼塚先生の考えです。だから脳死を人の死と考えられる世の中になってほしい、そうなれば生体ドナーが見つからない人も移植ができて、今より救われる命は増える。日本も海外のように脳死移植が普通にできる国になってほしいと、私の前でいつもそう言っていました」

「田村さんの前でいつもって？」

話の中身より、その部分が気になったようだ。

その時スマホが鳴った。画面を見て美鈴はハッとなり、少し逡巡《しゅんじゅん》してからサイドボタンを押して、着信を切った。

「またマスコミ？」

椿原に心配して眉根を寄せた。

「家族です。心配してかけてくれたみたいで」

「あっ、そうなの。ごめんなさい、うちは帰るね。明日は八時くらいでいいですか？」

椿原は気を利かして、バッグを手にした。

「お願いします。お手数をおかけしてすみません」

玄関まで椿原を見送った。ドアが閉まると、大きく息をついてからスマホに手を伸ばし、着信履歴を押す。何度か流れた呼び出し音が止まった。

「美鈴です。さっきはすみません。友人がいたもので」

丁寧すぎる言い方になったが、何カ月も話していないのだ。おのずと緊張する。

「美鈴ちゃん、大丈夫？」

聞き慣れた優しい声が耳に触れた時、これまで我慢してきた思いが溢れ出してきて、美鈴は泣き出した。

5

椿原が翻訳機を買ってきてくれたが、それを使う必要はなかった。

病院側が隣県に住む、日本人と結婚したサウスニア人女性を通訳につけてくれたからだ。一日見なかっただけなのにリンはいっそう元気になっていた。よく笑い、一般的な乳児同様、お腹が空き、眠くなり、おむつが汚れるたびによく泣いた。

一方のアナベルは憔悴していた。看護師に聞くと、昨日、仙谷院長と弁護士から聴取を受けたらしい。夫から国際電話があり、現地で騒ぎになっているのも知ったようだ。

「アナベルさん、今回はご心配をかけてしまいすみません」

美鈴の謝罪を通訳が伝えた。彼女は沈痛な表情を解くことはなかった。

「早く退院させてほしい。リンも元気になったんだから国に帰らせてくれと言っています」

通訳が言う。

「それは先生が考えてくれていると思います。先生が大丈夫だと診断するまで、もう少しの間、我慢してください」

「ドクターに、私と娘が早い帰国を希望してると伝えてください。それがあなたの仕事です」

急に眉尻が上がり、金切り声で返された。

「仕事や言われても……」

隣で担当の看護師が呟く。看護師も同じことを言われてきたのだろう。

「早く帰国できるように最善を尽くしますから、うちの病院を信じてください」

美鈴はできるだけ表情を和《やわ》らげて通訳に伝えたが、アナベルが納得した様子はなかった。

――あなたがドナーになる考えはありませんか？

二カ月ほど前、美鈴は一度だけアナベルに尋ねたことがある。

――私はまだこれから子供をたくさん産まなくてはならないんです。だからダメだと夫から言われているんです。

あの時、彼女は目を合わすことなく、そう回答した。今はどう思っているのだろうか。

これほどの騒ぎになり、母国に帰ってからも人から後ろ指をさされ、不安に苛まれるくらいなら、自分が提供すれば良かったと後悔の念に駆られているかもしれない。

アナベルの浮かない目を見ていた美鈴は、一度息を吞んで言葉を継いだ。

「アナベルさんとリンちゃんのことは私が責任をもって守ります。だから安心してください」

院長から、明日、地方厚生局の担当者によるヒアリングがあると伝えられた。美鈴はその前に鬼塚と話したいと考え、第二外科医局に向かった。

部屋にいたのは鬼塚だけだった。電子カルテを打っていた鬼塚は美鈴の顔を見て、手を止めた。

「鬼塚先生、私のせいで大変ご迷惑をかけて……」

二日前と同じことを言い、頭を下げた。

「椿原さんから聞きました。オペの二日後にマニーさんの様子が変わったそうですね。急に通訳が来なくなったとか」

「はい。私も通訳抜きで彼女とコミュニケーションを取ることに追われていて。そのことを先生に伝えておくべきでした」

「移植が終わった後ですし、美鈴さんの責任ではありませんよ」

普段の「田村さん」ではなく、下の名前で呼ばれた。

「先生は、ドナーとのコンタクトを医師がやると、この医師は移植をやりたがっていると患者に誤解を与えてしまう。だから診療以外ではドナーとできるだけ接触しない、愛敬病院にいた時からその方針で、私にすべて任せてくれました。私が正確に判断しないといけなかったんです」

「美鈴さんのことだから関係を疑っていたと思います。でもあなたはしっかりと聞き取りをした。マニーさんが本当に妻なのか、もしかしたら家政婦で、カミロという男性と関係を結んでいただけなのかもしれませんが、彼女やカミロ氏が同じことを言えば、美鈴さんでなくても同じ判断を下します」

「そうでしょうか。他のコーディネーターなら警戒して、危険だと報告したかもしれません」

「リンちゃんが亡くなった後、本当の家族だと分かったら、その時は後悔では済まなかったでしょう」

「そうですけど……」

そこなのだ。たまたまナースステーションを通った時、担当看護師が「先生、黒い便が続いて、貧血が進んでいます」と連絡しているのが聞こえた。すぐさまリンのことだと分かった。

このままでは彼女の命が日本で絶たれる——。

それが判断を鈍化《どんか》させたとしたら自分はコーディネーター失格だ。

「移植の決定を下すのは医師です。私がやらないと言えば、こうなっていませんでした」

「私が大丈夫ですと報告すれば、先生が移植をするのは当然のことです。それが医師の役目だと先生はおっしゃって、それで愛敬病院でもたくさんの患者さんを救ってきたのですから」

　帝都大病院にいた頃の鬼塚は移植に積極的ではなく、次々に危険な移植もやろうとする梅原教授を止めていたらしい。その梅原と一緒に愛敬病院に移ってしばらくして、美鈴は鬼塚から「コーディネーターになってくれませんか」と要望された。

　——コーディネーターになるには資格試験があり、レシピへの説明や術前面談やカンファレンスの準備と大変です。それでも私は美鈴さんに頼みたい。私がアクセル役になった時、美鈴さんにはブレーキ役になってほしいんです。

　——はい、やります。

　移植について身につまされて考えていた美鈴は、その場で即答した。

「鬼塚先生、明日、私は地方厚生局の方のヒアリングを受けることになっています。そこでどうして私が移植に関わるようになったのか、経緯を話してもいいでしょうか」

　椿原には、鬼塚がやりたいのは生体ではなく脳死移植であると伝えた。

　美鈴がヒアリングで話したいのはそれだけではなかった。そのことを話さないことには、美鈴と鬼塚の関係が穿った見方をされ、鬼塚が移植をやりたいがために、美鈴をコーディネーターにさせたと誤った印象を与えてしまう。

「すべて話して結構ですよ、美鈴さん」

　鬼塚は、美鈴の顔をまっすぐ見て答えた。

失礼しますとドアを開けると、中に自分と同年代の女性が一人、腕組みをして座っていた。

6

「田村です」

会釈《えしやく》すると、女性の肩まであるストレートの黒髪が揺れた。

「中国四国厚生局医事課の鷲尾です」

部屋には他に仙谷院長、杉彦第一外科部長がいた。繁田理事長も参加するため、東京から潮に向かっているらしい。

これまでに話したことは資料に起こされていて、一から説明する必要はなかった。チェーンのついたリーディンググラスをかけて資料を見る鷲尾という女性に、移植の二日後にマニーの様子が変わったこと、次の日に通訳が病院に現れず、連絡もつかなかったことを伝えた。

「田村さん、通訳が消えたこと、どうしてもっと早く報告しなかったんですか」

仙谷杉彦から叱られた。

「通訳がいなくなったことは本件とは無関係です。いちいち口を出さないでください」

指をこめかみに当てて聞いていた鷲尾が言う。

「ところで田村さんは、以前は宮城県の病院で看護師をしていたんですよね。そして移植コーディネーターの認定資格を得て、愛敬病院に移った。それはどうしてですか」

鷲尾から、前回の院内聴取で弁護士から聞かれたのと同じ質問をされる。

「鬼塚先生に呼ばれたからです」

ブレーキ役になってほしいと言われたから――その言葉が浮かぶも、言えば鬼塚が生体移植をやりたがっていると勘違いされると、言い留めた。

「鬼塚先生とあなたとの関係は？」

眼鏡の縁を持った鷲尾が、きつい目つきを向ける。気を呑まれそうになった美鈴は、奥歯を噛みしめて答えた。

「義理の兄です」

「兄？」

何人かが復唱した。

「元義兄《あに》と言うのが正確です。姉とは長い別居の末、去年離婚しましたから」

「それって、もしかして」

反応したのが杉彦だった。

「そうです。先生が先日、私に尋ねてきた女性、中原京香が私の姉です」

二人が出会ったのは姉が二十九歳、鬼塚が三十四歳の時だ。姉の会社が企画した学会に参加した鬼塚が、同じ仙台出身ということで、姉から話しかけたらしい。

——私は直感で好きになったのに、鋭示さんは全然その気がなくて。

姉はぼやいていたが、知り合ってすぐに交際がスタートしたのだから、鬼塚も姉に好意を持っていたはずだ。週一の休みも当日に飛ぶほど多忙を極めていた鬼塚だが、姉から不満を聞いたことはなかった。鬼塚の帰りが遅くなるのが分かっていながら、頻繁に料理を作りに行っていた。

二人はなかなか籍を入れなかった。姉も仕事に夢中になっていたこともあるが、「准教授で奉公している間はお給料も安いから今のままでいいのよ」と姉は強がっていた。それが、鬼塚が愛敬病院に移ることが決まり入籍した。家族と親しい友人だけを呼んだ結婚式では、美鈴の前で泣いたのを見せたことがなかった姉が、目を真っ赤に腫らして感涙にむせんでいた。

鬼塚の忙しさは愛敬病院に移ってからも変わらなかったが、たまの休みには二人で映画に行ったり、ランニングをしたり、姉の心はいつも弾んでいた。

「お姉さんとは苗字《みょうじ》が違いますよね。それはなぜですか」

鷲尾に問われる。

「中原は母の姓です。姉は今の会社に転職してから母の姓を名乗るようになりましたが、その理由は聞いていません。ただ、姉が結婚した半年後に、B型肝炎のキャリアだった私たちの父の肝硬変が進行して移植が必要になった。そのことが、少なからず義兄と離婚したことに関わっていると思っています」

「どういうことですか?　詳しく話していただけませんか」

「母は癌を患っているためドナーになれず、家族は私たち姉妹だけです。仙台で機械工場を営んでいた父は、自分がいないと従業員を守れないと、私たち姉妹に肝臓の提供を求めました。母はそこまでしなくていいと言ったので私は聞き流したのですが、その間に姉が、自分がドナーになると決めたんです。自分は結婚したけど、美鈴はまだ独身だからと言って」

「そのことがどうして鬼塚先生との離婚に繋がるんですか」

「鬼塚先生はお姉さんの体に傷がつくのを嫌がったとか?」

杉彦が不意に言った。

「ど、どうしてそんなこと」

驚いた鷲尾が杉彦に顔を向ける。

「いや、それは……」

「そうなのですね?」

鷲尾の細い首が動き、美鈴に確認した。

「違います、まったく逆です」

美鈴は慌てて否定した。

「姉が、自分がドナーになるしかないと伝えた時、義兄《あに》は自分がやると答えました。義兄《あに》と梅原センター長の二人によって、移植は無事成功し、父はすっかり元気になりました。でも無理をしないでねという私たちの助言も聞かず、父は半年も持たずに脳溢血《のういっけつ》で亡くなりました」

訃報《ふほう》を聞いて実家に戻ってきた、抜け殻のようになった姉の顔を、美鈴は今も忘れることはできない。

「ドナーにまでなったのにお父さんが亡くなったことが、離婚に繋がったと言うんですか」

「それが一番大きかったと思います。でも姉は、本当は義兄《あに》に止めて欲しかったんです。『ドナーになることはない』『ドナーになんかなるな』って」

「だったらお姉さんも断ればよかったじゃないか。お母さんは、あげる必要はないと言ったんだろ?」

杉彦の声がした。

「無理です。だってそのままにしてたら父は……」

悲しさがこみ上げてきて、最後まで言葉が続かなかった。杉彦も鷲尾もなにも言わず、水を打ったように静まり返った。

二人が別れたことに、美鈴も心を痛めた。

こんなことなら自分がドナーになれば良かった。そうしていれば今も二人は夫婦のままだったかもしれない。だが今度は姉妹の関係にすれ違いが生じていただろう。

「姉は父が死んでから、義兄《あに》が姉の体をあまり見なくなったと言っていました。義兄《あに》は女性の気持ちには疎《うと》いところがあるので。俺はなにも気にしていないよと、あえて傷を見なかったのかもしれません。でも私は、義兄《あに》が見なかったことより、姉が見られたくなかったから、辛く感じたんだと思っています。私が姉だったらきっとそう思います。だってあんな大きな傷が残ったのに、結局父を助けることができなかったんですから」

「それでお姉さんは心を乱したということですか」

「姉は一緒にいるとますます鬱《うつ》になってしまう。立ち直るには、義兄《あに》と離れて、一人で暮らすしかない。そう思って家を出たんです。母の姓を使うようにしたのも、一から生まれ変わろうとしたからだと思います」

「鬼塚先生は帰ってくるように説得しなかったんですか」

「しました。何度も会って、戻ってきてほしいと頼んでいました。UMCに来たのだって、姉が大阪の会社に転職したから、西日本の病院を希望したんです。でも姉の離婚の決意は変わりませんでした。義兄《あに》は言ってました。移植の話を聞いた時から、京香がどんな答えを求めているか気づいていた。それなのになぜあの時、『ドナーになるな。娘が父親のドナーになることはない』と言えなかったのかと。移植でしか助からないと聞いて、良い医者の振りをしたことを、悔いていました」

それでも父が生きていれば、姉は義兄《あに》が即答したことを感謝し、今も幸せな夫婦でいたはずだ。

「そういうことがあったから、鬼塚先生は脳死肝移植を望むようになったのですね」

「はい、義兄《あに》は家族や親類がこうした葛藤で苦しむことがないよう、いつの日か、すべてを脳死肝移植で、命が救える社会になれたらいいと言っていました」

「脳死だって、その人には家族がいるんですよ」

「もちろん分かっています。義兄《あに》だって、私だって……」

こんな説明が通じるとは思っていなかったが、それ以上問い質されることはなく、美鈴への聴取は終わった。その後、鬼塚が呼ばれた。美鈴も志願し、その場に留まることが認められた。

鬼塚へのヒアリングには、息を切らして東京からやってきた繁田理事長も加わった。

美鈴の時と同じように、鷲尾は資料に書き起こされていることを簡単に確認し、質問を続けていく。

「それは説明したじゃないですか。我々は騙された被害者なんですよ」

　繁田が口を挿むたびに、聴取は中断した。

「理事長、戸籍のない外国人患者だから騙されたとなると、今後、外国人患者は受け入れられなくなりますよ。先進国でも日本ほど精確な戸籍制度は網羅《もうら》されていません」

「これはイレギュラーなケースだと説明してるではないですか」

「イレギュラーであろうと、このままでは今後も再発します。もしかして理事長が建設を予定しているサウスニア政府との関係があるのではないですか」

「一切ありません。こじつけないでください」

　繁田は否定したが、美鈴には、痛いところを突かれて動揺しているように見えた。

「鬼塚先生に来てもらったのですから、鬼塚先生への質問を優先しましょう」

仙谷院長が間に入り、「鬼塚先生、あなたと元奥さんとの話は、田村さんから聞きました。そうした事情から、私がこの病院でなにをやりたいかと言った時、デュアル移植をやりたいと答えたんですか？　こういうケースでは姉妹から公平に提供すべきだと」と言った。

「いいえ、デュアル移植は本来、ドナーが提供できる肝臓がレシピエントに足りない際に行うものですし、二人の健康な人体に傷をつけるのですから、私は望んでいるわけではありません。ただあの時は、患者が望むのなら方法論としてあってもいいのかと、ふと浮かんだけです」

あの時——鬼塚が言った短い語句が美鈴の耳に引っかかった。おそらく姉との話し合いを終え、夫婦に戻るのは難しいと感じた後だったのではないか。鬼塚は今もその時の傷を引きずっている。

「あなたは元妻の問題があったから、私が進めた生体肝移植の法案作りに反対し、脳死にこだわったんですか」

今度は鷲尾が質した。

「個人的な事情だけではありません。反対したのは、日本の移植形態が今のままでは好ましくないと考えていたからです」

「確かに日本と欧米とでは、生体移植と脳死移植の比率が正反対です。その比率を是正《ぜせい》するように脳死を増やすべきだと言ったところで、わが国と欧米とでは死生観が違うからどうしようもないではないですか」

「そのことが、現状のままでいいということになりません」

「生体肝移植を推進すると、あなたの元奥さんのように家族が提供するのが当たり前だ、それをしないのは薄情だという強迫観念に駆られるってことですか」

「それもあります」

「生体移植に懐疑的な医師が、積極的に生体移植をやってきたということに、私はむしろ矛盾を感じますが」

「今は他に方法がないからです。ある病院が断っても、患者が望めば、結局どこかの病院がやります。日本人が海外で臓器を買っていた時代に戻らないためにも、移植は国内で決着をつけるしかありません」

「その結果、生体肝移植が増えてもですか？」

「命の尊さには代えられません」

鬼塚が言っていることは美鈴が何度も聞いたことなので嘘ではない。

「私はあなたのことで幾分誤解をしていました。あなたはつねに患者とインフォームドコンセントを取っておられた。そのことは認めます。ですけど今回のことで、その認可もどうなるか分かりません」

鷲尾は悩ましげな顔をした。

「脳死肝移植施設の認可は肝移植研究学会の範疇《はんちゆう》であり、行政は関係ありません。国家試験に合格した医師に、地方厚生局といえどもそこまで口出しする権利はないはずです」

繁田が口を挿《さ》す。

「特定機能病院は厚労省の管轄です」

「鷲尾さんはうちを認可しないってことですか。外国人患者は受け入れない。厚労省がそのような拒絶をすれば、国際問題になりますよ」

「私はすべてをシャットアウトしろと言っているわけではありません。今回のことだって病院がしっかり審査していれば、このような問題が起こらずに済んだわけです」

「それは私が……」

一人だけ離れた場所のパイプ椅子に座っていた美鈴が口を出したが、即座に鷲尾の手が横に伸びて制された。

美鈴はあくまでも口を挿まないオブザーバーであることを条件に、参加を認められたのだった。

悔しさでズボンの膝を強く握りしめた時、鬼塚が立ち上がった。

「今回の移植は、すべて私の判断です。責任を取ることが必要でしたら私にさせてください」

それまで鷲尾の厳しい尋問に臆《おく》せずに返答していた鬼塚が、立ち上がって深く頭を下げた。

7

地方厚生局の聴取から二日が経過した。

今朝の海南新報によると、昨日、仙谷院長と鬼塚が警察から任意での聴取を受けた。二人とも臓器売買の疑いがあったことは全面否定し、医師と美鈴のヒアリング記録をすべて提出したそうだ。

日本とサウスニアとの間に犯罪容疑者の引渡条約がないため、当のマニーやリンの父親を調べることはできず、これ以上の捜査継続は難しいと警察は判断しているとも書いてあった。

この書き方だと、UMCの逃げ得だったように読者に受け取られかねないが、記事には、灰色に覆われた美鈴の心をいくらか晴らす内容も書かれていた。

ヒアリングで鷲尾が、将来の特定機能病院の認可はできないと示唆した時、繁田の顔は険しさを帯びた。

鬼塚にすべての責任を押しつけるのではないかと不安が募ったが、繁田は海南新報の取材にこう答えていた。

《審査の甘さがあったのであれば、お詫びしなくてはならない。しかしすべては病院の責任であって、主治医をはじめ医療スタッフには問題はなかったと承知している。UMCではこれからも移植はやるし、海外患者も引き受けます。病院が患者のエンドラインを決めるのではなく、患者の意思に沿って治療を続けていく、その理念は今後とも変えるつもりはありません》

そのコメントに安心して気が緩んだのか、美鈴はその晩から発熱し、二日間休んだ。

熱が下がった三日後、椿原の車で仕事に復帰した。移植支援室で書類の整理をしていると、仙谷院長から電話がかかってきて、院長室に来るように呼ばれた。

「鬼塚先生との契約を切るってどういうことですか？」

美鈴は声を荒らげて抗議した。部屋に入った時、仙谷の思いつめたような表情に嫌な予感を覚えたが、それは自分が解雇されると感じたのであって、鬼塚がやめさせられるとは考えも及ばなかった。

「鬼塚先生はいなくなりますが、あなたは引き続きこの病院に残ってください。当院ではこれからも肝移植を続けますので」

「私のことはどうでもいいです。先生が辞表を出したのですか」

「鬼塚先生から辞意は聞いておりません」

「それならどうしてですか。繁田理事長が決めたのですか」

「そうです」

「どうしてですか。理事長は新聞の取材に、主治医に責任はないと話していたじゃないですか」

「取材にはそう答えられていましたが。理事長は最初に記事が出た段階で、こうなることは仕方がないと決めていたと思っています」

「仕方がない」という言葉が、美鈴の悲嘆に追い打ちをかけた。

どうして鬼塚だけが責任を取らなくてはいけないのか。積極的に移植を推進し、サウスニアの患者を受け入れたのは理事長ではないか。

「この前に来た鷲尾さんって地方厚生局の人が決めたのですか」

「あの人はむしろ鬼塚先生を守ろうとしたようです。ただ彼女が味方になっても、今のままではマスコミも取材の手を緩めず、当院を激しくバッシングしてくることでしょう。私も今回の決定には不同意で、理事長に抗議をしました。ですけど鬼塚先生が責任を取れば、それ以上、国がうちの病院を責めてくることはない、そうした特別な事情があると納得してください」

「特別な事情って、そんな……」

「鬼塚先生も、自分がやめないことには収《しゅう》拾《しゅう》がつかなくなることは分かってらっしゃると思いますよ。だから聴取の場で、責任を取るなら自分がとおっしゃったんじゃないですか」

「あれは、ああ言わないことには収拾がつかないと思ったからであって……」

「そういう状況なんです、今、病院は」

仙谷院長のまっすぐな視線に、美鈴は言い返す言葉が出てこない。

「鬼塚先生が来てくれたおかげで、ＵＭＣでは多くの命が救われてきました。自分も助けてほしいと、今も全国からひっきりなしに問い合わせが来ています。特定機能病院など私はどうでもいいと思っています。ですけど脳死肝移植施設の認可を取り消されてしまえば、患者さんを、再び路頭に迷わせることになります」

「それもこの病院に鬼塚先生がいなければ、なにも意味はありません」

「鬼塚先生ならどこに行っても活躍できます。そしてたくさんの患者さんを救えるでしょう」

これ以上聞いていられなくなり、美鈴は院長室を飛び出した。

第二外科医局では、鬼塚が片膝を床につけ、段ボール箱に医学書などの書籍を詰めていた。

「お義兄《にい》さん」

意識せずにそう言葉が出た。鬼塚は作業をやめて顔を上げた。

「院長に聞きました。誰かが責任を取らないと病院運営が成り立たないから、お義兄《にい》さんをやめさせるなんて。この病院のために一番頑張ってきたのがお義兄《にい》さんなのに」

「仕方ありません。私が自分の責任だと答えたわけですから」

「私もやめます。お義兄《にい》さんについていきます」

これまで通り手伝ってほしいと頼まれたから、潮に来たのだ。違う人に言われたら来ていなかった。自分はブレーキ役――移植コーディネーターになった時から自分に言い聞かせてきたのに、その役目を今回は果たせなかった。

「美鈴さんはこの病院に残ってください。いずれ輪島先生も来て、うちにも順番が回ってきます」

たす医師を連れてくるそうです。仙谷院長の話だと、脳死肝移植施設の条件を満
移植を求める人も、脳死肝移植を求める人も来て、うちにも順番が回ってきます」

「それは私ではなくても」

「美鈴さんだから安心して任せられるんですよ」

切れ長の目の端にできた細かい皺に、我を忘れていた心が少しだけ落ち着きを取り戻す。

「前回は天羽路夢くんに移植することはできたけど、広永さんを助けることはできませんでした。この病院に望みを抱いてきた人が全員、元気になって退院できるように、美鈴さんの力が必要なんです。今回の経験は美鈴さんにも生きるはずです」

「お義兄《にい》さんはどうするんですか。医師をやめるなんて言わないですよね」

そう言い出しかねないと思った。鬼塚の眉間《みけん》に皺が入る。思案顔はすぐに解けた。

「そんなことをしたら彼女が悲しむでしょう」

「姉ですか？」

「お義父《とう》さんが亡くなった後、京香が塞ぎこんでいたのに私はなにもできなかった……」

「それはお義兄《にい》さんが忙しかったから」

美鈴が移植コーディネーターになった最初の移植が、ヘリコプターで離島から運ばれた少年だった。

あの時も梅原の前で、「大丈夫です。できます」と鬼塚は言い、見事にやり遂げた。

あれは医師と夫のはざまで揺れた鬼塚の、姉に対する約束だったのではないか。

妻の前で医師に徹したのならば、これからも強い医師に徹底していく。美鈴はそう感じた。

移植の翌々月、梅原万之は急死した。梅原亡き後も、愛敬病院には他所《よそ》で断られた患者が次々と訪れた。鬼塚は誰かがやらなくてはならないと、難しい移植や癌切除も引き受けた。とはいえ脳死で得た貴重な臓器を無駄にするような無謀な移植は絶対にしなかった。

「お義兄《にい》さんには黙っていようと思ったんですけど、病院に記者がやってきて、椿原さんに初めて送ってもらった次の日、姉が心配して電話をくれたんです」

「京香が？」

「テレビで言われているコーディネーターが美鈴ちゃんではないかと思って心配していた。マスコミに追われているみたいだけど大丈夫なの。怖かったら私が匿《かくま》ってあげるから大阪まで来なさいって。お義兄《にい》さんのことも言ってました」

「私のこと？　京香はなんて言ってた？」

「鋭示さんはいつも無理して強がっているけど、繊細な一面もあるから心配だって」

「そうですか」

少し目尻が下がった。

「実は姉のもとに、杉彦先生が会いに行ったことがあるそうです。杉彦先生、姉とお義兄《にい》さんのこと、今は別れたけど、まだ気持ちが残っている元恋人同士だと思い込んでいて、お義兄《にい》さんから奪うってライバル心を剝き出しだったそうです。それで二回目に会った時、ホテルまで行ったと」

「別に私たちはもう離婚したんです。京香が誰と付き合っても構わないですよ」

「違いますよ。姉はお腹の傷を見せるため、部屋までついて行ったんです。傷を見た杉彦先生は驚いて、なにもしてこなかったそうです」

「そんなことされたら、京香はまた傷ついたんじゃないのか」

美鈴は笑ってしまった。鬼塚は戸惑っている。

「姉は最初からそうなることが分かっててやったんですよ。お義兄《にい》さんの方がずっと魅力的だったと言ってました」

今一緒に暮らしている年下の医者ではなく鬼塚の名が出てきたことに、その時は美鈴も驚いた。

——だったら復縁したらいいじゃない。お義兄《にい》さんもそうなることを望んでいるよ。

――無理よ。もう今は二人とも別々の人生を歩んでいるんだから。

姉は笑って取り合わなかった。

――今振り返ると、ドナーの話をしたのは、鋭示さんがどれだけ私を愛してくれているのか確かめたかったんだと思うの。結婚して私は幸せだったけど、いつも仕事に追われている彼はどう思ってるのか、不安を覚えたことがあったから。

――お義兄《にい》さんもお姉ちゃんのことが大好きだったに決まってるじゃない。

――そんな気持ちでドナーになったから、それが報いとなってお父さんは死んじゃったんだろうね。

――そんなことあるわけないじゃない。お姉ちゃんがお父さんのために一番尽くしたのに。

――いいのよ、そう思うことで、一番気持ちが楽になるから。

スマホから届くのは明るい声だったが、洟《はな》を啜《すす》ったのが聞こえ、泣いているのだと分かった。

「姉は、マスコミにどれだけ叩かれても、鋭示さんが毅然《きぜん》としているのは伝わってくるって褒めてましたよ。あの姿を見て、患者さんは鋭示さんに命を預けようと思えるのだって」

「京香に励まされるのが一番嬉しいな」

「お義兄《にい》さんはこれからどうするんですか。院長は、鬼塚先生ならどこででもやっていけると言ってましたが、どこかの病院に呼ばれているのですか」

「海外留学をしようと考えています。長く大学病院にいた私は、外国の病院でじっくり腰を据《す》えて学んだことがない。私が主張する脳死移植が外国ではなぜ可能なのか。脳死移植施設のセンター化などしなくとも、医師が譲り合って移植ができるようになるのか。そういったものを学ぶいい機会でしょう」

鬼塚が現場から離れることなど想像もしていなかった美鈴は、それが鬼塚の本心であるのかを感じ取ることもできずに、心にさざ波が立ったまま聞いていた。

「私は、移植というのは臓器を植えるのではなく、命という炎を植えるものだと思っています。生体移植のように種火を移すこともあれば、脳死移植のように消えてしまいそうな残り火を移すことで、命を回復させることもできる。美鈴さんはそう思いませんか?」

「もちろん思っています」

命の炎を消すことなく繋いでいく役目の一端を美鈴も担《にな》っている――そう自分に言い聞かせ、臓器提供を受けるレシピだけでなく、ドナーにも寄り添って仕事をしてきたつもりだ。

「でしたら私も美鈴さんも、今の仕事を続けないといけないでしょう。現在の高度医療をもってしても、人工臓器は作れませんし、医療のナビゲーション化が発達しても、実際に移植するのは医師です。そしてレシピ、ドナー、その家族の意思を確認するのも、美鈴さんたち移植コーディネーターと、人間にしかできないのですから」

「はい」

「信念さえ持ち続けていれば、臨床から離れても手技のロスはいくらでも取り返せます。私は必ず戻ってきます。今は医師不足ですし、こんな変わり者の医師でもどこかの病院が雇ってくれるでしょう。その時は美鈴さん、患者のためにまた私と一緒に働いてください」

鬼塚は自嘲《じちょう》して表情を和《なご》ませる。

体に傷がつくということは、心にまで傷を負う可能性がある。だから術後の彼らの苦しみが軽減されるよう、完璧で丁寧なオペを心掛けなくてはならない……。

そこまで患者やドナーの気持ちを考えて医療に臨む医師を、美鈴は鬼塚をおいて他には知らない。

今回のことで誰よりも傷ついたのは鬼塚だ。

経歴だけでなく、心にも深い傷を負った。

医師に問題が生じると、マスコミや世間は医師が人倫《じんりん》に背いて生命を粗末に扱ったかのように厳しく責め立てるが、医師が受けた痛みは誰が癒やしてくれるのだろうか。医師だって一人の人間であるのに。

鬼塚の言いたいことは伝わったが、美鈴は世の不条理さに心が痛んだ。

8

二月末日、午後三時からリンの退院手続きが行われた。今夜遅くの関西空港発の飛行機で、母子は帰国することになっている。

美鈴のナース服のポケットで、スマホが震えていた。手にしたが、画面には《通知不可能》と発信番号が出なかったため出なかった。

どうせマスコミだ。発熱で休んでいる間にも一本、その時は《非通知》だったが電話があった。こわごわと出ると〈海南新報です〉と声がし、気持ち悪くなって返事もせずに切った。

美鈴は鬼塚の後ろについて、病室に入った。

アナベルは帰り支度をして、リンを抱いてベッドに座っていた。その隣に鬼塚は腰を下ろし、現地語に翻訳した用紙を渡した。

「ここにすべて書きましたが、念のために説明します」

この日を最後に退職する鬼塚がそう切り出し、通訳を介して話す。

今のところ合併症は出ていないが、今後出る可能性はゼロではないので、発疹《はっしん》や発熱など異変が出れば迷わずに病院に行くこと。免疫抑制薬は必ず飲むこと。そして秋にはＵＭ

Cと同じ医療法人の病院が現地に完成するから、定期的に検診に通ってほしいなどと一項目ごと、丁寧に伝えていく。

「サウスニアの病院にもUMCの医師が出張しますから、安心してください」

説明の間もリンは無邪気に鬼塚の白衣の襟を掴もうと手を伸ばし、アナベルが注意する。

五キロを割っていた体重は一・五キロも増え、標準児と変わらないところまで発育も戻った。笑顔に見入ってしまう。最初に会った時は母親の腕の中でぐったりし、目を開けるのも辛そうだったのに、こんなに快活な子だったなんて、退院日に初めて知った。

「お母さんも長い間、病院にいて大変だったと思います。家に帰ったら美味しいものをたくさん食べてください。サウスニアは日本より暖かいでしょうから、お天気のいい日は、リンちゃんとお散歩に出てください。リンちゃんは、これからは他の子と同じ生活ができますので」

アナベルは現地語で「はい」と返事をした。

「リンちゃんが言葉を理解できるようになったら今回の移植の話をしてあげてください。リンちゃんの体には二つの命が入っています。一つはマニーさんです。だからリンちゃんには体を大切にするよう、お母さんから教えてあげてください」

マニーの名前が出たことで、アナベルは目線を下げた。小さな声だったが、また「はい」と発した。

その後、リンを乳母車《うばぐるま》に乗せ、鬼塚と輪島、さらに第二外科の松下、坂巻らとともに一階まで見送る。乳母車を押しながらもアナベルの目はどこか虚《うつ》ろだった。まだ不安が過るのだろう。母国に着くまで、いや到着してからもマスコミに追いかけられ、彼女に安心が訪れることはないかもしれない。

エントランスには看護師や職員が花道を作り、拍手を送った。ドアの前に仙谷院長、杉彦第一外科部長が待っていて、仙谷院長がミッキーマウスのぬいぐるみが入った紙袋をアナベルに渡した。

仙谷院長の後ろについて美鈴も外に出ると、西日が瞼《まぶた》を差す。

リンを乳母車から抱え上げたアナベルが、開扉《かいひ》されたタクシーに通訳とともに乗る。アナベルは最後まで硬い表情を崩さなかったが、スライドドアが閉まると美鈴に目をやり、サイドガラス越しに会釈した。美鈴も慌てて頭を下げた。

タクシーが発進し、病院の正門を出ていった。テールライトが見えなくなるまで、みんなで手を振り続けた。

またナース服のポケットでスマホが震えた。手に取り画面を見る。

《通知不可能》

またマスコミかと辟易する。そこで胸騒ぎがし、「あっ」と声が出た。

「どうしました、田村さん」

鬼塚が気づいた。

「い、いえ」

スマホを握って背を向ける。振動は手の中で続いていた。さっきの電話も《通知不可能》だった。《非通知》とは違う。心がざわつき、動悸《どうき》が速くなる。

「はい、もしもし」

スマホを耳に寄せ、声を出す。

「もしもし、もしもし」

繰り返して呼びかけると微かに声がした。

女性だった。無線のように声が割れ、よく聞き取れない。それが急に言葉となって耳に届いた。

〈ゴメンナサイ、ゴメンナサイ〉

相手は片言の日本語でそう言っていた。哀しげな声だった。

「マニーさんでしょ、マニーさんですよね」

大声で聞き返すと、周りの何人かが反応した。

「マニーさんから連絡があったのですか？」

杉彦が寄ってきた。

「マニーさんでしょ、お願いします。返事をしてください」

美鈴は呼びかける。

〈田村さん、マニーさんから代わりました。僕です。ドアンです〉

通訳をしていた留学生だった。

「マニーさんは元気にやっていますか？」

〈ちょっと疲れてます〉

「体調が悪いの？」

〈メンタル的なことです。田村さんに嘘をついたことを一番後悔してます。マニーさん、騙してません。彼女がカミロさんと一緒に暮らしてたのも、婚約式の話も事実です。でもマニーさんが流産して、急に結婚式の話が出なくなった。マニーさんは不審に思ったけど、婚約式は終えたし、家族のために役に立つべきだと、カミロさんを信じてドナーになることを決めたんです。それが移植の翌日にカミロさんから電話があって、お金を振り込んだから、そのお金で故郷へ帰れと言われて。あまりに酷いと、僕が前に名刺をもらった新聞記者に……〉

留学生は絶句した。

「大丈夫よ、そんなことはもう言わなくても大丈夫だから。それより、ちょうど今、リンちゃんとアナベルさんが退院したの」

みんなで見送ったこの風景が二人に伝わればいいと、できるだけ笑みを作った。話したいことはいくらでもあった。それなのに電話をくれたことに胸がいっぱいになり、言葉にならない。

「鬼塚先生、マニーさんです。わざわざ電話をくれたんです」

涙声でそう言ってから「近くに鬼塚先生がいるので、代わりますね」と伝えた。

〈こっちもスピーカーホンにします〉と留学生の声がした。

美鈴もスマホをハンドオフ機能にして「このまま喋ってください」と鬼塚に渡した。

「鬼塚です。マニーさん、お体は大丈夫ですか」

留学生がマニーに話しかけ、そしてマニーの声が聞こえた。

〈イエス、イエス〉

返事を繰り返しているだけだが、声を聴くだけで、美鈴の説明に一生懸命耳を傾けていた彼女の顔が脳裏に甦った。

「しばらくは無理しないでゆっくり休んで、でも検診には必ず行ってください。サウスニアにも今年秋には病院ができます。診断を受けられるように私から伝えておきますから」

鬼塚の言葉を留学生が伝える。彼女も喋る。留学生の声がする。

〈鬼塚先生が移植の一週間ほど前、田村さんのお姉さんの話をしてくれたこと、すごく嬉しかったとマニーさんは言っています。外科手術の進歩によって、治療不可能と言われていた領域も、メスの力で治癒可能になった。だけど体についた傷のせいで、心まで傷ついてしまうことがある。それがもっともあるのが、マニーさんがなろうとしているドナーです。実の父娘だって苦しむことがあるのだから、ちゃんと考えてほしい。そう言われたのに、その約束を守れなかった。本当にごめんなさい、マニーさん謝っています〉

姉のこと？　鬼塚は自分から、姉がドナーになったことを話したのか。自分の妻ではなく、美鈴の姉だと説明して……まだマニーはなにか話している。

〈鬼塚先生は、本当に家族でないのなら、移植の直前でもいいから、田村さんに正直に話してくださいと言ってました。僕もあの時、マニーさんに断ってほしかった。でもマニーさん、カミロさんを信じたい思いが強くて、断れなかった〉

大学生の声にも涙が混じった。彼も止められなかったことを悔やんでいる。

「マニーさんが決めたことなのだから気にしなくていいんです。本当なら日本に呼ぶ前にこのような問題が生じないよう調べなくてはいけなかったんです。でもリンちゃんの容態を知っているから、マニーさんもいまさら違うとは言えなかったのでしょう」

鬼塚はマニーを庇った。

〈さっきマニーさん、こっちまで追いかけてきたテレビ局のインタビューに答えました。自分はカミロさんの家族に騙されたのだと。日本の病院も先生も、なにも悪くないこと。移植の前の日、鬼塚先生に説得されたことまで言っていました〉

その言葉に、美鈴の心は陽が射したかのように明るくなった。

「おっー」

周りの職員も騒《ざわ》めく。

「マニーさん、ありがとう」

静かに礼を述べた鬼塚はさらに続ける。

「マニーさん、強く生きてくださいね。ドナーになったマニーさんと、それを受け取ったリンちゃん、二人が元気でいることを我々は望んでいます」

〈イエス、イエス〉

マニーの声がした。いくらか明るさが戻ったかのような声に、美鈴の心の澱《おり》はすべて流されていく。

「不安になったら、いつでも連絡をください。私たちはずっとあなたの味方です。どんな小さなことでも相談してくださいね」

〈イエス、イエス〉

マニーの声が届くたびに、鬼塚の周りを囲んでいた医師やスタッフ全員は顔を見合わせ、安堵と歓喜を織り交ぜている。

山の裏側へと落ちていく陽を浴びながら、美鈴もまた、マニーの声がいつまでも消えることがないよう祈り続けた。

謝辞

執筆にあたり、たくさんの方に多大なご助言をいただきました。

・高本健史先生（東京大学医学部附属病院　肝胆膵外科・人工臓器移植外科）
・吉本次郎先生（順天堂大学浦安病院　消化器・一般外科）
・藤原典子先生（湘南鎌倉総合病院　肝胆膵外科部長）
・菅野雅彦先生（宮前平すがのクリニック　順天堂大学医学部非常勤講師）
・山本光昭さん（元厚生労働省医系技官、現社会保険診療報酬支払基金本部理事）
・籔原由紀子さん（徳島市民病院　看護師）
・楠山吏奈さん（徳島市民病院　看護師）
・楠山尚人さん（くすコンディショニング）

詳しい知識を聞かせていただき、深くお礼申し上げます。

——著者

（この作品は、二〇二一年十月、新潮社から刊行された同名単行本に、著者が加筆修正を施したものです。本書はフィクションであり、登場する人物、および団体名等は、実在するものといっさい関係ありません）

一〇〇字書評

切・り・取・り・線

購買動機（新聞、雑誌名を記入するか、あるいは○をつけてください）	
□（　　　　　　　　　）の広告を見て	
□（　　　　　　　　　）の書評を見て	
□ 知人のすすめで	□ タイトルに惹かれて
□ カバーが良かったから	□ 内容が面白そうだから
□ 好きな作家だから	□ 好きな分野の本だから

・最近、最も感銘を受けた作品名をお書き下さい

・あなたのお好きな作家名をお書き下さい

・その他、ご要望がありましたらお書き下さい

住所	〒				
氏名		職業		年齢	
Eメール	※携帯には配信できません	新刊情報等のメール配信を 希望する・しない			

この本の感想を、編集部までお寄せいただけたらありがたく存じます。今後の企画の参考にさせていただきます。Eメールでも結構です。

いただいた「一〇〇字書評」は、新聞・雑誌等に紹介させていただくことがあります。その場合はお礼として特製図書カードを差し上げます。

前ページの原稿用紙に書評をお書きの上、切り取り、左記までお送り下さい。宛先の住所は不要です。

なお、ご記入いただいたお名前、ご住所等は、書評紹介の事前了解、謝礼のお届けのためだけに利用し、そのほかの目的のために利用することはありません。

〒一〇一－八七〇一
祥伝社文庫編集長　清水寿明
電話　〇三（三二六五）二〇八〇

祥伝社ホームページの「ブックレビュー」からも、書き込めます。

www.shodensha.co.jp/bookreview

祥伝社文庫

黙約《もくやく》のメス

令和 7 年 1 月20日　初版第 1 刷発行

著　者　本城雅人《ほんじようまさと》
発行者　辻　浩明
発行所　祥伝社《しようでんしや》
東京都千代田区神田神保町 3-3
〒 101-8701
電話　03（3265）2081（販売）
電話　03（3265）2080（編集）
電話　03（3265）3622（製作）
www.shodensha.co.jp
印刷所　堀内印刷
製本所　ナショナル製本
カバーフォーマットデザイン　芥 陽子

 ISBN978-4-396-35095-6 C0193

祥伝社文庫の好評既刊

石持浅海

彼女が追ってくる

かつての親友を殺した夏子《なつこ》。証拠隠滅は完璧。だが碓氷優佳《うすいゆか》は、死者が残したメッセージを見逃さなかった。

石持浅海

わたしたちが少女と呼ばれていた頃

教室は秘密と謎だらけ。少女と大人の間を揺れ動きながら成長していく。名探偵碓氷優佳の原点を描く学園ミステリー。

石持浅海

賛美せよ、と成功は言った

成功者の前で「殺意のスイッチ」を押したのは誰か？　女たちの静かで激しい心理戦。そして終焉後に走る、震慄――！

石持浅海

Rのつく月には気をつけよう

名探偵は美酒で目醒める――。あの小粋な〝宅飲み〟ミステリーが帰ってきた。

石持浅海

賢者のグラス

旨い酒×絶品グルメ＝極上の謎解き！

石持浅海

君が護《まも》りたい人は

完璧すぎた殺人計画。舞台は楽しいキャンプ場。阻まれる死の背後に、名探偵・碓氷優佳。倒叙ミステリーの傑作！

小路幸也

明日は結婚式

花嫁を送り出す家族と迎える家族。今しか伝えられない本当の気持ちとは？　優しさにあふれる感動の家族小説。

祥伝社文庫の好評既刊

白石一文
ほかならぬ人へ
愛するべき真の相手は、どこにいるのだろう？　愛のかたちとその本質を描く、第142回直木賞受賞作。

白石一文
強くて優しい
幼馴染の仲間優司と二十年ぶりに再会した小柳美帆。惹かれあうふたりと凪いでゆく心を描いた普遍の愛の物語。

岡崎琢磨
貴方《あなた》のために綴る18の物語
一日一話読むだけで、総額一四三万円。見知らぬ老紳士がもちかけた、奇妙な依頼の目的とは？　恋愛ミステリー。

泉ゆたか
横浜コインランドリー
困った洗濯物も人に言えないお悩みもコインランドリーで解決します。心がすっきり＆ふんわりする洗濯物語。

泉ゆたか
横浜コインランドリー
今日も洗濯日和
洗濯物の数だけ物語がある。妻を亡くした夫、同居する姑に悩む嫁、認知症の母と暮らす子……心の洗濯物語第二弾。

阿木慎太郎
あのときの君を
昭和36年、一人の少女を銀幕のスターにしようと夢見た、二人の男がいた。幻の映画をめぐる、愛と絆の物語。